Nick Hornby

尼克·霍恩比 | 作品

Just Like You

［英］尼克·霍恩比...................著

姚向辉...................译

偏偏喜欢你

上海译文出版社

献给小曼格尔顿和老曼格尔顿

目录

第一部：
2016 年春

1

个人怎么能确定自己在这世上最讨厌什么呢？这当然取决于你和你讨厌的东西在某个特定的时刻有多么近，无论那一刻你是正在做它还是听它还是吃它。她讨厌教中学的阿加莎·克里斯蒂课程，她讨厌保守党的任何一个教育部长，她讨厌听小儿子练小号，她讨厌所有动物的肝脏，讨厌见血，讨厌电视真人秀、车库说唱和一般性的抽象问题——全球贫困、战争、大流行病和地球即将死亡，等等等等，不一而足。不过这些事反正都没有发生在她头上，只有地球即将死亡除外，而即便是地球即将死亡，也还有个"即将"顶着呢。她可没那么多的闲工夫去琢磨这些破事儿。而此时此刻，一个寒冷的星期六上午十一点十五分，她在这世上最讨厌的事情无疑是在肉铺门外排队，同时听着艾玛·贝克滔滔不绝地谈论性爱。

她企图脱离艾玛的轨道已经有段时间了，但运动缓慢得难以察觉，而且根据她令人沮丧的估计，还需要四到五年才能成功。她们之所以会认识，是因为两个人的孩子小时候上了同一家托儿所；然后一个邀请另一个吃晚饭，另一个为了回礼，再邀请前一个吃晚饭。孩子们那会儿多多少少都一个样。他们还没有形成真正的个性，而父母也还没确定他们要成为什么样的人。艾玛和丈夫为他们的孩子选择了私立初等教育，直接结果是露西的儿子们觉得他们令人难以忍受。社交互动最终宣告停止，但你无法阻止一个就住在你附近的人和你去同样的商店购物。

　　这会儿的队也正巧排到了她最讨厌的阶段：你刚好在门外，被迫忍受寒冬，而你必须确定店堂里有没有足够的容身空间。进去得太早，你必须和其他人挤在一起，担心你插队的人还会给你脸色看；进去得太晚，背后的人就会因为她的胆怯而朝她（隐喻性地）按喇叭。会有人彬彬有礼地提醒她，例如"你是不是想……"或"那儿现在好像比较空"。这情形就像在需要攻击性的十字路口忽然停车。不过，她在开车的时候并不介意被人按喇叭。她和其他司机之间毕竟还隔着玻璃和铁皮，况且他们都是她生命中的过客，这辈子都不会再次见面了。但排队的人都是邻居。每个星期六她都必须忍受他们的抱怨和非难。她当然可以去超市购物，但那样岂不就要辜负当地小店了吗？

　　而且不管怎么说，这家肉铺实在好得出奇，为此她愿意多花点小钱。她的两个儿子不爱吃鱼，更不爱吃蔬菜，所以她只好不情愿地承认，大体而言她算是在乎他们会不会摄入抗生素、激素和廉价肉里富含的其他玩意儿，以免有朝一日把他们变成东欧女举重运动员。（然而，假如有朝一日他们主动选择变成东欧女举重运动员，她会完全支持和拥护他们的决定。她只是不想把这个命运强加在他们头上。）儿子们对牛肉的偏好得到了保罗的支持。他对钱并不吝啬。他对一切都感到内疚。他留下足够的生活费，把剩下的钱全给了她。

4

然而,进去还是不进去的棘手状态大概还要持续十分钟。性价比对伦敦这个区域的居民来说很有吸引力,因此队伍排得很长,而顾客一旦挤进店门,就会从容不迫地慢慢来了。艾玛·贝克对性爱的痴迷就发生在此时此地,让她感到不堪忍受。

"知道吗? 我羡慕你。"她说。

露西没有回答。少说话是她唯一的武器。从外界看,这么做很可能毫无用处,因为艾玛的话会没完没了地说下去,尝试回答问题只会引来无法阻挡的洪流。

"你会睡一个你以前从没睡过的人。"

要露西说,这似乎并不特别值得羡慕,因为这事情即便能发生,恐怕也称不上什么成就。说到底,对于世界上大多数身体健全的人来说,这都是一个有可能实现的未来,是否选择要利用这个机会就是另一码事了。但露西的单身状态一次又一次地把艾玛引向同一个话题。艾玛结婚多年,而丈夫的无能(不管是在卧室里还是在其他房间里)从来都是她无意于掩饰或辩护的,因此对她来说,离婚就意味着性爱——但说来矛盾和/或愚蠢,露西心想,从她直到今天的经验来看,离婚就意味着没有性爱。换言之,露西的单身状态就像一个屏幕,供艾玛投射她无穷无尽的幻想。

"你在乎的是什么呢? 我指的是找男人的时候。"

无论是在现实生活中还是在露西的脑海里,队伍都忽然变得非常安静。

"没什么。我没在找。"

"那今晚约了谁?"

"没约谁。"

她的回答只讲述了一个漫长故事里的一个微小片段。事实上,

"没什么""没在"和"约"这几个词甚至有可能是某个文本艺术家从一个长篇小说里随便摘出来的,用来传达与叙事者意图讽刺性地不一致的意义。

"卫生。"露西突然说。

"什么?"

"我在乎的就是这个。"

"少来了,姑娘。你这要求也太低了。"

"卫生很重要的。"

"你对好看不感兴趣?或者好玩?或者有钱?或者床上功夫好?那玩意儿从不辜负他?喜欢给别人口?"有人在她们背后吃吃窃笑。由于队伍里的其他人现在一个比一个安静,因此引起窃笑的原因很可能是艾玛。

"不。"

和先前一样,这个非常简短的回答不但不是完全的事实,甚至不是事实的一部分。

"唔,但我要的就是那些。"

"我可并不想这么了解戴维。"

"至少他爱干净。大多数时候,他闻起来像詹姆斯·邦德。"

"你看,这不就是问题吗?你觉得我该在乎的东西,他一样也没有,但你还是和他在一起。"

这会儿仔细想来——直到那一周的早些时候,她根本没有认真考虑过——卫生确实比她能想到的其他品质都更加重要。想象一下,假如艾玛能在这个时间和这个地点(站在肉铺门口的队伍里,她甚至不知道该说什么的这个时刻)提供一个潜在的伴侣,他拥有她想要的所有特质和属性——或者至少,露西能想到的所有特质和属性。

再想象一下,这个不太可能存在的男人喜欢鲜花和阿斯哈·法哈蒂的电影,热爱城市更胜过乡村,读小说——真正的小说,而不是写恐怖分子和潜水艇的垃圾——还有,没错,他喜欢给别人口也喜欢被人口,能善待她的儿子,高大、黝黑、英俊、成功、幽默、聪明,信奉自由主义,能够撩动心弦。

然后这个男人冒出来,带她去一个安静、漂亮又时髦的地方共进晚餐,而她立刻注意到他的体味很难闻。你看,这段关系就算是到头了,对吧?其他长处都变得毫无意义。糟糕的个人卫生打倒了一切。与其类似的还有刻薄的为人、家庭暴力的前科(甚至仅仅是传闻)和不可接受的种族观。哦,还有酒瘾和药瘾,不过考虑到已经发生的事情,这是不需要重复的前提。没有关键的负面因素比任何正面因素都更加重要。

露西郁闷地注意到,她们正在接近店门口。她看得出里面一片混乱。队伍拐了个弯,尽头位于店堂的远端,因此难点不仅仅是在刚进门的地方找到容身之处。刚进门的地方是队伍半中腰那些人所站的地方,也就是长蛇阵的 U 字弯,所以假如你想去队伍尾部排队,就必须先挤过人群(排队的人现在更像是个人群,而不是一个队列),结果是给推搡的人和被推搡的人造成更大的压力。

“我看咱们可以一起进去。”艾玛说。

“连一个人都不一定能挤进去。”露西说。

“试试看呗。”

“行了吧你。”

“我看你们应该能进去。”她们背后的女人说。

“我正和我朋友说我们进不去呢。”露西没好气地说。

一对男女从店里出来,拎着不堪重负的白色塑料袋,里面装着血

7

淋淋的大块肉,要是在未来七天内全吃完,肯定会让他们患上严重的心脏病和肠癌,从而缩短下星期的队伍长度。

艾玛开门进去了。

"你让她排到你前面去了。"背后的女人说。

露西已经忘了这茬。

"现在她进去了,而你还没有。"

这事情里好像有个什么隐喻来着。

花一百二十镑买肉,这是相当可观的一笔钱。约瑟夫思考这对男女会不会想办法节省开支,比方说去掉菲力牛排或里脊肉卷,但他们没有。他说他们要付多少钱的时候,他们连眼睛都没多眨一下。第一次要客人付三位数的时候,他做了个抱歉的表情——其实更像个鬼脸,就好像他要给面前的女人带来实质上的肉体痛苦。但他没有造成任何痛苦,就算有他也没看出来,结果他反而觉得自己做了什么傻乎乎的蠢事。下一次再发生这种事,他故作冷静,但结账的男人觉得有义务解释一下:亲戚要来做客,他们每个星期都来我可招待不起,等等等等。住在这附近的人看上去并不奢靡,简而言之就是他们穿牛仔裤,口音不像查尔斯王子,但他们显然挺有钱,这样的反差偶尔会造成尴尬。约瑟夫其实并不在乎。他希望他们有钱,希望自己有朝一日也会有钱。他在店里工作一天只挣一百一十镑不等于他必须讨厌会花一百二十镑买肉的人。

他更担心的是一个吵闹的金发女人,三位数男女出去的时候,她刚好挤进店门。她是个麻烦,而且是一种特别的麻烦:每个星期六,她都企图和他调情。她会拿香肠和里脊肉开玩笑,约瑟夫根本不知道他反过来该说或做什么,因此他微笑时只动嘴唇,不动其他部位。

事情刚开始的时候,他试过避开她,但很快就发现这么做适得其反,因为她会跳过卡西或克雷格或伺候她的任何一个店员,一门心思地找他开香肠的玩笑。这样一来,情况就会尴尬得无以复加,因为牵涉其中的人会包括约瑟夫、他的客人、吵闹女人和正在伺候她的店员。假如他能拿捏好时间,就可以控制住麻烦的规模。

他不需要做任何复杂的操作。她就是他的下一名客人。

"早上好呀,乔。"

他不是乔。他叫约瑟夫。他的姓名牌上写得清清楚楚。但最近她做出了决定,她和他之间必须用上更亲昵的称呼。

"请问你要什么?"

"啊哈。唔。真是个好问题。"

至少她还算懂得体面,说这话的时候声音很小,因此只有她身边和背后的三四个人听见了。他们望向他,想看他会怎么接招。他对吵闹的金发女人露出他的皮笑肉不笑。

"我知道,我着魔了,"她说,"或者更确切地说,只要给我半个机会,我就会着魔。麻烦给我半打猪肉和韭葱的大香肠。不要小香肠。"

就连这话应该也是个笑话。

"收到。"

他给她称了香肠,然后是几块西冷牛排,然后四块鸡胸。他看得出来,她想说她的胸脯或者一般性的胸脯如何如何,因此他连忙抢先开口。

"卡西,西冷不够了,你能去后面说一声吗?"

"露西。"

吵闹的金发女人在朝她的朋友打手势,想让她到柜台前来,而她的朋友——个子比较小,也比较漂亮,黑头发——挥手表示不用了,同时露出尴尬的表情。感觉就好像队伍里的其他人是电影里的群众演员,而主角是两个女人,她们尽管立场相反,却是最好的朋友。"咱们外面见。"露西说。

吵闹的金发女人失望地摇摇头,就好像她朋友在没轮到她时拒绝挤过人群去提前接受服务,正是她生活中各方各面的症结所在。

"有些人就是不肯配合。"吵闹的金发女人对约瑟夫说,一边输入信用卡密码,然后盯着他看。他尽量不瑟瑟发抖。

两人回到店堂外,艾玛说:"我能生吞活剥吃了他。"

"谁?"

"乔。服务我的那小子。"

"他似乎对被吃掉不感兴趣。"

"他不知道我会怎么料理他。"

露西不确定这个比喻是否成立。知道别人打算怎么料理你,恐怕不会让被享用的未来变得更加诱人。

"你不觉得他像个什么人吗?某个性感的电影明星或歌手?"

"也许吧。"

"我知道。"

露西了解艾玛的参照系,那个范围并不宽广。几乎可以肯定,她想到了年轻时的伊德里斯·艾尔巴,要么就是年轻时的威尔·史密斯。

"年轻时的丹泽尔·华盛顿,"艾玛说,"你没看出来吗?"

"没,"露西说,"但我能想象,在你记忆库里的三张黑人面孔里,最像他的很可能是年轻时的丹泽尔·华盛顿。"

"我认识的黑人岂止区区三个。我选了确实最像他的那一个。"

艾玛是个自由职业的室内设计师,三天打鱼两天晒网,假如她接过黑人客户,那露西肯定会大吃一惊。至于能为她提供比较性选择的其他兴趣领域,例如运动、音乐、书籍,甚至政治,她都毫无兴趣。露西和孩子们还有同事们都聊过,足以了解她在这方面的迷途程度,但面对艾玛这么一个神经大条且不知反思的人,你又该从何说起呢?因此她没有开口,也不会开口。

她们一起步行回家。艾玛住在山坡往下的一座大房子里,过了她家还要再过两条街。她们曾经是邻居,但分居后他们卖掉了房子,露西和儿子们换了个没那么宽敞的地方。

"孩子们周末和保罗在一起?"

"对。"

"所以今晚要是一切顺利……"

"今晚我不会和任何人睡觉的。"

"这你可说不准。"

"你背着戴维偷过人吗?"

"露西!你这话说的!"

"我怎么了?"

"你怎么能问这个呢?"

"因为?"

"因为这是隐私。"

露西知道,艾玛不愿透露的信息是在她的婚姻生活中,她一直完全忠诚于她的丈夫。这是她最隐秘最黑暗的秘密:尽管艾玛成天说什么要吃人和里脊肉,但不仅从未做过任何出格的事情,而且以后也不会做。是啊,非常可悲,真相是她只是一个普普通通的已婚女性,抑郁而孤独,不愿放弃也许有个年轻男人想搞她的念头。说真的,这有什么不对的呢? 只要能支撑你熬下去就行。

"为什么我的性生活可以讨论,而你的不行?"

"因为你单身。"

"单身人士的性生活也可以是隐私。"

"但你认识戴维。"

"我不会说出去的。"

"我不是这个意思。"

"所以你偷过人。"

"咱们换个话题吧。"

就这样,艾玛的贞洁逃过了一劫。

她喜欢新得到的星期六下午的宁静。冬天,假如外面太潮湿,儿子们没法去操场上和朋友踢球,两人中的一个会在电视上看足球赛事集锦,听车库说唱,打手机游戏,另一个会在 Xbox 上打"FIFA 世界足球",对着耳麦朝朋友们大呼小叫。这些都是她不想听见的各种噪声。现在每周六他们都和保罗一起过,她可以读书,做填字游戏,听的音乐会让儿子们嗤之以鼻,态度不是狂躁(莫扎特)就是嘲笑(卡洛尔·金)。她不喜欢的是傍晚刚开始的时候。一户人家的屋子,即便是由于环境因素而被迫缩小的一户人家的屋子,毕竟属于一户人家,七点钟的寂静似乎是某种错误。这不是她的错,至少在她看来不是,然而是谁的错并不重要。

今晚她不需要做饭,在星期六变得孤独之前,她一直没有意识到这项活动究竟是多么重要。做饭是傍晚和下午的分界线——做饭就像逗号,以免一天这个长句磕磕绊绊,把自己缠成一团乱麻。那么,假如不煮意大利面和切洋葱,她又能做什么呢? 有些女人会躲在卧

12

室里没完没了地试穿衣服,借此填补约会前的空闲时间,她可不想变成这种人。电影里的类似环节总是以蒙太奇的形式出现,要是换装从头到尾都不需要脱衣服,要是衣服会变魔术似的直接出现在身上,背景里还在播放什么展望新明天的歌曲,她倒是愿意试穿衣柜里的每一套行头。

另一方面,认真考虑外表会给这个傍晚带来不应有的严肃性和投入感。她不认识这个男人,听介绍他也不是特别让人兴奋。他叫泰德,是做消费者出版物的。假如泰德代表一个崭新的明天,那她还不如干脆在床上睡到星期一算了。也许她甚至都不会换身衣服。她觉得自己的模样完全能见人。要是他不喜欢女人约会时穿牛仔裤和T恤衫,那他就哪儿凉快哪儿待着去吧。不过也许她会穿件像样的上衣。她看着纵横字谜。"横向单词指向同一个除此之外未定义的主题。"好极了,你必须先想到主题,然后才能找到单词,但在想到主题之前,你必须先找到单词。她这大半辈子似乎一直就是这么过的。她放下字谜,打开电视。

两人对视微笑。

"那么。"

"那么。"

他们已经完成了点酒的节目,这会儿正在假装研究菜单。他大概比她大五岁,不算毫无吸引力,但也不英俊。他在脱发,但他已经接受现实,剩下的头发剃得很服帖,并不咄咄逼人。他眼角的皱纹说明他喜欢微笑,牙齿整齐而洁白。只有衬衫敲响了她的警钟,非常遗憾,这是一件绣花的黑色衬衫,但似乎是专门为了这个场合而买的。假如真是这样,那就既可爱又可悲了。总而言之,他看上去完全就是

13

你在共同朋友安排的相亲中会遇到的那种男人：令人愉快，受过伤，性情温和，盲目地相信另一个女人有能力带领他走出孤独。不知道他对她是不是也怀着相似的看法，但她不认为自己散发着同样的忧郁情绪。也许她是在自欺欺人。没过几秒钟，她就知道不会有第二次约会了。

"谁先来？"

谁先来？我的天。这种对话只会发生在洗手间，每次只能进去一个人的那种。您先请，她想说。男厕所门口从来没人排队。不过话也说回来，他们来这儿不是为了找乐子。他们来这儿是为了搞清楚他们能不能咬牙考虑某种替代性的倒霉关系，为了实现这个目标，往事（关于痛苦、失落、应对不当和犯错逾规的往事）必须被排除在外。从他的败犬气场看得出，犯错逾规的不是他。

"你先吧。"

"好的。我是泰德。不过你应该知道。我是娜塔莎的朋友。"

他展开一条胳膊，朝她打个手势，像是在等她鞠躬答礼。他这么说是为了指出露西也是娜塔莎的朋友，然而他们能坐在一起假装研究菜单，本来就是因为这个。

"我有两个女儿，霍莉和玛西，一个十三，一个十一，尽管我和她们的母亲分开了，但我经常参与她们的生活。"

"我很高兴听你这么说。"

"哦，"泰德说，"不。我不知道娜塔莎对你说了什么，但艾米不是坏人。我是说，她犯过错，但……"

"对不起，"露西说，"怪我的玩笑开得太蠢。"

"我没听懂。"

"呃，假如你还和她在一起，恐怕就不该出来相亲了。"

泰德指了指她。她才认识他五分钟,他已经做了一次大鹏展翅和一次仙人指路。他去当交通纠察员应该很合适,但她想找的是个伴侣,不是非要会这些不可。

"哦。对。确实很好笑。特别好笑我是说。"

"我的笑话是不是让你想呵呵?"

"不,绝对不是。笑话很好。但假如我真的这么做了,那才特别好笑呢。"

"我能问问究竟发生了什么吗?"

"我和艾米?"

"对。"

他耸耸肩。

"她遇到了其他人呗。"

"啊哈。"

耸肩不代表接受。耸肩只是小心翼翼地故作洒脱,用来掩饰尚未完全消化的剧烈痛苦。

"我说不准。跳探戈需要两个人,对吧?"他说。

"嗯。确实有两个人。一个是她,一个是他。"

"我说的不是,你明白的,第三者。"

"你也跳探戈了?"

他似乎不是那种人,但这种事谁说得准呢?

"不!除非探戈的意思是……意思是什么来着?"

"我猜我是在问是不是需要四个人才能跳探戈?"

"四个?两个人的事情怎么就变成四个了?"

"你,再加上另外某个人。"

"哦。不。天哪,不。没有的事。"

"所以你们的探戈是怎么跳的？"

"真希望我没说什么探不探戈的。"

"那就到此为止吧。"

"我猜我想说的是，假如一个人在婚姻中过得足够快乐，那就不会出现容得下第三者的空间了。"

"哦，看来你是那种人。"

"不好吗？我们这种人是坏人吗？"

她的语气也许过于冰冷了。

"不，不是那个意思。没有好坏的区别。只是……太体贴了。"

"什么？体贴还会太体贴吗？"

本身当然不可能，然而不知怎的，泰德的过度体贴已经一头栽进自怜的黏糊泥淖。

"问题在于，我不知道你妻子有多么不快乐。"

"我也不知道。"

"所以她有可能没那么不快乐。"

"你怎么知道？"

"你似乎是个相当敏感的男人。你肯定会注意到。她很可能只是介于两者之间。尽管不算快乐，但也还不到不快乐。绝大多数人都是这样。"

她不知道她在说什么，但她逐渐认识到，相亲，尤其是不存在发展可能性的失败相亲，可以提供丰富的各种机会。你可以不了解情况就贸然发表看法，也可以随心所欲地多管闲事。露西时常有冲动想走到陌生人面前——比方说正在读不合时宜的书的人，或者对着手机泪流满面的年轻女人，或者留着长脏辫的白人自行车快递员——问他们究竟是怎么一回事。对，就这么直截了当："你到底是怎么了？"

　　好吧，反正她也不在乎能不能找到伴侣——任何方面的伴侣，无论是人生、性爱，甚至打网球的——她大可以和泰德这么一个男人坐在现在这么一张桌子前，问他你到底是怎么一回事，而他不能说你个八婆别多管闲事，因为他们来这儿就是为了要直奔目标。直到相对而言的最近，她还以为这个说法和打猎有关①，因此在英语中已经使用了几百年。然而在一个平静的星期六下午，解完纵横字谜之后，她打开谷歌搜了搜，现在她知道这个短语来自电影的早期阶段，多多少少就是它的字面意思：尽可能快地进入激动人心的部分。据说这个短语是哈尔·罗奇发明的，他恐怕从没想象过会有人用它来描述一顿饭里两个离婚者探讨各自失望和创痛的时刻。露西今年四十二了，不太可能再次发现自己被绑在铁轨上，而火车头正在呼啸而来。她已经和保罗体验过这种情况了。

　　"我就是这么认为的，"泰德说，"我认为她介于两者之间。"

　　"嗯，只要介于两者之间，就永远有空间供第三者插足。"

　　"我没这么想过。所以你认为那是我应该警惕的状态？"

　　"不。你不可能警惕中间状态。这就是问题所在。假如一个人只要处于中间状态就会跟别人跑了，那没有一段婚姻能维持超过五分钟。"

　　露西思考他们在床上能不能合得来，然后想到这是第一次约会，而且不会有第二次了。她想问什么都能问。

　　"床上没问题吧？算是……有规律吗？"

　　"艾米当初非常迷人。不，应该说一直很迷人。反正比我有魅

---

① "这个说法"是指前文的"直奔目标"，英语原文为 cut to the chase。——译注，下同。

17

力。我大概是高攀了。"

"我好像不太明白。"

"我这儿应该有照片的。"

他开始在上衣口袋里找手机。

"不,不用了,我明白迷人是什么意思。但我不知道这和上床有什么关系。"

"我一向有点受惊。"

她完全不知道这是什么意思,更不明白这个词如何适用于正在探讨的主题,但她对细节的胃口已经达到了极限。

"所以你想找一个平凡的人。"

"我知道这么说很怪,但我真是这么想的。怎么说呢,刚才看见你走进来的时候,我有点失望。对不起。一朝被蛇咬什么的。"

"你还挺会说话的,知道吗?"

他哈哈一笑。

"轮到你了。"

"天哪。这就轮到我了?"

"很抱歉,是的。"

"露西,娜塔莎的朋友,两个男孩,迪伦和艾尔,一个十岁,一个八岁,非常非常参与他们的生活,也许比我想要的还要参与,和他们的父亲分开了。"

"还有你教英语。"

"对。公园路学校的系主任。"

"我们为女儿考察过那儿。"

"但觉得不够好?"

"没有的事。学校看上去非常好。但艾米希望她们接受她的那种教育。"

"私立学校。"

"嗯,对。还不止。班级的规模更小,更多的人……"

"班级规模小,年级人数多?这学校够厉害的。"

"不,不是的,是更多的人……"

露西认识很多送孩子去私立学校的父母,他们在解释如何做出这个决定的时候,无一例外地会说得前言不搭后语。理由往往牵涉某种复杂的、几乎难以形容的敏感性,阻止了孩子去上附近的综合学校,因此尽管父母很想送孩子去家门口的中学,但对他们家的这个特例来说就是行不通,原因有可能是极度害羞,或者是未被确诊的阅读障碍,或者是超常的天赋,需要国家不可能提供的挖掘和培养。露西心想,但凡有哪个当爹的愿意直说,你他妈开什么玩笑?那学校里全是精神变态、帮派分子、不会说英语的孩子、不会说英语的老师、浑身大麻味儿的十二岁小杂种、只因为我女儿吃午饭的时候看柏拉图就打她的十一岁兔崽子,我就立刻和他上床。

"是更多的人……"

"和他们一样?"

泰德感激地看着她。

"我猜应该是的。蓝铃中学其实有很多亚裔姑娘。华裔和印度裔。所以不是……"

"我明白。挺好的。"

"你的儿子们呢?"

"弗朗西斯·培根中学。"

"噢,那学校的名声很好。"

他似乎松了一口气,就好像两个男孩上了一所还算体面的中学足以证明她在意识形态方面还没有彻底疯狂。

"那为什么……呃,你为什么会来呢?"

"我为什么单身?娜塔莎什么都没说?"

"说了一点儿。"

"嗯,头版新闻说得很清楚了。"

"他现在怎么样了?"

"还行。他戒毒了。复健,心理治疗……做了他几年前就该做的所有事情。"

"他不想破镜重圆吗?"

"当然想了。但他不明白问题出在哪儿。"

"问题出在哪儿呢?"

"我恨他。"

"也许会改变呢?"

"我不这么认为。"

所有人似乎都认为宽恕唾手可得,就在眼前,你旁边的桌子上,她需要做的仅仅是站起来,打开水龙头,但倔强和怨恨不让她这么做。她很生气,没错,但问题在于这个水龙头根本不存在。保罗花掉了他们所有的积蓄。保罗毁掉了太多个生日。保罗叫了她太多遍的婊子和贱人。保罗动手打过外卖小哥,把可卡因和毒贩带进亲生儿子居住的屋子。在她的余生中,她会一直知道他的存在,有朝一日,等他们过去和未来之间拉开了足够多的年头,她也许能想象她的愤怒会消退。但消退的愤怒和爱不是一码事。也许对于有过类似经历的女人,泰德会是个有吸引力的选择,但她需要的不是一个对她好的男人。她想要的是智性刺激和性兴奋,要是无法得到这两样,那她就不需要任何人了。

"娜塔莎说你喜欢阅读。"泰德说,显然不想继续讨论爱恨了。

"嗯,对。"

"我试过 K 书,但我必须承认我不是那块料。"

露西想知道他 K 的都是什么书。他读《星期日泰晤士报》的书讯版?他读完过一本书吗,还是过去五年出版的每一本书都读过?

"没关系。"

"我更喜欢看网飞的好剧。"

露西也喜欢看网飞的好剧。他们很容易就度过了那个晚上剩下的时间。露西不年轻了,她自己也知道。她的人生已经差不多过半。但她还没老到要过这种生活的地步,对吧?

2

比赛还剩七分钟,零比零,卢卡西朝着皮球横扫一脚,可惜用的
是他不擅长的那条腿,因此不但根本没踢到球,反而正中对方边锋的
腹部,就在禁区中央,就在裁判面前。那小子当场倒下,倒不是因为
想要点球,而是因为所有的空气——甚至还有一两件内脏——都被
挤出了他的身体。约瑟夫很喜欢卢卡西。他并不擅长足球,也不是
非常聪明,但约瑟夫当他教练这三年以来,他连一场训练或比赛都没
迟到过。他是个好孩子,尽管他父亲不怎么好,甚至算不上通情达
理,而这位老兄和他儿子一样,每场比赛都会露面。父亲的自豪常常
会让他暂时失明,裁判抬手指向点球点的时候,场下响起了一连串的
谩骂声,约瑟夫并不吃惊,因为他早就见识过了。

"裁判,你他妈开什么玩笑?"

他这一嗓子喊得太响了,裁判在五十码开外转过来瞪着他。

"声音小点儿,约翰。"约瑟夫说。

"你没看见吗?"

"看见了。这个点球是罚定了。"

对方边锋还躺在地上，正在接受对方教练的安慰。

"他根本没碰到他。"

"他挨了那一脚就没再动过。"

"他马上就会爬起来活蹦乱跳的，你看着吧。"

"老兄，你都不该站在这儿的。"

他确实不应该。他应该和其他父母一起坐在球门背后，只有教练和替补队员才有权站在边线上。但规则不适用于约翰。卢卡西是他第三个踢登碧巷 U12 比赛的儿子，这意味着他的资格比规则更老。

"裁判。裁判。裁判。裁判。裁判。裁判。"

裁判拒绝看他，所以他继续念叨。

"裁判。裁判。裁判。裁判。"

终于，视线转过来了。

"裁判，你他妈吹黑哨。"

裁判蹲下查看受伤孩子的情况，然后转身跑向他们，动作中带着强烈的目的性。

几年前，约瑟夫在伍德格林购物中心遇到了他以前的副校长，菲尔丁先生问他在从事什么职业。"啊哈，"菲尔丁先生说，"多职。你是个多职能工作者。这是未来。但对你来说不是。对你来说就是现在。"

约瑟夫不知道他这种活法居然有个名称，甚至不知道还有别人也在同一个方向上思考，但听完菲尔丁先生的解释，他对自己的所作所为的感觉好了一点。直到那一刻，他一直在担心他只是在拼凑某种谋生方式，借着一份接一份的兼职来逃避全职工作。他的工作时间比他认识的所有人都长，但至少他从不需要对他的未来做出决定，就是你选择了这条路而不是那条路，然后一切就此注定的那种决定。星期六他在肉铺工作，每周两个晚上当教练，星期五晚上指导比赛，三个上午在健身休闲中心，下课后照顾玛丽娜的双胞胎，偶尔做做保姆，另外还有DJ。尽管DJ是他最想做的活儿，但他在这上面还没挣到过一分钱，而且过两个月还要他支出一大笔钱。他打算花六百镑买Ableton Live 10套装软件——他使用破解版已经有段时间了，但破解版运行不正常。另外，他知道假如想要有所成就，就必须先期投资。这意味着要减少出去玩的次数，也就意味着没法听到其他DJ在搞什么，也就意味着不知道他在搞的东西是不是浪费人生，因为它有可能不是受众想听的，或者已经死透了。

约瑟夫知道，假如DJ这条路走通了，他和肉铺以及那儿的所有人告别时不会有任何留恋，对休闲中心他也同样能走得毫不后悔。他会去看望双胞胎，因为他非常喜欢他们和他们的父母。他一直认为他最想念的会是当教练，但这份工作最近变得越来越痛苦——孩子无缘无故缺席，你在比赛前两小时打电话也没用；满嘴污言秽语的父母；对方球员用拽衣服或橄榄球擒抱阻挡进攻，他们的教练居然还欢呼鼓掌。还有，所有人——包括孩子、父母和叔伯姨婶——都把足球视为一条出路。任何一个戴帽子的中年白人都是布伦特福德或热刺或巴塞罗那的球探，要是没戴帽子的中年白人到场，那就肯定是约瑟夫的错：球队不够好，约瑟夫没有在合适的地方吹嘘这帮小子。自从约瑟夫执教以来，登碧巷联赛的各家球队加起来只有一名球员被球探选中，而且刚过十七岁就被巴尼特队开了。

来看比赛的一些父母和祖父母喜欢谈论约翰·特里、杰梅因·迪福和索尔·坎贝尔在旺斯特德平原为森拉布俱乐部踢球，但约瑟夫觉得那个时代已经过去了。和登碧巷竞争大牌球队位置的孩子们不再来自旺斯特德、利物浦或都柏林，而是来自塞内加尔或马德里，是十三岁的时候不吃垃圾食品也不吸大麻的孩子们。现在你的对手是全世界除这儿外的其他地方，而全世界除这儿外的其他地方既广阔又擅长足球。

卢卡西的父亲约翰这种人会说这儿的外国人太多了，英国孩子根本捞不到机会，但约瑟夫不明白足球俱乐部为什么非要挑选会让他们丧失竞争力的球员。但他父亲的论点不一样。按照他的说法，害得他失业的东欧佬的薪水还不到他以前的一半，他们在中央线的遥远尽头五个人挤一个房间，存下点小钱就回家了，等等等等。但你不能说塞尔希奥·阿圭罗和埃登·阿扎尔能占据位置靠的是便宜。他们之所以挤走了其他人，是因为他们把本地人甩出了几英里远，约瑟夫对此毫无意见。英格兰是全世界最有钱的足球国家，但这和英国人没有关系，至少和英国球员的关系不大。

"你去歇会儿吧，约翰，比方说散个步？"约瑟夫说。

"我现在不能走，明白吗？他正在走过来。我要是走了，看上去会像是我在逃跑。他想打架，老子奉陪到底。"

"他不想打架。他想和你谈一谈。"

"我想打架。"

"不，你不想。"

裁判来到他们面前，气喘吁吁，怒气冲冲。

"你说我什么？"

"吹他妈黑哨。"

约瑟夫饶有兴致地注意到，在这种情况下，重复指责会将受指责者置于某种不利地位。裁判提问时以为回答会是"没什么"或道歉或改变话题。重复指责要求他采取行动,裁判因此陷入了两难的处境。他是裁判员。他不该动手打人。于是他决定用朝着胸口推一把来代替,这一把的力道足够把约翰推倒在地。

"很好,"约翰说,"我要举报你。"

"随你便。"裁判说,然后把哨子、小本子和红黄牌塞给约瑟夫。

"我受够了。"他说,下场走向更衣室。

"比赛还没结束,"约翰说,他依然坐在地上,"现在你必须当裁判了。等你上了场,可以改变他的点球判罚。"

约翰四十五岁,裁判看上去五十好几。约瑟夫才二十二。他走到场地内,对孩子们说比赛取消了。有时候他真的不想当约克路球场上唯一的成年人。

星期六上午大雨如注,店里很安静。人们迟早要来买东西,这会儿只是在拖延时间,结果就是下午肯定会很忙。马克叫他们扫地、擦洗和盘点调味品,但到了十一点,就连他也没法假装有事可做了,于是约瑟夫和卡西去隔壁喝咖啡,留下索尔看柜台。卡西是北伦敦大学的学生,星期六打工对她来说不啻于酷刑,因为前一天夜里她透支了体力。她和约瑟夫的年龄差不多,据此推测他处于类似的状态,但他从不过那种日子。比赛结束后,他给自己做了顿晚饭,陪老妈看了会儿电视,然后就上床睡觉了。他从没告诉过卡西他们是不一样的。对她来说,他们必须是一样的,这一点非常重要。

"我完蛋了。"她说,他们刚拿到他们点的咖啡,找了个位置坐下。

"是吗?"

"轰趴。"

"嗯。"

26

"我爬起来上班的时候,他们几个还在闹呢。总之就是一句话:要是第二天上午九点还想上班,那就千万别去招惹凯特。"

"我记住了。"

"我尽力了。但我一碰到凯特就会失忆。"

这当然不是真话。她确实来了,也确实卖肉给客人,但他觉得站在店里的不是她,而只是她的躯壳。他无法确定,因为他从没见过她其他的样子,但他希望她除了每周六向他展示的这一面,还藏着更好的一面没给他看过。

"你难道就爬得起来吗?"

"我昨晚过得很平静。"

"对。"她其实没在听他说话。他看得出她心不在焉,而且不仅是因为她令人同情的状态。

"介意我问你点事情吗?"她隔了一会儿说。

"大概不介意。"

"你确定?"

这是"不是我想逗你笑,但……"这种句式的白人学生版本。接下来的内容从来都没法逗人笑,而且永远和种族有关。他比较喜欢卡西对同一个主题的处理方式,但这不等于他欢迎她这么做,甚至不等于这么做是合适的。

"不是百分之百不介意,所以我才说'大概'。"

"所以我不该问,对吧?"

"我没法确定。但假如你认为有可能会冒犯我,那也许还是不问为好。"

"我觉得应该不会。但你只要喊停,我就不往下说了。"

约瑟夫没有吭声,借此同时表明他有多么热情和有多么抗拒。

"你这是代表我可以往下说吗?"

"我这是什么都没说。"

"对。但我忘了你什么都不说代表什么。"

"我的天,卡西。你就往下说吧。"

"我想问的是约会。"

"哦,好。我对约会那叫一个了如指掌。你明白你为什么会来请教我。"

"呃,其实不只是约会,我猜。"

"你真是让我吃惊呢。"

"和黑人约会的事情。"

"据我所知,如今在世界上几乎所有地方都是合法的。但比起其他地方,在某些地方会给你带来更多的麻烦。不过北伦敦没问题的。"

"嗯。对。不。我不是那个意思……"

"我在开玩笑。"

"对。"

"所以……?"

她深吸一口气。

"黑人女性不喜欢和黑人男性约会的白人女性,是真的吗?"

"你在和黑人约会?"

"没到那个程度。我勾搭上了一个。还想继续勾搭下去。"

"我确定他肯定不会在乎。"

星期六的卡西永远不是她最漂亮的时候,但约瑟夫看得出来,只要她能下定决心,她想勾搭任何人都不会遇到太大的问题。

"对,但我会不会在做错事?"

28

这种烂问题让他感到厌烦。

"我怎么可能知道?"

"你会和白人姑娘约会吗?"

"你为什么不问我有没有和白人姑娘约会过呢?"

"哦。约会过吗?"

"当然约会过了。"

"然后呢,有人那什么,不赞成吗?"

"有。她爷爷。"

"他种族歧视?"

"不。他吃素。不喜欢我在肉铺工作。"

"真的?"

"不。他种族歧视。"

"好的。但我说的是,你明白的,你的社群的成员。"

他的社群。他依然希望他的社群是他生活的地方,包含了白种老妇人、穆斯林年轻男性、立陶宛儿童、混血女孩、亚裔父母和犹太出租车司机。但事实上从来都不是。

"不介意,"他说,"邻居都能接受。"

"你们为什么分手?"

"因为我对她不忠,她发现了。你从这里面学不到什么教训的。"

她责备地瞪着他。

"那会儿我才十九岁,"他说,"没管住自己。"

"我经历过的每一段关系,结束都是因为一个人对另一个不忠。"卡西说。

"我猜生活就是这么一回事,"约瑟夫说,"直到你结婚,而且不离婚,然后两个人死了一个。"

他们默默地思考人生,再也没有回到男女关系的话题上去。

漂亮的黑发女人进门的时候,天还在下雨,店堂里几乎没人。为了给她服务,他险些一把推开卡西。最近她不再和吵闹的金发女人一起来了,约瑟夫不确定这是巧合还是和他有关系。过去这三个星期,他一直在琢磨这事情,他似乎就是拦不住自己的胡思乱想。因此,一方面他在思考黑发女人不和朋友一起来是不是想找他调情,另一方面他也开始琢磨自己是不是哪儿出了问题。也许他需要女朋友了。他空窗已经有段时间了。缺乏性生活也许在让他幻想要买羊腿和走地鸡鸡胸的女人其实要的是其他东西。吵闹的金发女人说猪里脊如何如何的时候,也许她真的只是在谈论一块肉。也许他该去打听一下,问问凯拉是不是还在和安东尼·T-C约会。

"你好,约瑟夫。"

"你好。"

"所以……我想要什么来着? 哦,对了……"

"对不起,我不知道你叫什么,所以只能说个'你好'。似乎有点没礼貌。"

"哦,没关系。"

她说没关系是为了让他相信他没有冒犯她吗? 还是在拒绝向他透露她的名字? 假如她甚至拒绝向他透露她叫什么,那他就要训练自己不再胡思乱想了。

"所以。牛排。好多牛排。还有汉堡肉饼。"

"没问题。牛排要几块才能算好多?"

"我买多少他们就吃多少,但我买不起那么多,而且对他们没好处。"

所以,不告诉他名字。他不会经常觉得自己傻乎乎的,尤其是在女人面前,当然了,他并不认识很多她这个年纪的女人,当然了,他也不知道她究竟多少岁。(三十五?他希望她顶多三十五。他可以接受十年的年龄差,尽管三十五就意味着那是十三年的年龄差,但再大就不行了。你他妈想什么呢?谁要你接受什么了?反正不是她,这是肯定的。她甚至不肯透露她叫什么。)

这一切到底是怎么开始的?他第一次注意到她的时候,她和吵闹的金发女人一起进来,也许就是那一刻,他不知怎的问起了自己,假如用枪指着他的脑袋,他会选择哪一个。有时候,这种问题能帮他消磨时间。然后等他再一次见到她的时候,他意识到根本没必要用枪指着他,甚至上个星期也都不需要。她有一双美丽的眼睛,笑容能温暖冷库,像是经历过伤害了她的什么事情——这当然并不好,但到这儿来买东西的许多人似乎什么都没经历过。他本人也没什么经历,比起他的"社群"中的其他年轻人来说更是少之又少,但每次深夜回家被警察拦住,要求他掏空每一个口袋,都会让他和他每周六向他们出售有机牛肉的记者、演员以及政客拉开更远的距离。他看不见她的体型,因为先前是二月,现在是三月,她整个人都消失在大号风雪衣里面。不过他知道体型并不重要,但假如你在脑海里玩游戏,而且还牵涉到枪械,那体型就非常重要了。另外他要为自己辩护一句,吵闹的金发女人有个能让她自己失去平衡的身体,然而假如他想朝那个方向琢磨她,他一眼看到的就只有愚蠢了,而且耳朵里只有令人尴尬的吵闹笑话。也许最后的出路就是拿可爱的黑发女人当原型。他要记住她,记住她的眼睛、温暖和哀伤,然后去找一个和他年龄相仿、愿意接近他的人。

"露西,"她突然说,"我叫露西。你肯定觉得我是个怪人。"

另一名客人走进肉铺，是个带狗的男人。这家店不允许宠物入内，不过卡西能处理好的。

"噢，不。我只是在想，那什么，她凭什么要告诉我她叫什么呢？"

"那现在你可以想露西为什么要告诉我她叫什么了。"

他哈哈一笑，以表示：首先，他听懂了；其次，他很友善；再次，他绝对不需要被枪指着脑袋。她很可能不会理解他这一笑中与枪有关的部分。情况很复杂。

"你住在这附近吗？"她问他。

"不远。托特纳姆。"

"哦。"

她似乎挺失望。假如二十分钟的公交车就算是太远了，那她一开始就不该费神开口的。

"我想找个保姆今晚帮我看孩子，想知道你认不认识住在这附近的负责任的年轻人。"

"我倒是经常帮人看孩子。你认识玛丽娜对吧？有双胞胎的那个？总是星期六来店里买肉？"

"噢，当然。我认识玛丽娜。"

"但今晚我真的没时间。"

他今晚**真的**没时间吗？今晚他确实没时间。他又要去照看那对双胞胎了，过去六周内的第三次。

"呃，好吧。通常星期六我不需要带孩子。星期六归他们的父亲管。但这个星期……唉，他没法带他们了。不过没关系。我可以取消我的事情。"

"不，不需要。我能安排好的。"

"你确定？那可就太好了。"

"没问题的。"

"你能给我一个手机号码吗？我用短信把详细情况发给你。"

卡西没去管那条狗。她只当没看见，正在给男人拿他要的培根。约瑟夫望向她，朝狗摆摆头。卡西望向他，耸耸肩。

"当然。"

他从柜台上的有机玻璃小盒子里拿出一张肉铺名片，把他的号码写在上面。

"非常感谢。"露西说。她收好名片，转身离开。

她刚走，约瑟夫就对男顾客说："不好意思，您能把狗领出去吗？"

"我都快好了。"客人说。

"是啊，但要是我们老板刚好进来看见它，会给我们惹上麻烦的。"

"要是你让客人觉得不方便，现在就会惹上麻烦的。"

"你把它拴在外面就行。"约瑟夫说。

"别管了。"卡西对约瑟夫说，把培根递给男人。

"谢谢你，"男人说，"很高兴知道这儿不是每个人都不讲道理和仗势欺人。"

露西回到肉铺里。

"我还没买肉呢，"她自言自语道，"哦，你好，戴维。你好，塞纳。"

戴维是这个男人，塞纳是他的狗。约瑟夫猜男人把埃尔顿·塞纳的名字用在了狗身上，因为这家伙一看就是喜欢一级方程式的那种混球。

"艾玛好吗？"

约瑟夫很确定艾玛就是那个吵闹的金发女人。假如这是她的丈夫,那么一切就都说得通了:他们说话不但音量相同,而且深信每个人都想听见他们非说不可的话。

"很好。"戴维说,但对这个问题不太感兴趣。他的心思还放在吵架上。"假如我是你,"他说,"就一定会请那姑娘给我服务,而不是这个暴躁小子。"

"请领着狗出去,"约瑟夫说,"别站在店里聊天。"

"你说什么?老子还就乐意站在这儿聊天了。"

"咱们出去吧。"露西说。

有一瞬间,戴维像是要反对。就算他开始在店堂中央喂狗吃生肉,只是为了再多待一会儿,约瑟夫也不会吃惊,但他叹了口气,瞪了约瑟夫一眼,然后跟着露西回到街上去了。

等她觉得约瑟夫听不见他们交谈了,她立刻对戴维说:"算你厉害。"

"怎么了?"

"在店里耀武扬威。"

"我正要付钱买培根,他企图把我撵出去。"

"首先,他不是个崽子。"

"唉,行了吧你。"

"他为什么要暴躁呢?他不就是想维护店里的规矩吗?"

露西太义愤填膺了,以至于错误引用了他的原话。他没有叫约瑟夫"崽子",而是叫他"小子"。两者是有区别的,但她不打算熄灭她的怒火。他就是会说"崽子"的那种男人,而且是对这个词的历史一无所知的那种男人。对她来说这就足够了。

"我不知道这家店不许狗进。"

"我认为你该进去说声对不起。"

戴维发出难以置信的骇笑。

"是哦,那是不可能的。"

"我知道你不会的。我只是在告诉你正常人会认为怎么做比较体面。"

"很高兴见到你,露西。我会替你问候艾玛的。塞纳,走吧。"然后他吹起了口哨,借此表现他是多么无动于衷。

在平静下来之前,她不想再走进肉铺——那会是今天第三次了。她知道她的愤怒程度与事态不成比例,在她再次见到约瑟夫之前,她必须搞清楚究竟发生了什么。她担心他会不喜欢她的插手,担心过程中有些复杂的因素不好或不正常。她是不是过度反应了,就因为戴维是个白人而且高人一等? 她有什么资格要插手呢? 她想向约瑟夫展现什么吗? 比方说她站在他那一边,而不是戴维那一边? 为什么?

约瑟夫七点半准时到达。她还没准备好(今天她打算稍微努力一下),但还是领着他转了一圈,把他介绍给正在打 Xbox 的两个孩子。

"这是约瑟夫。约瑟夫,这是迪伦和艾尔。"

"哪个是哪个?"

两个孩子一起举起手。露西翻个白眼。

"他们在学校里脑子很好使。在家里就没那么聪明了。"

"我是艾尔。"

"不,他不是。"露西说。

"那是还没走形的罗纳尔多吗?"约瑟夫说。

两个孩子一起看他，眼神里含着兴趣。

"你也打 FIFA?"

"当然。"

"几代开始的?"艾尔问。

"FIFA 06。"

"FIFA 06? 哇。"

"那会儿他们都还没出生呢。"露西说。

"我老了，"约瑟夫说，"但我还是能赢你们俩。"

迪伦给他一个手柄。

"稍等一下，"露西说，"在他掉进黑洞前，我还有几件事要对他说。"

"几点睡觉?"

"他们打算晚睡，因为想看个什么节目。体育比赛什么的。"

"经典大战①?"约瑟夫说。

"当然了。"迪伦说。

"哇。所以我先打 FIFA，然后看经典大战? 我家里没有天空电视台。真希望我花得起这个钱。"

"全都是免费的。"迪伦说。

"对，但我是不是要付钱给你们老妈?"

"是她要付钱给你，"艾尔说，语气像是一个人在宣布惊人的消息，"你是保姆哎。"

"我觉得他在开玩笑。"露西说。

"算是吧。"约瑟夫说。

---

① 即西班牙国家德比，皇家马德里和巴塞罗那的比赛。

"总之，经典大战。不管那是什么。然后直接睡觉。"

"收到。"

"我不是上当了吧？经典大战不是什么要搞到明天去的节目吧？"

"只是一场足球赛。"

"很好。想吃什么喝什么就自己动手吧。"

"等他们睡下了，我也许会喝瓶啤酒。"

"我会在十二点以前回来的。"

"随便你。有事短信我。"

她收拾好了，和两个儿子吻别，看得出他们几乎不敢相信这份好运气。

孩子们今天和她在一起是因为保罗昨晚喝醉了，这是他第一次失约。今天上午醒来，他觉得恶心又难受，但至少还算体面，知道打电话通知她。他并没有企图推脱陪儿子过周末的义务。恰恰相反，她知道他期待见到他们，他们能让他正在进行的战斗变得轻松一两天，赋予否则只会虚度的时间以形状和目标。她知道他会生自己的气，也知道他这个周末会格外难熬，除非他继续喝酒，但那样很容易就会滑进毁灭的深渊。假如他能做到两天不沾酒精，她也许会尝试说服自己，四十八小时的亲子相处对他会有好处，但这场新出炉的灾难意味着风险过高。

在大多数的情况下，她会取消今晚的节目，但她一直在期待今晚。她念大学时的朋友菲奥娜和丈夫皮特邀请她共进晚餐，尽管菲奥娜没有仔细解释，但她为露西安排了一个不久前离婚的作家，而且她还很喜欢这位小说家的作品。他比他们大十岁，不过孩子的年龄相同，而菲奥娜很小心地提到过他的前妻不是什么好人。她为他的出版商工作,菲奥娜说那是一次出了大岔子的肆意妄为。露西只想找个人调调情。她空窗的时间太久了。

迈克尔·马伍德的小说阴郁、平静而简洁,但迈克尔·马伍德这个人似乎并不崇尚简洁,露西看着他说话的当口,他已经喝了两杯葡萄酒。他正在讲一个漫长的故事,主旨是他受邀前往唐宁街 10 号参加一场招待会,故事里有许多名人,但在露西看来,既没有叙事技巧也没有潜台词,而且他都没怎么停下来打个招呼。他有一伙全神贯注的听众(在场的还有一对妻妻邻居,名叫玛莎和克莱尔),他不会为了任何人而中断讲述。即便是皮特去厨房端来了食物,迈克尔也没有显露出允许大家吃饭的意思。

这是一张圆形餐台,他坐在她的右手边。

"我就希望会这样。"他像密谋似的对她说,然而由于还没有任何人开口说话,他们全都听得很清楚。

"什么样?"

"你和我能坐在一起。"

"呃,"露西说,"一半对一半的机会。"

"咱们有六个人呢。我的运气肯定比一半好吧?"

"嗯。我算是咱们中的两个,因为我可能坐在你的左边或右边。而你是一个。"

一阵沉默,两人都在努力思考她这个说法对不对,然后几乎同时放弃了计算。迈克尔耸耸肩,哈哈一笑,露西在考虑她能不能原谅他的无聊故事。

"你听到了我的无聊故事吗?"他说。

她大笑。

"只听到一个尾巴。"

"很糟糕对吧？我一口气喝了三杯酒,忽然发现我把故事都说到一半了。我是说,那些事真的发生过,但有什么了不起的呢？非常抱歉。我现在已经清醒了。"

她觉得他的道歉相当让人放松戒备,于是这会儿她开始关注他的其他特征——比较好的那些。他有个时髦但与年龄相符的漂亮发型,留着整齐的花白胡须。他很好闻,似乎是某种酸橙基调的老派绅士古龙水,多半是个人包装的一部分。不过好闻终归是好事,初衷是什么并不重要。

"所以,"他说,"最近好吗?"没错,他把重音放在前两个字上。

露西在内心翻个白眼,然后立刻讨厌起了自己的先入之见。也许她还是一个人过比较好,偶尔搞两场性冒险当添头。这个人会被英语里最简单和最普通的一个问题激怒,你怎么可能想和她一起生活呢？但你不能问陌生人最近好不好。你只能问朋友最近好不好。这个问题的前提是你对别人的过去有所了解,心里有个可供放置回答的背景,而他什么都没有。只有当街募捐的年轻人在街上拦住你的时候会用这个特定的套路来打开话题,然而这岂不正好说明了它有多么不真诚吗？

"你好。"露西说。

她把自己弄糊涂了。她本来想说个尖酸的冷笑话,比方说"我有点流鼻涕,不过已经好了",然后他也许会意识到这个问题过于亲密,因此她无法回答,最终自嘲地笑笑。但现在他没有,看她的眼神像是在看一个疯子。

"你好,第二次。"他说。

其他人都正在交谈,因此他们周围有了个小小的私密气泡。但迈克尔还想把这个小气泡变得更小。他凑过来低声说话，但她根本听不清。她很高兴地发现他有个音量旋钮，因为从晚餐前的表现看，他似乎并没有。然而这个旋钮不带刻度，更像是个开关，你只能在两种设置之中二选一。

"不好意思?"

"你事前知道咱们会被配对吗?"

"我知道有个单身男人会来。这算不算?"

"你介意吗?"

"我介不介意皮特和菲奥娜邀请一个单身男人来吃饭?"

"你完全明白我是什么意思。"

"不,我不介意。我很确定没有压力要我承担长期责任。"

"啊哈,我明白了。你更喜欢短期责任。我会记住这一点的。"

"一个晚餐派对的长度就挺好。"

这会儿她相当自得其乐。她并不想存心浑身带刺,但他一次又一次把她推进这样的境地,奚落对方的诱惑力总是大得不可阻挡。

"我读过你的书。"

她暗骂自己。现在唐突的变成她了。她这是第一次在饭桌上坐在作家的旁边,尤其这位作家被叫来还是为了平衡人数。

"所有的?"

"我不确定。一共有几本?"

"七本,不算诗集。"

"噢,我没读过你的诗。应该读吗?"

"除非你想读。"

"说起来,你已经上了课程大纲。"

"有所耳闻。"

"感觉如何?"

"受宠若惊。"

"所以没让你想把自己吊死?"

"当然没有!为什么?"

"孩子们都恨你。"

"有一次我去和一个班级交流过,他们似乎都很激动。"

"哪儿的班级?"

"海格特。"

"哦,好得很。"他当然会去海格特了,"你不介意去私立学校和学生交流?"

"公立学校没邀请过我。要是你愿意,我可以去你们学校。"

"我们会不知道该怎么招待你的。"

要是校长发现她喜滋滋地拒绝了迈克尔·马伍德的自告奋勇,即便他多半不知道迈克尔·马伍德是何方神圣,也肯定不会高兴的。他对插着羽毛的帽子①非常感兴趣,并不在乎羽毛到底是从什么鸟身上落下来的。

"唔。这下我就明白了。"

"对不起。我们学校的文学传统不是特别浓厚。他们肯读点儿带字的东西,我们就很高兴了。"

"我的东西难道不带字?"

"你会对他们说什么呢?"

"我会对他们说,能有你这么一个老师,他们的运气可真是太好了。"

---

① 指一个人引以为傲的成就。

"你根本不知道我是个什么样的人。"

"我说的不是你的课堂管理能力。"

然后他望着她。露西不禁怀疑他是不是她学校里的女生所谓的"色猪"①，她不鼓励孩子们使用这个词，因为它的第一个字是禁语，但从其他的所有角度来看，这似乎都是一个非常可喜的新造词。一直以来就有婊子、荡妇和妓女，现在终于有了个色猪，而女生唾弃地说出这个词时的轻蔑态度更是让她高兴。要她猜一猜的话，她会说迈克尔·马伍德婚姻触礁的原因是他是色猪，而他妻子是不是个噩梦根本就不重要。婚姻结束了，而婚姻之所以会结束，是因为不快乐或不满足的人遇到了其他人。然而假如一个不快乐或不满足的人一而再、再而三地遇到其他人，你怀疑这个人的不快乐或不满足很可能无药可救也就理所当然了。

当然了，和色猪上床也没什么不行的，只要你事先知道约束条件就行。露西一年没睡过男人了，不但十二年来除了保罗也没睡过其他人，而且就连一年前的性爱也是沙漠绿洲——她可以肯定用这个比喻来形容一大团乱麻之中的片刻软弱和苦闷并不贴切。她的精神能量几乎全用在了两个儿子和工作上，不过也给自己留下了一点点，但这一丁点的能量越来越多地花在了幻想上，或者猜测：什么时候，什么地方，什么人。所以，为什么不能是迈克尔·马伍德呢？

她暂时告退，一半因为她想尿尿，另一半因为她觉得她该看一眼手机了，然后她发现她漏看了约瑟夫的五条短信。

情况正如约瑟夫的描述。保罗在外面，背靠着墙坐在人行道上。

---

① 英语原文为 fuckboy。

42

约瑟夫守在门口。她付钱给出租车司机的时候,忍不住想到这个季节屋子肯定凉得要命。

她走到前夫面前站住。

"你在干什么?"

"那个该死的小子攻击我。"

"动手前我警告过你了,"约瑟夫说,"我说过我不会放你进来,说过我会动用武力阻止你。但我没打他,"他对露西说,"我推了他一把,他摔在树篱上,然后爬到那儿去的。"

"谢谢,约瑟夫。你关好门,陪孩子们坐会儿,可以吗?"

"需要帮手就打我电话。"

"谢谢。"

从大门落在人行道上的灯光消失了,露西呆呆地站了一会儿,不知道该怎么说或怎么做。她想在保罗旁边坐下,给他一点爱和支持,但现在还不到十点,她可不想向出来倒垃圾或看完电影回家的邻居解释……事实上,她根本想不出其他的解释,除了真相,而真相是她正在参加晚餐派对,结果忽然被叫回家,原因是她的前夫——也是个前酒鬼,现在又喝醉了,但总算没有又变成她的丈夫。她考虑过维持和他的婚姻,因为维持任何一段婚姻都毕竟是伟大的成就,但有些情况超出了人力的控制范围,而且这样的情况还不止一项两项。(这些情况超出了她的控制范围吗? 有可能是她的错吗? 心理医生命令她别跳进这个思维误区,但她时常会情不自禁地思考保罗成瘾问题的根源是不是他们两人的关系,而不是天意或遗传基因——假如这两者不是一码事。也许,假如她没有更多或更少地要求这个或拒绝那个,那么一切坏事就都不可能发生了。心理医生想说什么是她的自由,但事实上谁知道呢?)

"你能站起来吗?"

"怎么了?"

"因为我不想报警。"

他望着她,像是受了伤害。

"你为什么会想要报警?"

"唉,保罗。"

"这和'唉,保罗'有什么关系。你少给我'唉,保罗'了。'唉,保罗'已经太多了,不够的是……"

他显然想不到比起过多的"唉,保罗",不够的究竟是什么,但他还是沿着这条思路走了下去。

"不够的是简简单单的一个'保罗'。"

"我说'唉,保罗'的时候,表达的是同情和绝望。这两者我都有的是,对后者我无能为力,但要是有用的话,我可以砍掉前者。"

"反正你就别说什么警不警察的傻话了。"

她能感觉到他的怒火已经耗尽,因此她也不需要报警了。然而假如这种事再次发生,她应该怎么处理呢? 她了解保罗,从里到外都了解,两个孩子,九次还是十次家长会,十一次还是十二次圣诞节,八次还是九次去法国度假,五季《火线》剧集,天晓得几百次性爱和吃外卖。(还是几千次? 性爱和吃外卖加起来肯定有四位数,但似乎不存在什么正常的理由要这么做。)警察该摆在这一切的哪个位置上呢? 然而假如她的哪个朋友说她前夫趁她不在家的时候跑过来,企图进屋,结果和保姆扭打起来,她肯定会叫她去申请人身禁止令。

"我打电话给理查德。"

"不。别找那屌人。"

"他是你哥哥,他关心你。还有,别再满嘴生殖器了。今晚你可以去他和裴德家。"

保罗对此的回应是朝着人行道吐了一大口，然后是一大堆污言秽语。呕吐让她松了一口气。现在他会非常难受，但能感觉到懊悔了。

"能让我进去吗？我不想继续坐在外面了。"

"我不觉得这是个好主意。孩子们在看足球。"

"星期六晚上看足球？"

"经典大战。"

"唉，妈的。"然后，扯开嗓子，"妈——的！"他使劲捶墙。

第一个"妈的"仅仅是哦，我忘记了，我也应该在看比赛，而不是坐在马路边。她猜第二个更长的"妈的"会冒出来，是因为他想起了上周末定下的计划。他要带孩子去吃披萨，已经选好了馅料，他还要带孩子赌球，赌真的球，用真的钱，在保罗手机的赌球应用软件上。（他向露西保证，赌注绝对不会超过一镑，他的理念是在一系列比赛上押胜率极低的事件，这样回报就会是个天文数字。他声称这对孩子们的数学有好处，而且无论怎么说，他们都还没品尝过被金钱腐蚀的滋味。）然后他搞砸了一切，毁掉了所有人都期待的快乐夜晚，而那一声愤怒的叫骂（还有捶墙，内涵更加没有歧义）饱含足量的自我厌恶。

"我觉得不该让他们看见你这个样子。你什么时候开始喝酒的？"

"五点前一切都挺好。但一个人过的时候，周末下午五点会是个难熬的时刻。"

"我明白你的意思。"

"真的吗？"

"真的。孩子们周六和你过的时候,我的心情总是很古怪。"

"今天我不能和孩子们一起过,因为我喝醉了。我又喝了个烂醉。真他妈该死。"

"我明白。"

他开始默默哭泣。无声无息,只有几滴眼泪淌下面颊。太令人痛苦了。不但对他来说是煎熬,对她来说同样煎熬,两个人的痛苦相互融合,到最后不再能够区分彼此,而是化作一团凄惨和难过的乌云,在黑暗而潮湿、散发呕吐物气味的人行道上紧紧裹住他们。她必须逃跑,带着她自己的乌云离开,否则两个人都会丧失监护资格。

"咱们走到马路尽头,然后我给你叫辆优步。等你出发了,我打电话跟理查德说一声。"

"攻击我的那家伙叫什么?"

"他叫约瑟夫。今天是他第一次帮我看孩子。"

很可能也会是最后一次,她忽然意识到。

"能替我说声对不起吗?"

"尽管他攻击了你?"

"事情不完全是这样的。不过你应该猜到了。"

"是啊。"

"另外,他通过我这一关了。我打赌孩子们和他合得来。"

"说不定哪天你也会想用他的。"

他们都知道等到那天晚上,约瑟夫多半不会有空,但这算是某种想象中的未来,她看得出如此做梦有着一定的振奋作用。她打电话给理查德,陪保罗走到宽街,说服了一名不情愿的优步司机允许保罗上车,然后走回家。孩子们在双屏作战,这让约瑟夫很不满意。他们同时看足球和油管,而且戴着耳机,完全错过了激动人心的部分。

"你回来早了,"迪伦说,"你说约瑟夫会送我们上床的。"

"对,没错。我吃完主菜,布丁的样子让我倒胃口,于是就回家了。"

这是他们能理解的那种逻辑。你很难想象他们的言行举止会发生任何改变,哪怕他们长到四十岁,自己也要去参加晚餐派对了也一样。他们会在门口晃悠,不带标点符号地一口气说:"非常感谢美味的晚餐我已经吃完了空盘子也放在洗碗机里了。"

"什么?"

"你摘掉耳机。"

"我只戴了一边耳朵。你说什么?"

"我说,我吃完主菜,布丁的样子让我倒胃口,于是就回家了。"

"布丁是什么馅的?"

"老妈怎么回家了?"艾尔说。

"布丁的样子让她倒胃口。"

"什么?"

"你摘掉耳机。"

"我没开。"

当然是开着的。

"布丁的样子让老妈倒胃口。"

"布丁是什么馅的?"

"她不肯告诉我。"

"多半是水果。"

"光是水果?"

"多半。"

"那不能算是布丁。"

47

"由此可见,这就是她回家来的原因,鸡巴头。"

"你能不能不说这种话?"

"对不起。"

"总而言之,你们可以再玩一会儿。我和约瑟夫喝杯茶。"

"什么?"

露西觉得最后这个"什么?"标志着对话的结束,于是她穿过客厅走向厨房。然而她并不想喝茶。她想喝酒,但这个念头让她尴尬。你喝醉酒的前夫不告而来,和保姆比了一把臂力,然后你为此想喝一杯,请问这算不算某种事后授权?或者不适当的依赖性?代理酗酒?她猜假如去网上找,以上这种种问题说不定都有互助小组。伊斯灵顿事后授权者互助会,每周四在圣路加教堂的地下室碰头。

"要是我说我想喝杯葡萄酒,你会不会觉得特别不合适?"

"唔,"约瑟夫说,"我看这取决于你是不是酒精成瘾,而且喝完两口就会上来揍我。"

"不是。"

"那我就没问题了。人人都喝酒。"

"你呢?"

"偶尔。"

"喝一杯吗?"

"你不会凑巧有啤酒吧?"

"上次点印度菜外卖的时候好像送了我一瓶。"

她在冰箱最里面翻了一会儿,找到了那瓶翠鸟啤酒。他直接对着瓶嘴吹,半瓶很快就下肚了。

"真的很对不起。"露西说,一边给自己倒那杯葡萄酒。

"没关系。"

"唉,当然有关系。我没有提醒过你也许会出这种事,所以你没做好准备。"

"以前发生过吗? 我是说,其他保姆也遇到过?"

"没有。另外,我根本没想到。要我辩解一下的话,我会说那就等于提醒你当心,呃,劫匪。或者雷劈。"

约瑟夫多花了一会儿才想明白这个比喻哪儿不对。他了解劫匪和雷劈,因此能够相应地预估风险。但他不知道露西有个会突然上门的酗酒前夫。他老兄比雷劈稍微危险一点,更接近上膛的枪,或者忘在口袋里的匕首。

"不是你的错。"不过按照上膛的枪来算,她也是有那么一点不对的。

"我知道。但我太难堪了。就像是……《东区人》里的段子。"

"也许这正是大家喜欢《东区人》的原因。"

"应该是吧。但我是一所中学的英语系主任。我应该过正常人的生活。"

"你真的这么认为吗?"

"是的。当然了。有一半孩子的父亲曾经喝醉酒突然冒出来,然后闹得天下大乱。我不能也变成这种戏码的主角。"

露西很愿意声称那几个字刚一出口,她就瞅见了危险,但这当然不是真的。她还没来得及动念头,约瑟夫就咬住了话头。

"'这种戏码'是哪种戏码?"

"喝醉酒的父母突然冒出来,闹得天下大乱。"

"唔,但你已经是'这种戏码'的主角了。"

"对,但不是……"

她停下了。她明白了。

49

"你喝醉酒的丈夫和他们喝醉酒的父亲不一样?"

"我明白你的意思了。"

"真的明白了?"

"嗯。我的烂摊子和其他人的烂摊子没什么区别。'英语系主任的烂摊子'这东西并不存在。"

"对,"约瑟夫说,"这就是重点。从你和另一个人建立关系的那一刻起,麻烦就已经找上了你。"

"从出生的那一刻起,我们每个人就都和其他人建立了关系。"

他点点头。

"我就是这个意思。"

他的思路比她敏捷。更确切地说,她也许能找借口说她现在已经不是思路最敏捷的时候了,因为她的年纪比他大,但她并不能。她大概能在简·奥斯汀问答比赛里战胜他,但也就这么多了。

"你家里也这么乱吗?"

约瑟夫知道现在应该说点什么作为交换,但他并不想为了仅仅安慰露西而自曝家丑,比方说他任性的堂兄弟和堪称害群之马的叔叔。

"谁家里没有点儿乱子呢?"

他喝完了那瓶啤酒。

"我得闪了。"

他有点失望。他幻想过他在这儿过夜,第二天早上趁孩子们还没起床偷偷溜走——这是个相当投入的幻想,陪着艾尔和迪伦看球赛的时候,他一直在微调优化各种细节,直到保罗突然冒出来。然而这个幻想没能从今晚的种种变故中活下来。假如他真的要和露西睡觉,那就必须认真制订个什么计划,事先想好有可能采取的每个操作和反操作。他不太擅长下棋,而且这个游戏也不算特别性感。思前想后扼杀了绮念。

"哦,好的。"

她是不是也有点失望? 假如她也感到了失望,那这就是他能得到的最接近性火花的东西了。另外,双重失望和相互吸引并不是一码事。

3

　　星期六上午，约瑟夫来到肉铺上班，看见卡西站在人行道上盯着橱窗。

　　"怎么了?"

　　"他为什么要这么做?"她说。

　　"做什么?"

　　她朝海报点点头。这是约瑟夫从不正眼看的那种东西。一看就非常无聊。上面只用黑体字在米字旗背景上印着"**6 月 23 日投票脱欧**"。

　　"呃，"约瑟夫说，"也许是因为他觉得咱们该在 6 月 23 日投票脱欧。"

　　"人们不会喜欢的。"

　　"人们不会在乎的。"

　　"这附近? 你开玩笑吧。"

　　"真的? 他娘的欧盟?"

约瑟夫还没认真思考过这个问题,直到此时此刻。现在是四月,因此再过几周就是全民公投了。他很可能会效仿他老爸投赞成票,但他看不出这能如何影响他的生活。肉食、休闲中心、孩子和足球都还会继续存在。

"我爸妈看见这东西,肯定不会进去买东西,"卡西说,"他们讨厌奈杰尔·法拉奇和鲍里斯·约翰逊。"

"你爸妈不住在这附近,对吧?"

"对。他们住在巴斯。但两边差不多。"

"巴斯和伦敦差不多?"

"伦敦的这一片和巴斯他们住的那一片差不多。我爸教戏剧,我妈教创意写作。我明白你的意思,他们不够有钱,没法住在这附近,但我们服务的很多人让我想起他们。"

"他们不会投赞成票?"

"不,当然不会了。"

约瑟夫不明白这种事为什么会有"当然"的余地。他认为每个人投的票都可以和别人不一样。显而易见,选择只有两个,但他理所当然地认为——比方说——卡西的母亲和父亲有可能会投不一样的票。这场投票看起来会演变成"我们对他们"的战斗,但他对两个阵营都不怎么拿得准。

"我必须承认,我已经忘记了还有奈杰尔·法拉奇这个人。"约瑟夫说。

"人人讨厌他。"卡西说。

"二位是要盯着橱窗看一整天吗? 我付你们工资不是为了这个。"马克从门口说。

他们走进店堂。

"你确定你要把那张海报贴在橱窗上?"卡西说。

"有什么不对吗?"

"这附近的很多人会不喜欢的。"卡西说。

"要我把另一张贴上去吗?"

"另一张说什么?"

"'留欧更强大'。欧(Europe)的前两个字母印成红色,所以你看见的是欧盟(EU)。相当巧妙了。"

只有马克会得出这个设计很巧妙的结论,约瑟夫心想。你不需要是天才,也能想到"欧洲"的前两个字母能用来表示欧盟。

"等一等,"卡西说,"你愿意把一张海报换成另一张,就这么简单?"

"我他妈又不在乎,你说呢?"

"你难道不知道自己会投什么票?"

"我投赞成脱欧。太多官样文章了。太多阿尔巴尼亚人了。"

"阿尔巴尼亚又不在欧盟里。"

"那谁在?"

"西班牙、法国、波兰、爱尔兰、德国、意大利……你要我从头数到尾?"

"那就是太多波兰佬了。"

"所以为什么要贴一张相反内容的海报在橱窗里呢?"

"你说对生意有好处,那我为什么不贴呢?"

"因为你不相信那个啊。"

"听我说。我受不了肝脏,但我一样卖,而且希望每个人都来买。有什么区别?"

"肝脏不是一种个人哲学。"

54

"对我来说就算是。"

"不喜欢肝脏是一种个人哲学?"

"我会这么说。但我首先是商人,其次才是哲学家。"

其次?约瑟夫心想。这个评分系统也太慷慨了。比起说马克是哲学家,说他跳芭蕾舞还更可信一点呢,而他身高六英尺二,体重二十多石①,年龄五十好几。

说到这儿,卡西似乎要放弃了,约瑟夫觉得这不能怪她。他们到里屋穿上围裙。

上午十点来钟,他收到了露西的短信。自从那次当保姆以来,他们三个星期左右没联系过了。她甚至没来过店里——除非她每次都踩着钟点来,小心翼翼地避开他。她发过短信说对不起,他回短信说没关系,然后就没了。她多半觉得很尴尬。但他想念她。每次她走进店堂,他都会精神为之一振,她就像一颗火花,照亮他的整个上午。他去卫生间读短信,因为马克不喜欢见到他们在店里玩手机。

她问他有没有午休时间,要是有,愿不愿意过来吃点煎蛋培根。两个孩子见到他会很高兴的。

她的住处离肉铺只有几分钟路程,所以他不会把休息时间浪费在通勤上。

这是要我当保姆吗?他回短信。这是个玩笑。

噢。不。对不起。

她是这么发短信的:首字母都是大写,句子之间都有句号。你看得出她确实是教英语的,但这正是约瑟夫喜欢她的原因之一——

---

① 1 石约为 6.4 千克。

除此之外还有许多其他原因。他说不清这究竟是一种什么感觉。别人给他发短信时不会这么讲究语法,因此部分原因是他认识了一个与众不同的人。另外,这很性感,某种性感。但为什么在短信里用标点符号就性感了,他也说不上来,然而他忍不住要琢磨,和这样的一个人睡觉会是一种什么体验。他打算尽量认真写短信,至少给她发的时候要认真写。他无法想象她会觉得不用标点符号和他觉得用标点符号一样性感。她有孩子。他不想变成她的另一个孩子。

我 12:30 下班。她不会期待我写"12:30 am",对吧?还是应该用"a. m."?好像不对,没错吧?应该是"pm"或"p. m."。他决定就现在这样了。她能理解他的意思。

煎蛋可以吗?她回短信。

可以。然后加了个感叹号。可以!

这样的语气更友善,他心想。

那就到时候见了。

出来开门的是艾尔。他端着托盘,托盘里是一杯橙汁,他胳膊上搭着一条毛巾,就像餐厅侍者。

"请进。"他说。约瑟夫拿起橙汁,艾尔转身就没影了。

星期六午餐时间他顶多只会去隔壁买个三明治,然后坐在后门口吃完。但此刻他走进了弥漫着咖啡和培根香味的一个房间。桌上有阳光、吐司和橘子果酱,蓝牙音箱在放爵士乐,露西在煤气炉前,头发向后用发圈扎起来。步行三分钟带他来到了另一个宇宙。她转向他,微微一笑。

"你好。他没弄洒橙汁吧?"

约瑟夫朝手里的杯子点点头。他在努力思考她看上去为什么和

56

他认识的其他人都不一样。她没怎么化妆,至少他这么认为。她穿一件灰色的开襟长羊毛衫,按理说对她的形象不该有多大影响,但它以他无法描述的某种方式非常赏心悦目地挂在她身上。这件衣服不紧身也不宽松,而且从上到下都找不到品牌标志。对了,还有眉毛:她没有刮掉眉毛,然后画上粗重的深色线条。他不知道他喜欢这一切是因为它们与众不同,还是就因为她本人。他知道这很古怪,视线焦点聚集在眉毛上,但这几年眉毛变成了他的癖好,时常吓得他魂不附体。他不知道眉毛应该具有什么样的功能,但无论这个功能是什么,似乎都不是摆在那儿供别人看的。所以假如你发现你在盯着眉毛看,那就肯定是有什么地方出了问题。

"很好,"她说,"你饿了吗? 我忘了问你是不是吃素或者穆斯林或者什么什么。"

"反正没有什么不让我吃鸡蛋和培根的。"

"但还是有什么的?"

"对。算是有吧。我觉得。信基督。"

"哦。信基督会不让你做什么吗?"

他确定她这么说不是想调情。她没有从煎锅上转开视线,而他在她的语气里只听到了好奇。但他能感觉到自己的音调变得粗重,结果他的回答——按理说应该没有感情色彩和让人放心——脱口而出时像一声绝望的吠叫。

"没什么。"

她哈哈一笑。

"这显然是我喜欢的那种宗教。"

"我是说,它不让我星期天早上睡懒觉,但……"

"你每个星期天都去教堂?"

57

"尽量去。"他没必要提到星期天他和母亲没完没了的争论。

"而且你相信上帝。"

"比较简短的回答是……"

他其实不知道比较短的回答是信还是不信。也许他相信上帝创造了宇宙,但他不知道这对他有什么意义。星期天他看见教堂前几排座位上的老妇人时,会思考上帝是不是帮太多人洗清了罪孽。那些几十年前开始过来的人,他们的生活曾经压抑而艰难,但依然每周都来感谢上帝。他没怎么琢磨过五年前在伍德格林劫掠电器店的那些白痴,从小到大只有那天夜里,他母亲锁上门不让他和他妹妹出去。然而假如要他选择,一边是甩砖头砸玻璃窗,另一边是坐着等死后升入天堂,他恐怕不需要思考多久。

"对不起。你来只是为了吃煎蛋和培根。孩子们!饭好了!"

两个男孩走进来,和约瑟夫虚晃两招,然后坐下。他们想聊足球,现实中的和虚拟世界里的都想聊,他们还想知道他什么时候能再来当保姆。

"还没人问我呢。"他说。

"我们正在问你啊。"迪伦说。

"首先我必须有地方要去才行。"露西说。

"今晚怎么样?"艾尔说。

"今晚我肯定没地方要去。"露西说。

"那就下周末?"

"好的,下周末,"露西说,"要是你不忙的话。"

"不忙。"约瑟夫说。

"但我也不忙。"露西说,笑了起来。

咖啡是从壶里倒出来的,培根又脆又香,果酱是露西学校的一位同事自己做的。

"这是为了道歉，"露西说，"希望你能再给我们一次机会。"

约瑟夫望着她，瞪大了眼睛，我们可以谈那件事吗？

"孩子知道。"露西说。

"哦。"约瑟夫愉快地说。

"老爸喝醉了来挑事，"艾尔说，"你把他推了个跟头。"

约瑟夫不知道该怎么接话了。

"呃，嗯，"他说，"我不该那么做的。"

"不，你应该的，"迪伦说，"老爸喝多了很讨人嫌的。要是我足够强壮，也会推他一个跟头。"

"你就别做梦了。"艾尔就事论事地说。艾尔是两兄弟里的弟弟，但比哥哥壮硕得多。

"对，但我在学柔道。我能打倒块头比我大的人。"

"老兄，你不可能打倒我。我一只手就能把你挡得远远的。"

"咱们今天是为了向约瑟夫道歉和道谢。"露西毅然道。

"你们不需要道歉的，"约瑟夫说，"不是你们任何人的错。"

"我们只是不希望你认为每次你来看孩子都会遇到这种事。"

两兄弟已经吃完了，他们想见到约瑟夫的热情也已经耗尽。

"我们能继续打游戏了吗？我俩都正在征召超级队呢。"

"哦，假如是这样，那就好吧，"露西说，"约瑟夫，他们是不是有点失礼了？"

"我不介意的。"

他不想表现得急于摆脱两个小子，于是他尽量说得漫不经心。然而还没等他说完那句话，他们就已经不见了。露西耸耸肩。

"走之前再喝杯咖啡？"

59

"谢谢。"他伸出拿着马克杯的手。杯子是橙色和白色的,侧面印着"**远大前程,查尔斯·狄更斯**"。他不打算就查尔斯·狄更斯发表任何意见。假如河上造过桥,那他可以走过去。然而现在都还没找到需要造桥的那条河呢。

"我不知道你在其他时间里都做什么。"

"哦,各种各样的事情。照顾孩子,当足球教练,在休闲中心待几天,做做 DJ。"

他不该提到 DJ 的。它是列表里最有意思的工作,然而严格来说并不是真的。不过,正是因为有了它,他才没有变成一个忙于互不相关的各种工作但一事无成的人。

"咦,你当 DJ? 酷。"

该死。

"我更像是……还没怎么在夜店里和派对上做过 DJ。"真的不多。"我花了大量时间打磨我自己的东西。"

这一点是真的。或者更确切地说,它比在夜店里和派对上当 DJ 更接近真相。

"等你做完了呢?"

"演奏给别人听。吸引追随者。然后等正确的人听见,会有人找你签约。"

"这种事还会发生?"

"是的。"

"嗯,祝你好运。"

"我成功前应该还会再见到你的。"

他知道她在想什么:每个人都想当明星。她的孩子很可能也想当油管博主,拥有数以百万计的订阅者;她教的孩子也许就有想上

《X音素》或《爱情岛》的。然后这儿又是一个。他知道他很优秀,知道他有想法。但他并不幼稚。他也知道十五年以后,要是运气好,他大概会在管理一家休闲中心。

"你最近为什么不来肉铺了?"

"我觉得尴尬。我认为我必须认真地谢谢你,不是通过短信或在柜台上说两句。"

"孩子们是怎么知道那次,呃,冲突的?"

"保罗告诉他们的。"

"是吗。为什么?"

"不知道。好吧,我知道。他回头再看发生了的事情,意识到诚实对他来说非常重要。他有个监督人什么的。事情和那位老兄有关系。孩子们并不吃惊。他们见过他做傻事。"

"对你来说肯定很艰难。"

"我觉得对他来说更艰难。他把婚姻和父子关系都搞得一团糟。"

"已经没法补救了吗?"

"婚姻,是的。父子关系,不。至少我希望还来得及。也许等他们长大一些,会相应地开始生气。现在只是过眼云烟。你以后想要孩子吗?"

"应该吧。我还没仔细考虑过呢。"

说来愚蠢,但他不想谈他会和另一个女人做或不做什么事。(他很确定那会是和另一个女人。假如是和露西的话,他们就必须更主动一些。)他看看手机。

"我得跑了。"

"谢谢你能过来。"

"谢谢你才是。我真的很高兴。星期六从没吃过这么好的午餐。呃,能问你件事吗?"

"当然。"

"知道全民公投吧? 你打算投什么票?"

"年轻人,这是个非常私人的问题。"

"呃。是的。对不起。"

"我开玩笑的。我会投留欧一票。"

"你认识会投脱欧票的人吗?"

"我父母。但他们读《每日电讯报》,住在肯特郡。"

"就因为这个?"

"我猜是的。"

"好的,谢谢。我们今天上班的时候在谈这个。"

有那么一瞬间,他在考虑要不要说一说他认识的那些人的投票意向,例如他父亲和健身房里的部分人,但她似乎认为她给出了正确的答案,而且每一个成年人都应该从内心深处产生这个洞见,因此他没有开口。

她送他到门口,他离开时,她亲了亲他的左右面颊。她散发的气味与他吻过的任何一个姑娘都不一样。甚至有可能不是香水——她的气味不会像核弹那样轰击你的鼻孔。应该是冷霜,或者香皂,那份微妙和轻盈是成年人的感觉。送别吻和香味与灰色羊毛衫和眉毛一样。它们让他失魂落魄。回肉铺的路上,他觉得身体有点颤抖。要是他不立刻去找个姑娘约会,他就会害得自己犯傻。他已经在脑海里犯傻了。他必须忘记她的眉毛。另外,他绝对不会仅仅因为一个咖啡杯就开始读查尔斯·狄更斯。

他会认识洁丝，是因为他没有在找她，尽管在他的生命中也许有过许多次类似的机会。他在休闲中心收拾羽毛球网，然后摆出五人制足球的球门，这时她走过来，问有没有女子五人制足球联赛。

"替一个朋友问的。"她说。

"呃，告诉她暂时没有，但我们会想办法开一个的。"

"我就是那个朋友。"她说。

"谁的朋友？"

"大家不都是这么找借口的吗？"她说，"替一个朋友问的。就好像'知道我怎么能和健身房那个体型很好但从不注意我的家伙搭讪吗？替一个朋友问的'。"

"我没听懂。"

他真的没听懂。

"好吧，打个比方，有个性感又英俊的男人在健身房工作。"

"好的。"

"好，我该怎么和他搭讪呢？"

"我可以帮你介绍。"

"假如说的就是你呢？"

"我？"

"天哪。对。"

"我认识你那个朋友吗？"

他在逗她玩，享受打情骂俏和惹人生气的双重乐趣。

"我就是那个该死的朋友。"

"你是那个朋友，也是她的朋友？"

"根本没有另一个人。只有我。是我在琢磨该怎么和健身房那个体型很好的家伙——也就是你——搭讪。"

"咱们不是一直在聊天吗？"

"但谈的不是我想谈的事情。"

"你想谈的是什么呢？"

"咱们什么时候能约个会。"

直到这时，约瑟夫才真的开始注意她。在其他一切平等的情况下，眼睛通常是决定性的，不仅因为眼睛会让一张脸变得美丽。眼睛就是一切——眼睛蕴含着最初的线索，能证明一个人是不是在各个应有的方面和某些不应有但有意思的方面都足够聪明、善良、好玩和饥渴。洁丝的眼睛好得没话说，是一双充满活力的棕色大眼睛。但一切都必须平等，他不需要仔细打量洁丝，就看得出她身上到处都是平等性。

"星期四。"他说。

"因为你有女朋友，周末要和她过？"

"因为我有一大堆工作，星期五晚上要干活。"

"答得好。"

她修过眉毛，但还在理性允许的范围内。首先，他到这会儿才刚刚注意到，这说明它们没有抢先攻击。她似乎更关注强调所有方面的平等，但这也许只是因为健身服装的中性特质。然而她选择穿着这一身来接近他，因此她显然并不打算掩饰什么。

"我每周三和周六见女朋友。"

洁丝大笑，捶了一拳他的胳膊。这似乎是个好兆头。

"顺便说一句，我叫洁丝。"

"你好。约瑟夫。"

"不是乔？"

"没这习惯。"

“收到。”

他们把电话号码输入对方的手机,洁丝去找她的动感单车课了。

自从那次突然在晚餐派对上消失后,露西没想到她还能听到迈克尔·马伍德的声音,但一天傍晚他打来了电话,当时她正在给孩子们泡茶。

“哦,你好。”

她有意识地收短了句末的元音。要是拉长,她觉得就会泄露她并不愿表现出来的热忱和兴奋。她确实非常兴奋,听见他声音的那一刻她就意识到了——未必因为他,但她知道他肯定打过电话向菲奥娜要她的号码,而菲奥娜肯定揶揄了他几句,而他咬牙挺过了菲奥娜的嘲弄,这才终于联络上了她。这是有意图的。有意图永远令人着迷,至少在人们还会为此打电话的那个年代曾经如此。

“明天有安排吗?希望你能陪我去参加一个活动。电影首映式。不过话要说在前头,我觉得这部电影不是很好看。”

“哦。”

“因此,首映式也不会太光鲜。”

“哦。”

“成交?”

她大笑。

“成交。”

“但不要因为根据朋友小说改编的垃圾电影而对我有意见。”

“我们要去看的就是这个?朋友小说改编的垃圾电影?”

“我反正不会去。”艾尔说,他坐在餐桌前做作业。

她朝艾尔摇摇头,做个鬼脸。

"到地方见面如何?"迈克尔说,"贝尔赛公园。七点入场。"

"咱们明天见。"

约瑟夫在休闲中心收到她的短信,他坐在救生员的座位上。他不该玩手机的,但游泳池里只有一个女人,而且还是在水里来回走。很多老人受伤后会这么做。她没有随时溺水的危险。

明晚有时间吗?

他还没来得及回应,第二条短信又来了:我有个真正的约会。

哈,他说,我也有一个。

姑娘人好吗?

和她不太熟。然后:但很辣。

辣是好事。

哦,我有空,btw①……顺便说一句。

Lol②,我知道 btw! 但我那位不辣。太老了。但挺迷人。

也算一种辣。

中年人的辣。暖。

他多大了?

不知道。五十几?

你呢?

哈。什么? 呃,你多大了?

二十二。

哦。还以为你不会告诉我呢。然后,停顿片刻:我四十二。

天哪。他就当没看见好了。

---

① 英语"顺便说一句(by the way)"的缩写,非正式用法。
② 英语网络用语,"laugh out loudly"的缩写,类似于"大笑"的表情符号。

几点?

早点可以吗? 五点半/六点?

约瑟夫开始写一个中年人约会的笑话,想了想又删掉了。

好的。

他正要放下电话,忽然又是叮的一声响。

她辣在哪儿? 很好奇。

啊哈,就是一般性的辣。然后:并不自豪。

但她人挺好?

还不知道呢。

他必须说点什么,他们离那个话题已经只隔着一张纸了。他必须说点什么,但另一方面,他知道无论他说什么,等他发出去,都只会后悔不迭。因此,关键在于要含糊其词。

辣有各种各样的辣。

还不坏。至少他不想像火箭似的蹿到她的所在之处,从她手里一把抢过电话。

辣有各种各样的辣。

想象他扩展辣的定义是为了把她也包括进去,这么做是不是很可悲? 也许他在说迈克尔? 但那样就说不通了。话题已经从迈克尔身上转开了,对吧? 假如他在说她,在他看来,她也算是某种辣,而他星期四晚上的约会对象是另一种辣……唔,这什么都说明不了,对吧? 假如约瑟夫的母亲去和人约会,她对着镜子左看右看,一个好儿子难道不会说"老妈,辣有各种各样的辣"吗? 显然会这么说。她想象约瑟夫是个善良的儿子,会支持母亲的决定。

所以就是这样的。她的辣就像约瑟夫母亲的辣。但这个结论不可避免地让她沮丧。她不想当约瑟夫的母亲,无论是在这个还是其他的语境中。她又读了一遍两人的对话,只是为了确定一下。一般性的辣……并不自豪……还不知道呢……各种各样的辣。假如她把这段对话转给朋友看,她很确定支持母亲的理论很快就会被推翻,有一部分原因完全站得住脚,那就是她并不是约瑟夫的母亲。但另一方面,和朋友交心的麻烦就在这儿。他们的任务正是站在她这一边。你不太可能确定两种彼此竞争的支持究竟哪一种更接近真相。支持朋友的重点就在于对真相的不感兴趣。

她在她的办公室里,这间办公室多多少少算是属于她:米西坐在角落里,看上去正在复习,她上十年级,因为向情敌扔书而被赶出了一名初级教师的课堂。米西无疑能够以洞察力和同理心帮她解读这段令人头疼的文本,但去请教她似乎不太合适。

各种各样的辣是多少种呢?她输入。先前的对话已经结束几分钟了,因此她觉得她必须重复几个关键字,提醒他想到这个话题。她的饥渴还真是赤裸裸的呢。

她删掉刚才打的,然后重新输入:多少种?但他肯定不会明白。有多少种不同的辣?她输入。她又删掉。多少种?她输入。要是他不明白,那她也不会解释——当然,除非他要她解释。然后她的手指一抽搐,短信发了出去,她想像火箭似的蹿到他的所在之处,从他手里一把抢过手机。

4

　　电影院门前站着一小群人,迈克尔正在和一个与他年龄相仿的男人合影,后者很可能就是他的朋友,一脸不自在和抱歉。摄影师是个年轻女人,正在用手机拍照,因此很难想象合影会登在什么小报网站或《哈啰!》杂志上。露西猜测她为这位不幸作家的出版商工作,根据迈克尔所说,他的作品被狠狠地糟蹋了一把。

　　迈克尔看见她,说声抱歉,过来亲吻她的左右面颊。拿 iPhone 的女人朝她笑笑,拍了几张露西和迈克尔拥抱的照片。

　　"哎,"迈克尔说,"不,别拍。你看……"

　　"哦,"年轻女人说,"要我删掉吗?我会删掉的。"

　　"倒也不需要删掉。"迈克尔说。

　　"好的。那么。留着?"

　　迈克尔转向露西,尴尬地笑了笑。

　　"能转给我吗?"露西说。

　　"当然。今晚散场前把号码给我。"

"你真好,"迈克尔等摄影师走了以后说,"对了,你好,顺便说一句。"

"你好。"

"就像我说过的,我不确定这会不会是你愿意记住一辈子的一个晚上。但你愿意被拍照片,我就已经感激不尽了。"

她并不想被拍照片。她只想结束应不应该删掉照片的令人痛苦的对话。而现在,她到场才几秒钟,迈克尔·马伍德已经得出结论,认为首映式和约会两者都让她异常兴奋。

"你收到照片能发给我一张吗?"

她看得出他这么说是因为他认为他必须这么做,否则就会显得这个夜晚对他来说毫无意义。

"我并不想要。"她说。

这下她朝另一个方向走得太远了。

"我说我想要只是因为那可怜的姑娘很尴尬,因为她没问就先拍了照片。"

"哦,"迈克尔说,"我明白了。呃。这下我就泄气了。你很擅长这个。"

"我是说,我确定我会想要留着照片的。归根结底。只要我……只要我们……事实上,我不把号码给她就行了。"

迈克尔哈哈一笑。

"那就好了。"

否则一个人还能怎么处理这个难题?在初次约会的头十秒钟里就被拍了照片,而照片会一直存在到永远,或者至少等那个年轻女人用完了手机的存储空间。

《心弦》说的是两个孤独的人在一个国家的相对两端过着各自寂

70

寞的生活,他们在线上认识,契机是对中世纪音乐的一般性喜爱和对鲁特琴的特别喜爱。假如你想了解鲁特琴,那么《心弦》这部电影就是拍给你的:比方说,谁知道萨里郡的哈斯勒梅尔镇(也就是乐器制作者阿诺德和卡尔·多尔梅茨居住的地方)在鲁特琴的民间传说中占据如此重要的地位?谁又知道伦敦有一所荷兰人的教堂,那里经常举办鲁特琴演奏会,电影里的两位主角最终在那里相遇?还有,谁知道等你听完近两小时鲁特琴的凄惨琴声,就会想把全国所有的鲁特琴收上来,点上一堆最最巨大的篝火?

露西看得出电影制作者想要吸引什么样的观众。他们希望露西的母亲,以及全国各地所有的中产阶级退休人员,在票价便宜的工作日下午蜂拥而至当地的电影院,看完后号召他们所有的朋友在下一个工作日下午都去看。但问题在于,即便是对于露西的母亲来说,这部电影也太闷了,而且更糟糕的是,它在心理学上完全难以理解。孤独的女主角为什么要在她和鲁特琴演奏群体中的一名成员找到幸福的时候,把鲁特琴送给一个弱智少女?孤独的男主角的卧室里为什么收藏着一小批鞭子,堂而皇之地挂在镜子旁边的墙上,但一直到最后也没有给出解释?

"在书里,他没少动和鞭子有关的坏念头。"迈克尔事后说。他们在离电影院不远的一家法式小酒馆里,他们躲在店堂最里面,以免那位被戕害的作家和他的随从凑巧选中这家餐馆来为小说守灵。

"是吗?所以鞭子是有用的?"

"对,用在年轻男人身上。这书相当古怪。我认为有段时间他们想保留一些黑暗情节,但在剪辑的时候又改了主意。决定吸引爱看最佳异国风情片的受众。不过咱们就别说他们了。"

迈克尔显然认为英国养老金领取者的电影偏好与性诱惑之间的

鸿沟过于宽阔,不可能优雅地架桥跨越,而他是正确的:他没能成功做到。他的突然换挡逗得露西笑了起来,迈克尔一脸困惑。

"要是你愿意,咱们还是谈他们吧。"她说。

"呃,你想谈他们?"

"我什么都愿意谈,"然后使个眼色,"反正没有区别。"

迈克尔望着她。

"对什么?"

"对任何有可能在另一个时间发生的事情吧,我猜。"

她本来想说"以后",而不是"在另一个时间",但那么说似乎太大胆了,即便对她此刻的情绪来说也一样。现在她意识到她刚才只是昏了头。

"另一个时间是什么时间?"

"呃,以后,"她终于说出来了,"或者再往后的某个时候。"她再次缩了回去。

来电影院的路上,她决定要和迈克尔睡觉,原因有二:她和约瑟夫荒唐的短信对话让她心烦意乱。假如她真的要犯傻,对着一个只有她一半大的年轻男人发花痴,那她至少应该搞清楚,被迫节欲的这段漫长时间与此是否有关。

另外,先不说她对约瑟夫的种种不端念头,一个单身女人和一个相当有魅力的单身男人做爱,这不需要也不该需要过于仔细的斟酌。能有什么大不了的呢?她认识保罗之前,并不觉得这有什么大不了的。那会儿无论怎么胡思乱想,她都当然算不上淫荡,但她也不会把任何一次有可能体验的性经历视为《道德迷宫》里的某一集。她想完全卸下这个负担,至少也要看到这么做的可能性。她几乎能确定她能做到,然而现在就是不像以前那么容易了。

回想起来,很多事情是站着完成的——不是做爱,至少不经常,而是喝酒,还有交谈,还有跳舞——这些站着完成的行为似乎离接吻只差几厘米,而接吻离上床和躺着完成的行为也只差几厘米。现在他们有关于鲁特琴的电影,有菜单可供研究,还有尴尬而别扭的交谈。更有心理学!她二十五岁喝醉酒的时候有心理学什么事吗?年复一年地扮演成年人反而阻碍了她猜测其他人的脑海里都在转什么念头。他们无论说什么做什么,都对自我半遮半露,而露西真希望她能无视这一切。

“我还是不明白什么对什么有区别,”迈克尔说,“或者结果会是什么发生或不发生。”

“我能想象。”露西说。

“你想到要吃什么了吗?这儿的牛排炸薯条非常好。”

“复数还是单数?”

“我明白你的意思。但这是从法语的‘le steak frites’翻过来的,对吧?这是一个菜,单数。不是一块牛排和许多根薯条。”

牛排炸薯条一份要二十五镑。她很高兴约瑟夫不在这儿,尽管她很难想象他会在什么情况下来这种地方。在她充满负罪感的想象中,他觉得他们偶尔花八镑买一块肉就已经是发疯了。要是他知道他们会再花十或十五镑请厨子替他们做牛排,天晓得他会怎么说。她很高兴约瑟夫没法读她的心,否则他肯定会知道她在居高临下地看待他。他很可能早就习惯了店里的肉价。他很可能也知道高级餐馆里的肉菜要卖多少钱。假如他住在父母家,同时打几份工,他的可支配收入很可能和她一样高。不过为了稳妥起见,她决定不吃肉了。

“南瓜烩饭似乎不错。”

“你吃素的?”

73

"我有两个痴迷吃肉的儿子。我一周里隔天吃肉,因为我懒得做两种晚饭。"

这个解释完全站得住脚,她心想。她不需要向他解释约瑟夫和肉价的问题。然后她忽然想到,要是吃过饭她邀请迈克尔回家,那他就会遇见约瑟夫。

"要是你和我回家喝一杯,就会遇见卖肉给我们的人。"

迈克尔在困惑中一时语塞,露西尴尬地笑了。比起前面说的一切都没区别,这个邀请算是相当直接了,但听她的语气,她把这话说得像是在为当地店主开小型招待会。

"非常好笑。"迈克尔说。

"他也是我们的保姆。"

"啊哈。我明白了。尽管你从他店里买了那么多肉,他还需要额外打工挣钱?"

"他在肉铺打工,并不是老板。孩子们爱死他了。"

"因为他们痴迷吃肉?"

"因为他的足球知识和 Xbox 技能。"

她没打算对约瑟夫说得这么多的。

"总之。这些都不重要。但假如你愿意和我回去喝一杯,我会非常欢迎你的。"

"谢谢。"

他没有高兴得欢呼雀跃,但也没有立刻说明天要早起,因此不得不有礼貌地拒绝邀请。也许欢呼雀跃对这把年纪来说有点期待过高,尤其是听迈克尔说话的语气,他不是第一次受到邀请回家喝一杯了。仔细想来,无论什么年纪,欢呼雀跃似乎都有点期待过高了。

"这些我都跳过了。"

"什么？"

"Xbox。我家是两个女儿。"

"哦。对。算你运气好。那你是什么呢？"

"书，以书为主。"

露西比着手势，朝脑袋开了一枪。他大笑。

"对不起。不是什么好书，不知道这么说有没有区别。形形色色的反乌托邦苦难。"

"天哪，太可怕了。很高兴我的两个儿子能跳过那些东西，整个周末张着嘴巴傻看屏幕。你的女儿跟你前妻住吗？"

"对。她们隔一周和我周六过一夜。老规矩了。"

"你对此是什么感觉？"

"哦，很痛苦，当然了。"

露西思考接下来这十到十五年里是不是会反复听到类似的故事，直到她开始和子女已经上大学的男人约会。她还在思考他们会不会有人说："这样真他妈的好！我能见到孩子，付钱培养他们，但其余的时间都归我自己支配。"她对此有所怀疑。首先，她不能接受这种人。无论这样的男人让她觉得多么新鲜怡人，她都必须与他斩断一切性接触和情感交往。

"我能想象。"

好了。他们已经遵守了传统，现在可以往前走了。

他们的前菜是两人分享的蒜味明虾，因此她不得不开始思考她的包里有没有口香糖，还有在去她家的路上，假如她给他口香糖，他会不会觉得受到了冒犯。然后她转而思考这么做会传递什么样的信息——她的直接？她的挑剔？——然后她担心他会不会注意到她忙于考虑接下来或许会发生什么，而不是两人之间正在进行的对话。

她命令自己镇定下来,驱散关于口香糖的一切杂念。

他们谈论写作、教学和全民公投。(迈克尔嘲弄一个国家竟然会为了损害自己的经济利益而发起投票,他的自信给了露西信心。)他们谈论各自婚姻的失败,说到导致他婚姻结束的错误行为时,他既不油腔滑调也不自怨自艾。她喜欢这个人。她邀请他回家喝一杯,他望着她,做出恐惧的样子。但他也在微笑。

"约瑟夫,迈克尔。迈克尔,约瑟夫。"

两人握手。

"就像那个出版商。"迈克尔说。

约瑟夫茫然地看着他。

"有个出版商就叫迈克尔·约瑟夫。"迈克尔说。

"哦。"约瑟夫说。

"对,"迈克尔说,"但出的不是我特别感兴趣的那种书。"他吃吃笑道。

"迈克尔是作家。"她说,绝望地想要解释他为什么认识一个人十秒钟就提到有个出版商叫迈克尔·约瑟夫。

"酷。"约瑟夫说。

她看得出他不打算问迈克尔是写什么的。他对这种信息不感兴趣。露西偶尔会请附近的作家来给她教的班级演讲,迎接他们到访的永远是漠不关心。这种事曾经让她感到受挫——她念书时教师只向学生介绍已经去世的作家——但她以前的很多学生已经长大了,他们成为护士、警察、旅行社员工、商店店员、伦敦地铁工作者。还有两个职业足球运动员、一个会计、一个兽医和一个说唱歌手。没有小说的帮助,他们一样成为了对社会有价值的宝贵成员。

两个男人傻站片刻,低头看着地面,露西看着他们的时候,尽量不去想任何事情。他们只是迈克尔,一位小说家,她刚刚和他吃过晚餐,还有约瑟夫,保姆,在肉铺工作。她尤其不去多想的是两个人肉体上的区别:约瑟夫毫无皱纹的面容,迈克尔灰白的胡须茬,约瑟夫高挑瘦削的身材,迈克尔已有肝斑的手背和突出的小肚子。把两个人的年纪加起来除以二,得到的数字差不多就是露西的年纪,但生命的问题就在于你只能朝一个方向前进。她正在远离约瑟夫,奔向迈克尔;她觉得她只能看前方,而不是背后。

"晚上玩得开心吗?"约瑟夫说。

"这个问题就留给露西回答吧。"迈克尔说。

"唔。我们俩都不太喜欢那部电影,但晚餐很不错。"

"这样的组合比较好。"约瑟夫说,露西大笑,这句俏皮话未必有这么好笑。

"孩子们乖吗?"

"乖。我们玩得很开心。"

"Xbox?"

"也做了点作业。"

"他们会选择做作业?"

"不。我问他们有没有作业,然后他们就去做了。"

"哦。哇噢。"

要是有人叫露西开单子列举她觉得性感的东西,就算单子长达几百上千页,"家庭作业"这个词恐怕也进不去。但此时此刻,她突然产生了某种熟悉但几乎被遗忘的强烈感受。她是不是已经老到了一定的程度,开始觉得责任和严格是有吸引力的性格特征?而约瑟夫怎么会比她提前几十年就来到了这个阶段呢?

她给了约瑟夫四十镑，比起她和保罗在一家闹哄哄的餐馆里度过一个互相看不顺眼的夜晚，支出这笔钱的痛苦要轻一些，她送约瑟夫出门，把迈克尔单独留在厨房里。

"谢谢你。"她说，亲吻他的面颊，然后才意识到她在干什么。他咧嘴笑笑，沿着街道走远了。

她朝着他的背影喊道："哎，要不要给你叫优步？"

"不用了，我挺好。"

他停下，转过来又走向她。

"我收回，"他说，"只有一种。"

"什么？"

"就是……咱们之前在说的。哎。当我没说。"

这次他一溜小跑，朝着街道尽头而去。

她打开一瓶葡萄酒，拿来两个杯子，领着迈克尔穿过厨房走进客厅，花了一万年假装在挑 CD。

"你喜欢听什么？"她说。

"你有什么？"

"哦，都是大路货。马文·盖伊？"天哪，不。马文·盖伊就爱唱小黄歌。"琼尼·米切尔？阿黛尔？"

"阿黛尔好听吗？ 不好意思，我不怎么追音乐潮流。"

她没有费神去消除他的错误观念，阿黛尔并不能代表她的炫酷程度。她放上一张保罗的迪伦专辑，迈克尔显然松了一口气，然后她过去和他一起坐在沙发上。

"啊哈，鲍勃。"他说。

"对。"

鲍勃作为话题的切入口,和先前的迈克尔·约瑟夫一样有效。

一阵冷场,两个人各自喝了几口酒。迈克尔抬起一只手放在露西的大腿上,动作与其说是好色,不如说是友善。

"该怎么说呢,情况近来有点时灵时不灵。事实上,就不说'近来'了。就说'现在'吧。"

露西不知道他在说什么。

"好的。"

"就是……既然咱们在朝那个方向去,我认为最好现在就解释清楚,省得过一会儿你自己发现。"

"谢谢。"

他这么说似乎很诚实,还牵涉到某种体谅,因此说声谢谢也是应该的。

"我能问一问……呃,灵是什么,不灵又是什么吗?"

"啊哈。对。我没必要这么遮遮掩掩的。灵就是发挥正常。不灵就是……什么都不发生。"

拨云见日了。她依然认为他多半是个色猪,但正如她母亲喜欢说的,他眼睛大肚皮小,这对他来说肯定非常烦恼。

"我只是不想像有些男人那样说:'天哪,这种事从来没发生过。'但当然发生过。"

"对。"

"所以。"

"你有没有考虑过……医学帮助?"

"有。当然了。而且越来越频繁。但忽然间一切回到现实里,我心想,哦,我受够了。你听过这种糟糕故事,对吧?"

"你呢?"

"当然。就那种事……持续太久,不舒服,尴尬得恨不得去死。"

所以这就是她心急火燎奔向的终点,但一路上肯定还有其他车站吧?她更愿意认为伟哥之类的东西会出现在接近旅途尽头的地方——打个比方,假如你要去康沃尔,那就是普利茅斯。但雷丁、巴斯、布里斯托圣殿草地站怎么说呢?她不知道布里斯托圣殿草地站在性爱之中对应着什么,但她在路上睡着了,因此错过了这个车站。

"我知道,这一切都非常扫兴。但最让人烦恼的是这事情的反复无常。"

"你有没有找到灵和不灵的什么节奏和原因呢?"

迈克尔再次对着酒杯开口。

"我有些推测,但……我不确定我想不想谈这个。而且也不公平,对于,对于……总而言之。"

"噢,真抱歉,我……"

"不,不,是我……"

他的推测是什么呢?不公平在哪儿呢?他关于公平性的这句话会怎么结束呢?露西并不生气,只是非常好奇。假如他想说对于潜在的性伙伴不公平,那么言下之意似乎就是哑火只发生在特定类型的女人身上。然而是什么类型呢?你必须拥有一定程度的智力?要是获奖作家迈克尔·马伍德觉得你不够聪明,小兄弟就只会软趴趴地瘫着,疲惫厌烦,不为所动?或者更不妙的,它勉强支棱起来,然后半路上泄气了?然而也可能是任何一个原因——胸部尺寸,臀部尺寸,体重……她不能继续往下想了,否则她的猜想会变得越来越阴暗和诡异。也许和他母亲有关系?最不像她的女人?最像她的女人?最不像或最像他父亲?为什么所有的精神漫游和惊恐发作都会指向潜在性伙伴的父母呢?

"另外……显然我告诉你这些是冒了一定风险的。但我愿意相信你能守密。我知道有某个女小说家用我的不幸编故事去娱乐大众。"

"来自亲身体验,还是道听途说?"

"问得好。"

"问得好?"她没在说俏皮话或立论点。她仅仅是提了个问题。她只能假设在当前的语境下,"问得好"等于闭嘴。

她踌躇片刻。

"我能就这个问题再说一句话吗?"

"然后咱们就换个话题。"

"性爱的内容比那个要广阔得多。"

"广阔得多?"

"广阔得多。"

她完全不知道这个说法是不是真的。保罗的药瘾时常导致不举,但他们从没费神尝试过解决不举的问题——他发怒了,结果是她再也不想和他做爱了。但她知道人们经常会这么说。

"我认为在一段关系内,这是有可能的。但我不确定在,呃,约会的时候适不适合——假如我确实正在和你约会,而你也在和我约会。仔细想来,是我们俩正在和彼此约会。"

"不应该?"

"过去这几年,自从婚姻结束后,和我睡的似乎总是出于某些原因失去了信心的女人。丈夫为了更年轻的女人抛弃了她,或者就是遇不到合适的人……我是说,存在几百种可能的原因,对吧?"

"要我说,两个性别都一样。"

她想到了可怜的泰德,他在寻找一个相貌平平的女人。

"嗯。对。当然了。两个性别都一样。但我和一个女人上床,结果什么都没发生……呃,你可以说性爱的内容比,比那个,广阔得多,你说得对,但你也明白……"

"对。我明白。"

现在她只想不让他继续说下去了。有一部分的她无可避免地想知道她究竟是灵的那种还是不灵的那种,但比起希望这个晚上以最快速度结束的那一部分,这部分小得可以忽略不计。

约瑟夫叫他父亲克里斯,叫他母亲老妈。他不需要心理医生也知道这是为什么。克里斯的住处与约瑟夫和洁丝碰头的电影院在同一条街上,于是他先晃过去喝了杯茶。他不愿意去见他父亲。克里斯让他心情沮丧。人生的走向与他希望中的不一样,这就是交谈中他的首要话题。他的大部分抑郁并不是他的错:过去这几年,他一直因为慢性肩伤断续失业。肩伤的结果是沙菲依赖性,那是一种强效的阿片类止痛药,约瑟夫怀疑他已经半成瘾了,他把大量时间花在寻找愿意开处方的新医生上。他过得一团糟。

克里斯住在德纳姆庄园的一套底层公寓里,窗户上贴着红色的**海报:夺回控制权。6 月 23 日投脱欧一票。**约瑟夫看见海报就知道他最好别问,否则就会在这次探访的大多数时间里被迫接受滔滔不绝的训话。约瑟夫不知道他父亲为什么要贴出这张海报,也不知道他会不会赞同父亲。过去的经验教会他一个道理,要是克里斯的帽子里有只黄蜂对什么事情有意见,那他还是别去打扰那只黄蜂为妙。

但他立刻就注意到发生了某种改变。公寓很干净,不再散发狗或香烟的怪味了,克里斯戒烟和狗去世很久以后,这儿也依然如此。另外,克里斯在对他微笑。

82

"儿子,最近好吗?"

"很好,克里斯,谢谢。"

"看见我窗口的海报了吗?"克里斯说。

"没。"

"投脱欧一票。"

"对。你说过你要这么投的。"

"你打算投什么?"

"不知道,"约瑟夫说,"还没想过呢。最近好吗?"

"嗯。很好。"

"很好?"约瑟夫不确定克里斯以前有没有用过这个词,无论是在回答这个问题或任何一个问题的时候。

"对。乐观向上。"

"那敢情好。为什么?"

"因为这一切。我在参与一项事业。上街发传单,等等等等。"

他指了指海报。

"对你会有什么区别呢?"

"你完全没考虑过,对吧?"

"没怎么想过。我以为大家都会选留欧。"

"不,老弟。这附近不是的。事实上,没有人会选留欧。你来往的都是什么人哪!"

约瑟夫觉得克里斯其实并不想了解露西和肉铺的其他顾客。

"我也不知道。只是有这种印象。"

"你错了。"

"嗯,现在我会认真考虑一下了。"

"没什么好考虑的。只要你是一名工作者,就不需要考虑。"

"但你总说我不是。"

"孩子,我知道你工作得很辛苦。你不爬脚手架不等于你不上班。"

约瑟夫发现他很难不瞠目结舌。这不可能是他父亲曾经拥有或表达过的观点。

"公寓看上去挺好。"

"一切都是供需关系。你想在伦敦建造东西,就必须支付像样的薪水。"

克里斯递给约瑟夫一杯茶。你能在杯身上隐约辨认出"**年度老爸**"这四个几乎被磨掉了的小字。也可能只有约瑟夫能看见它们。这个杯子是他多年前送给克里斯的。他想收回礼物。他还希望父亲能去买几个新杯子。

"问题在于,我对移民没有任何意见。移民是你会出现在这儿的原因。但有些人来这儿不是为了成为大不列颠的一分子,对吧?那些东欧佬,还有各种各样的杂碎。这就像肇事逃逸。打价格战干掉当地人,然后挣钱跑路回家。而另一方面,咱们有些人被困在全世界最昂贵的城市里,却找不到谋生的手段。"

"对。"

"你认识卡尔文吗,我曾经和他一起在金丝雀码头工作?"

"不认识。"

"嗯,我和他一直有联系。按照他的估计,要是东欧佬滚蛋了,薪水就会提高到每小时二十五镑。"

"你最近见过格蕾丝吗?"

"你为什么对我想说的话不感兴趣?"

"我感兴趣。但我马上要去看电影,出发前我想和你谈谈其他的

84

事情。"

"她不肯来我这儿。"

约瑟夫的姐姐在南伦敦与几个朋友合租一套公寓。她在巴勒姆当助教。

"你问过她吗?"

"没。"

"为什么不和她另外找个地方见见?"

"'见见'。你说我该去哪儿见她?"

以前——仅仅几周前——在克里斯找到人生目标之前,这是他最喜欢的把戏:重复别人的建议,然后加上一个他认为不可能回答的相关问题。这是常年抑郁催生的习惯,但约瑟夫总是必须克制住想笑的冲动,因为大多数时候,他三言两语就能回答那些不可能回答的问题。

"酒吧?麦当劳?"

"也许我会的。"

假如他真的这么做了,那约瑟夫就会知道脱欧的力量超过了一切抗抑郁药。投脱欧一票,能让不快乐的家庭重新美满。

洁丝花了些心思——她那模样一看就是要出门赴约。她穿紧身珠片衫和健身裤,面颊亮晶晶的。约瑟夫不禁有点后悔,因为他穿的是耐克田径裤和上衣,但还没后悔到要道歉的地步。他们决定看一部名叫《撒旦屠夫》的恐怖片。海报上是个屠夫手持切肉刀,身穿血淋淋的围裙。眼睛是血红色的。

"希望是个被撒旦附体的屠夫,喜欢把人剁成一块一块的。"约瑟夫说。这应该是个笑话。海报没有提供太多种其他解释。

"否则还能是什么?"洁丝说,语气好像他是个白痴。

令人欣喜的是,电影确实说的是个被撒旦附体的屠夫,每次发生可怕的事情,洁丝就会紧紧抓住他的胳膊,频率大约是两分钟一次,直到最后半小时,血腥场面一个紧跟着一个。撒旦屠夫的无能时而让约瑟夫分神。约瑟夫没有分割畜体的资格,因为尽管店主马克想培养他,但他并没有接受过相应的训练。(他不想学,因为他不想被吸进全职肉铺员工的黑洞。)撒旦屠夫用的是切肉刀而不是普通厨刀,他顺着纹理切肉,这大概是你切肉时能做的最愚蠢的事情了。顺着纹理切肉会让肉更不容易嚼烂,尽管约瑟夫从没见过马克从人类尸体上切肉排,但他很确定同样的道理依然适用。撒旦屠夫处理肋排的时候稍微专业了一点,但也是出于偶然而非判断力。剁肉的时候他依然用切肉刀,虽说这么做也能完成任务,但毕竟不如锯子顺手,他似乎觉得肋排头也能卖,但事实上肋排头全是脂肪,基本上毫无用处。(当然了,这是假设人肋排与牛肋排大致相同。)

他忽然想到,洁丝对他星期六的工作一无所知。

"我就是个屠夫。"他悄声对她说,恶魔屠夫刚刚在银幕上把肉排摆在肉铺的冷柜里。

"闭嘴。"洁丝说。

"真的是。"约瑟夫说。

"你不可能是屠夫。"

"我反正在肉铺里工作。"

"不,不可能。"

"我为什么要骗你?"

"因为我们正在看一部说魔鬼屠夫的电影,而你想吓唬我。"

他们背后一排的男人凑过来,拍拍她的肩膀。他四十来岁,金发剪成平头,身旁有个女人。他属于约瑟夫一看就觉得会惹麻烦的那种男人。洁丝扭头看他。

"干什么?"

"我也想参加,"男人说,"我听不见电影里在说什么,所以不如也和你聊天算了。咱们这是在聊什么?"

约瑟夫不禁心想,假如你想让别人闭嘴,这么做倒是还挺有格调的。

"别他妈管闲事。"洁丝说。

而这刚好相反,就一点也不酷了。

"嗯,那就别他妈让我管闲事呗,"男人说,"闭嘴吧您。"

另外几个人也扭头看他们。有个人开始鼓掌。

洁丝生气了。

"咱们看电影吧。"约瑟夫说。洁丝气鼓鼓的,但没再说什么。

走出电影院,她说:"咱们去哪儿?"

和后排男人吵架没有在她身上留下任何迹象,约瑟夫觉得这反而是个坏兆头:意味着如此对峙完全是一个普通的约会夜晚的组成部分。他不由思考他会不会和露西去看电影。这当然是有可能做到的,假如你愿意花点心思,这样的小小野心其实很容易就能实现。再替她看几次孩子之后,他直接开口问她就行。他可以说:"露西啊,有个电影似乎很有意思,但我不认识其他想去看的人,而我也不想一个人去。你感兴趣吗?"她几乎肯定会说好的,只要她能找到一个保姆看孩子。但当然了,看电影并不是他的目的,对吧?还是说就是?也许他只是想和一个不会对背后观众说"别他妈管闲事"的女人去看电影。但他其实并不怎么喜欢去电影院,除非是和人约会,然后你看,

87

这不就又绕回来了吗?

"哈啰?"洁丝说。

"哦,抱歉。想喝一杯什么的吗?"

"我其实在想,怎么说呢,我家还是你家? 不过不能去我家。没隐私。"

假如要他说实话,推动这整个夜晚向前走的原因就是他的性欲。然而现在机会就摆在眼前了,即将发生的事情似乎偏离了轨道,与两人之间到现在为止发生的一切都毫无关系。怎么可能成功呢? 他们看了一部说屠夫被恶魔附体的电影,她叫另一个人别他妈管闲事,然后问他现在该去哪儿? 感觉像是在找空位停自行车,而不是做爱。他并不想随便找个地方安放性欲。

"我那儿也没隐私。"

格蕾丝搬走后,家里只住着两个人,而他母亲并不在乎他和什么人一头扎进楼上的房间。他十四五岁的时候她会担心,而且担心得很有道理,但自从他长到一定的年纪,可以信任他知道自己在干什么以后,她就听之任之了。

"所以现在干什么?"

"可以去我家见见我老妈,或者另外找个地方。"

餐桌上有张字条,提醒他想起他母亲最近开始上夜班了。她在炉子里留了半个鸡肉派给他。她拒绝承认他从不吃派。

"所以家里没人?"

"是的。"

"哦豁。"洁丝说,从背后搂住他。

"想喝茶吗?"

88

她松开了他。

"有伏特加吗?"

"伏特加?"

"对。呃,不该这么问吗?"

"没有的事。"他说,耸耸肩,耸肩的意思大致刚好相反。

"我不想喝醉。我只是想,你明白的,放松一下。你喝一杯吗?"

"不,我不用了。"

"看起来不像。"

"什么意思。"

"我说不准。你非常紧张,半推半就。"

他在公共汽车上没怎么说话,但她一直在玩手机。中间有一次,她把手机举到半空中,拍了一张两人的合影。她把照片给约瑟夫看。他觉得他一脸惶然。她把照片上传到了某个地方,或者发给了某个人看,但约瑟夫没问是什么地方或什么人,然后她只是继续浏览Instagram。

他知道家里有一瓶伏特加。他和他母亲都很少喝酒,是其他人带来参加圣诞派对的。酒在冰箱里,几乎没动过。

"兑什么呢? 可乐?"

"没有。我家里从来不备可乐。"

"你这人真是充满乐趣,对吧?"洁丝说,"不喝伏特加,不喝可乐……"

不吃鸡肉派,不做爱,约瑟夫心想。我到底是出了什么毛病?

"橙汁如何?"

"除非你想用注杯。"

他迟早要点头答应她的某个建议,但他也没有兴趣用注杯喝酒。

"那我就喝伏特加兑橙汁吧。"

他从冷库里取出酒瓶,从冰箱里取出橙汁,然后找了两个杯子。洁丝看着他倒伏特加。

"这一丁点不够咱们喝的。喝下去都不会有感觉。"

他一向有点那什么……唔,他也不知道该怎么说。自我否定?随波逐流?和宗教有关的某种性格?很大一部分来自他想尽可能长久地保持身材。他的体重自从十八岁以来就没变过,而体型对他来说非常重要。这个理由解释了他不吃鸡肉派和不喝可乐,甚至不碰伏特加。他对自己失望,因为他对洁丝不再感兴趣了。这和体型毫无关系。和教会也没有任何关系。

"我甚至不知道你是干什么的。"约瑟夫说。

"我在大学里。"

"是吗? 学什么?"

"南岸大学,旅游和酒店管理。这是我的最后一学年了。"

"然后有什么打算?"

"不知道。多半是酒店吧。我想换个地方去工作。英国之外。"

"你不喜欢这儿?"

"谁喜欢这儿? 灰蒙蒙的,物价高昂,没完没了下雨。"

"我不介意。"

他不知道这是不是真的,但他觉得有必要辩护几句。他不想搬到别的地方去,因此要是不表达一下他对英国的热爱,就必须承认他缺乏上进心了,然后就是进一步自我否定。

"你打算去哪儿?"

"美国。加利福尼亚。"

"不需要签证吗?"

90

签证！他都快把自己弄抑郁了。他都不愿去想他在怎么精神虐待她。

"真他妈见鬼，"洁丝说，"我还以为这会是有史以来最轻松的一场勾搭呢。好看的小男生，单身，似乎对我感兴趣。现在说到我多半十年内都未必能走成的未来安排，他就顾着给我没完没了泼冷水了。"

"对不起。我只是不希望你失望。"

"谢谢。你到底还要不要亲我了？"

"你还有兴趣？"

"我不怎么喜欢现在的闲聊，所以……"

约瑟夫大笑着吻她。他能感觉到自己起了反应，但这个反应似乎不合时宜、与己无关。他又琢磨起了各种各样的辣。有洁丝的这种辣，她的辣显然独立于本人，甚至与本人相抵触。另外也有露西的那种辣，你越是了解，滚烫程度似乎就越强烈。有可能是这样的吗？假如是的，那他的麻烦就大了。

忽然间，毫无预兆地，洁丝唱起了碧昂丝的《沉醉于爱》。就是在厨房里醒来，然后说这烂事到底是怎么发生的那段。洁丝的声音完全出乎他的意料，极其有力、沙哑和独特，约瑟夫不禁笑了。

"天哪。"

"是啊，"洁丝说，"我也知道。"

"你太了不起了。"

洁丝耸耸肩，像是在说，我早就说过了。

"你的卧室在哪儿？"洁丝说。

"我的卧室？"

"对。你的卧室。咱们趁热打铁。"

91

"现在谁还打铁?"

他的本意真的不是撩拨或调情。他只是想搞明白这个隐喻是如何成立的。唱歌让她变成了烧红的铁? 还是说她认为唱歌能征服最后一丝顽抗的阻力?

"我希望是你。"她说。亲吻的效果已经消退。就在这一刻,他清楚地认识到他想要的是另一个人。

"呃,听我说,"约瑟夫说,"我觉得事情对我来说发生得太快了。"

"真的?"

"真的。也许咱们应该再约会几次。"

"什么?"

她似乎真的无法理解他在说什么,而他也明白为什么。他自己都很难相信。某种事情发生在了他身上。一个漂亮的姑娘问他卧室怎么走,他却不想告诉她。

"我又不想和你结婚。"洁丝说。

说来荒唐,他感觉到了一丝被拒绝的刺痛。

"你怎么这么快就得出了这个结论?"

"怎么,你想和我结婚?"

"不,你看,问题在于,我算是和另一个人在一起了。"

"呃,你个狗娘养的大骗子。"

"不是真的在一起的那种在一起,而是……"

"这话是什么意思?"

"我也不知道。"

"你给我想。"

他能理解她为什么要他说清楚。

"你约我的时候,我没和其他人在一起。"

"谁约你了?"洁丝暴怒道。这就有点不讲道理了。

"呃,不管是谁约谁的,反正当时我没和其他人在一起。但后来,情况发生了变化。"

"你两天前才约我的!"

"对。我知道。但我以为已经死了的东西又活过来了。"

"什么时候?"

考虑到时间跨度,对于这个问题,他没有太多的选择。

"昨天。"

"昨天?"

"我知道。很奇怪。但心灵的事情有它自己的时间表。"

关于这次对话,有很多方面以后会让他一想到就内心颤抖,但这句话是他最后悔的。它是从哪儿冒出来的呢?某部老电影?他读过的什么书?他搜肠刮肚想找一句听上去比较成熟的话,但他一家伙捅穿成年期,来到了人生的另一头。

"这是你的另一份工作吗?写他妈的情人节卡片?"

约瑟夫大笑。确实很好笑。但洁丝不认为这事情有什么可笑的,摔门回家去了。她的声音——其中蕴含的力量和带来的震撼——在她离开后留在房间里久久不散。

5

　　他们去的教堂看上去并不像教堂。很久以前,它是一个图书馆,但也是一座历史悠久的建筑物,始建于十九世纪的某个时候,对约瑟夫的母亲来说这就足够了。它挑高的天花板和维多利亚式的砖墙意味着她可以居高临下地看待托特纳姆的其他礼拜场所,那些场所扎根于彩票店和超市,去的人以非洲裔为主。他们在公共汽车上与她擦肩而过时,她会说:"那些可怜的人啊。"但音调里没有同情,而只有优越感。她需要这个地位差距。

　　约瑟夫每次去教堂都会后悔。他不信上帝,但天国浸信会教堂不允许你悄无声息地坐在后排不信上帝,他母亲也不允许。他必须站起来,以最大的声音赞美上主,否则就会挨老妈的一肘子。他迟早会对他母亲说他不够虔诚,缺乏需要付出如此努力的觉悟。

　　布道的时候,他的手机响了,他立刻向母亲低声道歉,但她并不高兴,显然不会忘记他的不敬行为。他掏出手机想关掉,但第一眼就看见了露西的短信:今晚有空吗? 约会怎么样? 他们一出教堂他就

94

开始回复。他母亲在和一个坐轮椅的老太太聊天,每个星期天上午她都会这么做。要是他想冷嘲热讽,大概会在心里说她和轮椅老太太聊天的时候似乎恨不得手舞足蹈,就好像这是一场盛大的基督徒慈善精神表演。

约会一塌糊涂。几点?

想和我们吃饭吗? 6: 30?

没问题。

等公共汽车的时候,他母亲说:"你姐姐今晚来吃饭。"

"叫她拐个弯,先去看看克里斯。"

"她不想见到他。"

"他现在挺正常的。我前两天去过。他一肚子那啥。"

"那啥是啥?"

"全民公投。他认为等英国脱离欧盟,他的薪水就能大涨特涨。"

"上帝拯救我们。"

"你不希望他多挣点钱?"

"现在整个病区的护士只有我一个英国人。剩下的全是波兰人、匈牙利人和西班牙人。把他们打发回家,咱们干脆收拾收拾散伙算了。"

"所以你会投留欧一票?"

"嗯,当然。"

"他说都怪东欧佬,害得他工资越来越低。"

"嘴长在他头上。"

"所以谁说得对呢?"

"我不知道。但吃医保的病人反正比爬脚手架的人多。我们六点半开饭。"

"哦,"约瑟夫说,"我在外面吃。"

"不行。你必须和姐姐吃顿饭。"

"我要看孩子。为露西。我不能让她失望。你应该早点告诉我的。"

"早点我又不知道。"

"她什么时候告诉你的? 因为去教堂前你没诉我,到了教堂你就把手机关了。

"这个露西叫你跳楼你也跳吗?"

"她又没叫我跳楼。她问我能不能帮她看孩子。我当然可以拒绝的。"

"那就拒绝呗。"

"我已经答应了。另外,我喜欢挣这个钱。"

"你几点走?"

"六点。"

"六点? 星期天晚上? 星期天晚上六点她要干什么?"

"我没问她,老妈,我知不知道有什么区别呢?"

每个星期天上午,他母亲上完夜班后直接去教堂,他必须忍耐她的脾气,而约瑟夫通常总能做到。星期天她会在午饭后下午睡觉,但在吃饭和去睡觉之前,她往往既疲惫又暴躁。假如他能靠音乐挣到钱,一定会说服她停止工作,但她喜欢当护士,而当护士就意味着不能朝九晚五。

"当然有区别。你家里有安排了。"

"你是认真的吗?"

"我不明白她为什么不能带孩子去她要去的地方。时间那么早。或者她可以晚些去。至少可以问一声行不行吧?"

96

他打给露西。

"你好,"她说,"今晚没问题吧?"

"呃。我老妈想知道你能不能带孩子去你要去的地方,因为我答应和她吃晚饭了。"

"我没打算带他们去任何地方。你过来吃个饭,然后我再出去。"

"哦。我懂了。"

"你知道的,对吧?"

"对。"

"她在听你打电话吗?"

"当然。"

"你应该和你老妈吃饭的。"

"不,不。我能理解。"

他不确定对话在朝着哪儿去和该怎么去,但假如他结束通话,旅程就会结束,而出于某些原因,他不希望这样。有些事情正在发生。

"我不知道该说什么了。"露西说。

停顿片刻。

"好的。"约瑟夫最后说,希望语气足够沉重。

"这样如何?"露西说,"要是今晚不行,那就改天好了,就这几天。因为我们真的很想见到你。三个人都是。真希望我今晚不用出去。"

这就够了,已经超过了他的期待和他所需要的。

"噢,不,"约瑟夫说,"真抱歉听见这个消息。希望她没事。咱们回头见。"

"她母亲,"挂断电话,他说,"生病住院了。"

"所以你非去不可。"他知道她会这么说。

"我知道。"

"别迟到了。"

"不会的。"

约瑟夫很难想象会有什么社交场合能让他母亲和露西相遇,结果发现露西的母亲什么毛病都没有。不过他知道她们肯定合得来。教师和护士都是你必须和所有人良好相处的职业。约瑟夫忽然意识到,他母亲和露西年龄相仿,他顿时就不好了。她们差不多一样大哎!他想和一个与他母亲差不多年纪的女人上床!

"我去打会儿 Xbox,老妈。你去睡吧。"

"我要吃早饭。"

他回到房间里,掏出手机,开始搜索一九七三和一九七四年生的人,也就是露西和他母亲同时代的人。维多利亚·贝克汉姆。佩内洛普·克鲁斯。凯特·莫斯。泰拉·班克斯。还有他没听说过的很多色情演员,但她们确实是色情演员,足以向他证明她们普遍缺乏母性色彩了。从这些照片来看,和一个四十二岁的迷人女性在一起没有任何不妥。问题不在于露西,而在于他母亲。她为什么看上去比这些照片里的人老二十岁呢?她放弃了生活中属于男人、性爱和约会的那一面,但似乎毫不在意。她人高马大,膝盖和脚腕都不太好。单纯是因为缺钱让她这么显老吗?还是说他和格蕾丝对此亦有贡献?他们是好孩子,至少基本上算是。他父亲当然没什么积极作用。然而说到底,这和人们的行为方式没什么关系,反正约瑟夫认为没关系。也许假如他母亲是辣妹合唱团的前成员,嫁给英格兰的国际巨星,她现在就会更像维多利亚·贝克汉姆了。这个想法很怪,约瑟夫不愿花太多时间去深入思考。

露西做饭的时候，两个孩子在打 Xbox，她有一搭没一搭地琢磨晚上该去哪儿。她对约瑟夫说她真希望今晚不用出去，因此她至少该努力找个什么人或什么事订个约会。她发短信给几个朋友——都是星期天晚上不可能随叫随到的那种朋友，要么正在收拾没做家庭作业的号哭或刁蛮孩子，要么刚探望完祖父母正在疲惫而沮丧地回家。你还好吧？要是有急事，我可以过来，克丽丝回短信道。没急事，她说，就是想听听音乐什么的找点乐子。克丽丝会觉得光是这几条短信就是精神崩溃的证据了。谁会想在星期天的晚上出门找乐子呢？

另外，就算有人肯接受她的邀请，露西也有一万种可能会在最后关头取消，那样只会进一步加深她古怪得让人生气的印象。她想和约瑟夫进行某种交谈，但她对交谈的形态和内容都拿不准。也许她只是在假装她不知道。她发那些短信仅仅因为她想欺骗自己相信，找他当保姆不完全是个幌子。

唯一的麻烦在于，她丧失了勇气。约瑟夫进门的时候，她大可以说她晚上的约会取消了，但她没有；等他们吃完饭，他不但说服孩子们把盘子放进洗碗机，还去自己洗脸洗手了，然后他问她要去哪儿，她说她和一个朋友去看个音乐会。

"太好了，"约瑟夫说，"什么音乐？"

她当然可以说她要出去喝一杯，要是有必要就找个酒吧独坐一小时。或者说她要去看电影，然后真的去看个电影。但她脑子一热发给克丽丝的短信不知怎的暂存在了她嘴里，供她随时调阅引用。

"就是伊斯灵顿的那个什么。"

"好的。"约瑟夫说。他显然不想继续追问下去，因为他看得出她有所隐瞒。

"不是什么秘密。"她说。

"我并不介意你去看秘密音乐会。"

"不,秘密的不是音乐。我是说,不是个秘密任务什么的。"

"好的。"

他在迁就她。她在被一个二十二岁的小伙子迁就。

"我和我的朋友克丽丝一起去。看一个吹爵士萨克斯风的朋友。"

"酷。"

她不知道这些细节都是从哪儿蹦出来的。她说的每个字似乎都在让她的生活变得更艰难。"克丽丝"——没空陪她。"爵士"——她一无所知,更不知道星期天晚上的乐手在哪儿演奏。"吹萨克斯风的朋友"——尤其让人尴尬,一个中年女人的可悲幻想,她的朋友全都是教师、律师或自己开业的室内设计师。

"总之,"她说,"天哪。我得走了。我不会回来很晚的。"

她穿上牛仔夹克,抓起车钥匙,逃出家门。

她上车往南开,最后跟着路标来到了摄政公园。她很高兴时间在往前走,傍晚现在天还没黑。她把车停在内环,然后步行穿过大门。独自一人释放了她的压力。开车的时候,她意识到她毫无头绪,没有任何计划——而自从中学的最后几年以来,她一直是个有计划的人。她想当女生代表,然后想去上大学,然后等等等等,结婚,生孩子,晋升,一个个障碍跳得颇为轻松。但她被男人绊了跟头,首先是保罗,现在是约瑟夫,她想不出该怎么重新加入竞赛,或者要是能重新上赛道,终点究竟在什么地方。

两次跌倒之中,保罗当然是让她摔得比较狠的那一次。没人能从那次跌倒中全身而退,至少也要断几根骨头和鼻血哗哗流。但她的回应——女生代表应有的回应——是请几天病假,然后坚持前进——职场上再爬一级,也许找个通情达理的同样离过婚的伴侣,甚至再婚。然而她对约瑟夫的感觉让她苦恼不已,因为事情太奇怪了。她该怎么和一个二十二岁的男人相处呢?他会带她去哪儿?因为约瑟夫,她根本不知道接下来五分钟里她会做什么,更别说接下来五年了。她一边走一边幻想,她编出来的故事既吹口气就倒又欠缺说服力。她吹萨克斯风的朋友仅仅是她三流想象力的一个悲剧性化身。

她绕着湖转圈,然后看了看时间:才七点一刻。她希望约瑟夫能打发孩子们上床,不仅因为她出钱让他这么做,她喜欢享受这段闲暇时光,更因为假如她直接回家,他就没有理由要留在那儿了,除非她请他留下。她回到车上,途中买了张报纸,然后去樱草山找了家安静酒吧,品着一杯白葡萄酒看报纸。然后她开车回家。

"爵士乐如何?"

约瑟夫在电视上看美式橄榄球。孩子们已经睡了,屋里收拾得干干净净。她克制住说脏话的冲动。也许一段成功关系的秘诀就在于付钱,每小时十镑,一天二十四小时。

"哦,"露西说,"挺好。"

她看得出现在不该继续说爵士乐了,尽管想到要这么做,她的心脏就跳得犹如小鹿乱撞。

"哦,好的。"约瑟夫说,同情地笑了笑。

"不,根本没有什么爵士乐。"

"呃,不会吧。发生什么了?"

他站起身,正是屋主在外面度过一个夜晚后保姆应有的反应。聊几分钟晚餐或电影或戏剧或爵士乐,汇报几句孩子们的情况,两三张十镑钞票,结束。

"请你别像保姆那样站起来。"

他一脸迷糊,他当然有理由要困惑。

"所以你要我坐下? 还是……别再像刚才那样站起来?"

她大笑。

"听上去肯定是这个意思吧。但站起来的姿势谈不上正确或错误。"

"呼。"

"介意留下谈一谈吗?"

"呃,当然不介意。"

他坐回沙发上。

她在他旁边坐下,保持一定距离。

"实际上是这样的,我想见到你,但我没地方要去,于是我请你来当保姆,编瞎话说什么我有朋友吹萨克斯风。我根本不认识那样的人。然后我开车去摄政公园,下车转了一圈,然后在酒吧里读报纸,最后就回来了。"

"好的。"

"你随时可以打断我。"

"谢谢。"

但他似乎并不想插嘴,这让露西想到了他的年轻。一个年轻人怎么可能在这种对话中带领方向? 这是不是意味着她根本就不该挑起这个话题? 因为权力的动力学和其他等等?

"我认为你我之间有一种奇怪的气氛,而我想,你明白的……"

他没法帮她脱身。

"搞清楚究竟在发生什么。"

"都是我的错。"约瑟夫说。

"为什么是你的错?"

"呃,你知道的,因为我说有各种各样的辣。这么说不合适。"

"唔,这就是问题了。我喜欢——我觉得我喜欢。"

"但你不确定。"约瑟夫气馁地说。

"那只是因为我不是百分之百确定你的意思。"

"之前我说过有不止一种辣……但那不对。其实只有辣和
不辣。"

"嗯,我明白。"

"哦。"

"其实也不难明白。你说过有各种各样的辣。我听懂了。"

"所以你不确定的是什么?"

"应该是为什么不合适吧。"

"因为我在拐弯抹角说你很辣。真是太糟糕了。"

他摇摇头,强调这个决定的愚蠢程度。

他们来到了十字路口。除非把对话推进未经勘测的水域,否则
他们就没有更多的话可说了。这就像在下象棋,但也正像她下象棋
的风格:她在寻找还能走的一步棋,只要能让游戏继续下去就行。

"你非常可爱。谢谢。"

她找到了一条出路。他们可以再勉强支撑几秒钟了。

他又站了起来。

"也许我还是走吧。"

"对。有什么特别的原因吗?"

"我不想坐在这儿听你说我可爱。"

"天哪,不。我不是那个意思。"

"什么意思?"

"你是不是觉得我有点自以为是?"

“对。”

“我不想那样。”

“我不知道你想怎么样。”

“是吗？我不知道我还能怎么做得更明显一点，否则……呃，否则就未免太主动了。”

他坐回去，吻她，然后一切就顺理成章了。

6

露西和约瑟夫第一次上床后来被称为"无爵士乐之夜",不过这个说法很快就有了修改版:举例来说,"太多爵士乐之夜",或者(约瑟夫知道露西不会受到冒犯之后)"爵士乐 FL"——对爵士乐 FM 的下流戏仿。后来还有爵士乐节,也就是两个孩子都在外面过夜的星期六晚上接星期天上午。当时他们不在保罗那儿过星期六晚上,因此爵士乐节是个特别节日,用来最大限度地榨取快乐。

"我们做错了吗?"约瑟夫事后说,沙发上,她躺在他的肘弯里,只穿了一件 T 恤衫。

"我觉得没有。"露西说。

"我也觉得没有。"

"我不介意错上加错。"

反省到此为止。

刚开始,她既焦虑又脆弱。就四十二岁而言,她的体型算很好了,但这毕竟是一具四十二岁的身体,塑造体型的不是严格的瑜伽训练和私教,而是少吃巧克力和偶尔拜访健身房。各个零件都不像以前那么紧绷或光滑了。假如他和她年龄相近,她肯定不会去想这些,但他刚开始爱抚她,她就忍不住要思考他会习惯于什么样的身体,比方说那儿和那儿,甚至或者尤其是那儿。她没脱 T 恤,算是限制伤害程度的措施,但那就相当于闭上眼睛声称隐身,因为他有太多种方法可以发掘她的秘密了。另外,保守秘密又有什么意义呢? 要是他不喜欢他看到或感觉到的东西,那她也无可奈何。但他似乎激情洋溢,除了令人欣慰的性唤起之外,她没有找到其他征兆。

他们的性爱一开始尽管欢快,但就古老的男女之道而言,其实并不协调。约瑟夫过于急切,而她过于依赖以前的习惯和常规。某些事情没有发生的时候,她没有假装它发生了,还好约瑟夫后来想到了要问她有没有办法能帮助它发生。他学得很快,几天——或者几晚,或者几次约会,或者随便你叫它什么——之后,他们进入了黄金时代。

“但这样就够了吗?”露西总会问自己。“够什么了呢?”她会这么回答。回答总是来得太快,就好像她想消除一切疑虑。她很快乐,活在一个肥皂泡里,要戳破它的唯一理由就是肥皂泡毕竟不是真实生活。但肥皂泡能让生活变得容易忍受,诀窍就是尽可能多吹几个。有新生儿肥皂泡,有蜜月肥皂泡,有新朋友肥皂泡,有愉快假日肥皂泡,甚至还有小小的剧集肥皂泡、晚餐肥皂泡、派对肥皂泡。它们都会在没有外力的情况下自己破碎,然后你只需要想办法找到下一个肥皂泡就行。向来艰难的生活会暂时变得毫无烦恼。

另外,对,性爱使她快乐,但这不完全是一种功能性或交易性的关系。约瑟夫不会穿上裤子,消失在茫茫夜色之中,只在受到冲动驱使的时候再次出现。他们聊他们的日常、工作和两个男孩;约瑟夫的年轻并没有让对话变得困难。过了两周,她意识到事实上刚好相反。约瑟夫会没完没了地向她提问,然后仔细听她回答。她也会问他问题,然后听他回答。她极少和同龄人像这样交谈过。假如有人也关注在一所麻烦遍地的内城中学管理英语系的重重困难,那他们肯定费了九牛二虎之力掩饰了心中的兴趣。

他总在孩子睡下之后来她家,这个安排几乎立刻引起了问题。

"老妈,你下次什么时候出去玩?"艾尔问,那是无爵士乐之夜后的两个星期。

"没有计划。"她知道他为什么会问。

"对我们不公平哎。因为要是你不出去,我们就没法和约瑟夫打Xbox了。"

"我确定他会愿意过来练练手的。"

"但你会在家啊。"

"那有什么区别呢?"

"你不在家比较好玩。"

"你为什么这么喜欢约瑟夫?"

"他很好玩。"

"我不好玩?"

"不是很好玩。我是说,有时候。"

"什么时候?"

一阵漫长的沉默。

"唔。"

迪伦走进厨房,来找东西吃。

"吃点水果。"

"我不想吃水果。"

107

"老妈问她什么时候好玩。"

"为什么?"

"她就是想知道。"

"圣诞节?"

"圣诞节? 她圣诞节怎么就好玩了?"

"随便吧,反正那又不是她的任务。"

"学校里的孩子觉得我很好玩。"

"哦,那你就是个好玩的老师呗。"

"那约瑟夫为什么好玩,除了 Xbox?"

"他擅长真正的足球,不只是打 FIFA。"

"彩虹过人,克鲁伊夫转身,他什么都会。"

"但那只是擅长一件事情,不等于好玩。"

"我不同意。"

"好吧。我很快就会出去玩的。"

"我以为你在找男朋友,不是吗?"

"谁说我在找男朋友的?"

"老爸。我们出去吃披萨的时候。"

"他为什么要说这个?"

保罗也许听到了风声,知道她出去赴了几次约会。她没有把这种事当作秘密,而她认识的人他也全都认识。

"他想知道有没有让我们难过。"

"你们怎么说的?"

"我们说没有。艾尔,有吗?"

"你们真的这么觉得吗?"

"我反正不难过。"

"我也一样。"

"你们确定?"

"确定。你应该去找个男朋友。"

"要是我真的找到了呢?"

两个孩子对视一眼。他们显然在憋笑。

"车到山前必有路。"迪伦说,这是他最喜欢的口头禅,很少会用得这么恰当;平时他总用它来搪塞打扫房间和家庭作业。

"对,但不会让你们不舒服吗?"

"你是说因为老爸?"

"大概是吧。"

"不会。"

"不会。"

"为什么不会?"

绝对不要低估孩子把你拖进深水区的能力。这次谈话开始得并不久,刚开始只是在表达想和约瑟夫打 FIFA 的意愿。现在你看看,他们谈论起了他们这个家庭的性质和未来。

"唔,这样更好,对吧?"迪伦说。

"对,"艾尔说,"我们喜欢老爸。但我们不喜欢为他担心。"

"他最近表现不错。"露西说。

"很好。"艾尔说。

"但也许正是因为他不再住在这儿了。"

"你们绝对不要认为事情和你们有任何关系。"露西说。

"我们没有。我们只是想说,也许咱们应该就让情况保持现状。"

"除了约瑟夫多出现一点。"

"对,但他和你没什么关系。"

"因为你出去他才会来。"

"所以他主要是我们的朋友,而不是你的。"

"好的,好的。我会多出去玩玩的。"

"谢谢。"

她答应过要出去的那个星期六,艾玛在肉铺门外排队,见到露西就招手示意她过去。

"我不能插队。"露西说。

"这些人不会介意的。"

她朝她背后的那些人微笑:两个男人,好看,但板着脸。

"咱们晚些时候聊。"露西说,走向队伍末尾。

"哎,我更愿意聊天,不着急买东西。"艾玛说,跟着她往后走。

露西不想和艾玛说话。尤其不想和艾玛谈性爱,因为她们正在一点一点慢慢走向露西最近做爱的对象。

"你这个星期过得如何?"

"挺好。很忙。"

目前还行。

"你呢?"

"哦,惨就一个字。"

"很抱歉听你这么说。"

"我嫁了一头猪。"

"唉,天哪。"猪。性。露西的性生活。小跑,滑步,起跳。快改变话题。

"你对全民公投有什么看法?"

"我很有兴趣去投脱欧一票,只是为了惹戴维生气。他简直入迷了。"

"要是真的脱欧,他会怎么样?"

"大概会损失很多钱吧。我不知道。我没问过他。他太没意思了。而且他认为人人都是白痴,只有他除外。"

"别投给脱欧。"

"我应该不会的。但我越是看文章,就越是不理解。"

"你看看希望你投给脱欧的人就明白了。法拉奇。鲍里斯。戈夫。"

"对面是卡梅伦和乔治·奥斯本。"

"我知道。差劲,但没那么差劲。"

"我会投给留欧,希望我们再也不需要讨论这个话题了。"

"所以戴维是猪吗?因为全民公投?"

"不。"

露西望向她,但没有等来对猪科行为的描述。

"好的。"

"逗我开心一下。最近约会过吗?"

露西耸耸肩,朝前面排队的那些人点点头,然后做个鬼脸,尽可能用哑剧动作表示她不愿在公共场合讨论这个话题。

"啊哈。所以是有事情可以讨论的。我想听你说说。肉铺出来去喝杯咖啡?或者喝杯酒?午餐时间到了。喝一杯是允许的。"

"我得回家给孩子们做饭。"

"那咱们出来玩吧。本周内。你能找个人陪他们几个小时吗?"

这个建议解决了一个问题,但又引出了另一个:她能耐住性子和艾玛交谈整整两个小时吗?

两人走到门口,艾玛说:"呜呼。我的朋友在。"

约瑟夫看见露西,笑了笑,朝她们的方向勾勾手指。露西觉得他的眼神并不暧昧。她报以微笑,尽其所能地保持不温不火,但在她看来,两个人只要在睡觉,那他们的任何视线接触都注定会向五十码半径内的所有人泄露一切秘密。

"哇。"艾玛说。

"怎么了?"

"乔看你的眼神。"

"我觉得他在看咱们俩。"

"我也希望。你知道是怎么一回事,对吧?"

"不。真的不知道。"

"费蒙洛。是不是叫这个? 反正差不多吧。你做过爱,他能觉察到。会让你总体上变得更有吸引力。"

"我洗过澡。"

"不是那样的。你每时每刻都在分泌这种玩意儿。他看得出我什么都没发生过。"

"我觉得平板玻璃窗和那么多肉会干扰信号。"

"不会。会像匕首似的刺穿一切。"

"他叫约瑟夫。不叫乔。"露西不肯放过她。

"我就叫他乔。"

"这么做不对。"

"你为什么能确定?"

"他给我当过保姆。"

"问他对一个肯对他千依百顺的三十九岁金发美女感不感兴趣。"

"你自己去。另外,你可不是三十九岁。"

"等他趴在我身上连根手指都不能动了,我再告诉他吧。他会吃上一惊的。"

"别这么说他,求你了。"

"有什么不行的?挺好玩的。"

"但你要我去问他想不想和你睡。"

"这也会很好玩的。"

露西看得出来,和平时一样,队伍里的其他人都在享用她们的对话。和伴侣一起排队的人在偷偷交换眼神,有个男人很可能在两首歌之间听见了几个词,忙不迭地摘掉了耳机。谁会不想听艾玛自己出丑呢?

"你为什么觉得你必须保护他?"

"我没有。"

"那我为什么不能说他?"

她们排到了队伍最前面。

"你先进去吧。"露西说。

"哦哦,"艾玛说,"我来了。乔的客人正在付钱。我有一半的机会。"

露西感到不安,还有点不舒服。部分原因是质朴的占有欲,但还有其他因素:艾玛投射出的正是她和约瑟夫关系的可怖的扭曲镜像。这其实就是她吗?一个贪得无厌、自欺欺人的老女人,根本没有资格纠缠一个比她年轻得多的男人?另外,会不会和约瑟夫的种族也有一定的关系?她说不清楚,但有这种感觉。假如这位肉铺员工是个年轻的白人,艾玛还会垂涎三尺吗?有可能。她看上去太苦闷和不快乐了,不会放过任何一个年轻男人。因此这个指控应该不会落在艾玛头上。露西思考她能不能同样自辩无辜。她受到约瑟夫的吸引,会不会在一定程度上是因为他的种族? 天哪,去死吧。假如不出意外,只要这段孽缘存在一秒钟,他就会给她机会思考、反思、怀疑和自扇耳光。

是约瑟夫的母亲首先想到了究竟在发生什么,她在格蕾丝和他们一起吃饭的时候大声说了出来。

"那姑娘怎么了?"格蕾丝说。

他们在吃他老妈的鸡肉炖菜,约瑟夫想集中精神吃饭。他喜欢这道菜,而且他很饿,出于某些原因,这道菜变成了款待格蕾丝回家的特餐,而她回家的次数并不频繁。

"什么姑娘?"

"我记得你认识了个什么人?"

"你为什么会这么想?"

"你短信告诉我的。"

"哦。"

他为什么会告诉她? 这和她有什么关系?

"对。嗯。没什么结果。"

"他盯上了另一个目标。"他母亲说。

约瑟夫忽然感到浑身发冷。

"哦哦哦,"格蕾丝说,"我就爱听八卦。"

"没有任何八卦。"

格蕾丝和她男朋友在一起三年了。两个人都没再约会过其他人。他们迟早会结婚。她最爱听八卦。

"哦,当然有八卦。"他母亲说。

格蕾丝望着他。

"行了,说吧。"她说。

"老妈你在说什么啊?"

"你那个朋友。"

"哪个朋友? 我没什么朋友。"

他想说得大惑不解,但自己都觉得语气不对。他在声音里听见惊恐。

"唔,"他母亲说,"这个就由我来判断了。"

"为什么要由你来判断我有没有一个朋友?"

"对,老妈,"格蕾丝说,"这说不通嘛。"

"我只知道他和某个女人待在一起的时间长得出奇。"

"哦豁,"格蕾丝说,"一个女人。"

"这就是重点,"她母亲说,"这就是她。"

"你怎么可能知道她是什么人?"约瑟夫说。

"那你就说说看呗。"

"老妈,他不想告诉我。"格蕾丝说。

"谢谢支持。"约瑟夫说。

"那你说说你都知道什么。"

"有个女人,他一直给她当保姆。然后最近就算不当保姆,他也有一半晚上去她家。"

"我不在家的时候你怎么知道我在哪儿?"

"我当然知道。你叫我装在手机上的那东西。"

朋友定位应用软件。该死。他安装它只是为了不让她担心,他一直以为她连一次都没打开看过。

"你怎么知道那就是她的地址?"

"我不知道。但有个晚上你去当保姆的时候,我看了一眼,想知道她住在哪儿。然后那也是你最近一直去的地方。所以要么是她，要么是你从一开始就在骗我。"

他就像电影里被警察逼进了死胡同的角色。他必须找一条逃生之路，尽管根本不存在出路。

"所以是我在骗你。然后呢?"

"那些名字都是你编出来的?"

"只有三个。她和两个孩子。"

"还有她的工作,还有她母亲中风了。"

中风是他编出来的。有一瞬间他很想告诉她,唯一的真话是露西确实有个母亲。

"所以你每天晚上在那条街上干什么呢?"

"你每天晚上都去?"格蕾丝说。

他最近确实每晚都去。他忍不住不去。只要公共汽车不脱班,他出门后不到三十分钟就能到那儿。

"对。"约瑟夫说。

"所以假如不是为了女人,你去那儿干什么呢?"

"我没那么说。"

"你要不要整理一下重新开始说?"格蕾丝说。

"好。"约瑟夫说。

他的后背顶在墙上了;他试过爬上去,但墙太高,而且没地方用力。

"那就说吧。"

"我在和我当保姆的那个女人约会。"

"那有什么不好意思的?"

"并没有。"

"她多少岁?"他母亲说。

"不知道。"

"你认为她多少岁?"

"好像有点没礼貌吧。"

"猜别人多少岁有什么没礼貌的?"格蕾丝说,"她又不在这儿。"

"呃。要是我说六十二,但她才三十九……我会觉得,我也不知道,不忠?"

"你觉得你也许在睡一个六十二岁的女人?"格蕾丝说。

"天哪,约瑟夫。"他母亲绝望道。

"我觉得他的意思不是他真的在睡一个六十二岁的,"格蕾丝说,"我觉得他只是想找一个比较荒唐的借口,这样就可以不对我们说实话了。她的孩子多大?"

"一个十岁,一个八岁。"

"唔,她生小儿子的时候应该不会是五十四。她大概四十左右,对吧?"

"也许吧。"

"所以就是我的年纪。"他母亲说。

三个人都不说话了。格蕾丝盯着他,他看得出她知道即便露西和他母亲同年同月同日生,两个人也不会是同龄人。他们像是有心灵感应似的共同做出决定,这不是任何人愿意说出口的观察结果。

"白人?"格蕾丝问。

"对。斯科特也是,所以你们别拿这个做文章。"

格蕾丝举起双手表示讲和。

"我只是想有个概念。"

"那就问我有没有照片呗。"

"你有照片?"

"没有。"

"她用 Instagram 吗?"

"不用。"

"你确定? 她叫什么?"

"够了,你不需要看她的照片!"约瑟夫说,"她四十来岁,很有魅力,是白人。有意见吗?"

"但有前途吗?"他母亲问。

"要什么前途?"约瑟夫问。

"你不想要更长久的关系吗?"

"不想。我才二十二。我不想结婚,也不想要小孩。"

"迟早会的。"

"也许吧。十年以后。"

"到时候我已经死了。"他母亲说。

"你为什么五十二岁就死了?"

"反正也老得没法享受人生了。"

格蕾丝拿起手机,对着手机说:"出生于……该死,今年五十二岁的人出生于哪一年?"

"今年五十二?"约瑟夫说。

"对。"

"一九六四。"

"出生于一九六四年的人。"

"以下是我搜到的出生于一九六四年的名人,"Siri 说,"基努·里维斯。桑德拉·布洛克。兰尼·克拉维兹。米歇尔·奥巴马。"

"你觉得米歇尔·奥巴马老得没法享受孙子孙女的陪伴了?"格

蕾丝说。

话题已经离他和露西的关系十万八千里了。他们在谈比露西（还有他母亲）老十岁的名人。

"呵呵,她有特勤局的人和其他等等等等。"他母亲说。

"陪孙子孙女玩怎么就需要特勤局了?"

"我只是举例。她有各种各样的人替她做事。压力更小。"

"你觉得假如你需要特勤局保护,生活压力反而会比较小? 她有特勤局保护是因为有无数人想朝她开枪。"

很好,他们在说奥巴马夫妻和他母亲的压力谁大谁小了。有时候需要讨论真正严重的问题时,他们家难以不偏离主题的毛病会让他苦恼。但有时候,比方说现在,他对此心怀感激。他从迫在眉睫的露西危机中活了下来,但这不等于这事情已经翻篇了,或者他知道下次提到时该说什么。

去露西家的公共汽车上,他思考他对母亲说的话,尽管那只是他不知道该如何回答时的反戈一击,但问题留在了他的心里:要什么前途? 假如他和洁丝一拍即合,她把露西从他的头脑、心灵和身体里挤了出去,会发生什么? 他会问自己这段关系有前途吗? 对他来说似乎可能性极小。假如他母亲和格蕾丝见到洁丝,对她们来说似乎同样不太可能。另外,对,有朝一日他也许会遇到某个人,他也许会开始思考与她建立某种生活。然而他这个年纪的吊诡之处就在于你会有一半时间在梦想未来,而另一半时间你会尽量不去思考未来,但无论是哪一半,你都会受困于一种似乎没什么价值的生活,卡在青春期和成年催生的永久性事物之间。

另外,露西的问题是这样的:她把他拖进了现在的生活。他把人生消耗在追逐上,从一个工作奔向下一个工作和再一个工作,努力攒钱,希望有朝一日能从家里搬出去。假如那天真的能到来,那他就必须在多职的组合里再加上几份工作,而且他永远不会停止奔跑。他花在类似于梦想的东西上的时间不多,算起来只有他花在尝试编曲的那点时间,有朝一日也许能生出几部混音作品和在有报酬的夜店演出。假如你在无爵士乐之夜前问他的快乐源泉是什么,他都未必能够准确地理解这个问题。现在他知道答案了:和露西睡觉,和露西吃饭,和露西看电视。也许这段关系不会有未来,但有现在,而生活就是由现在构成的。

露西希望艾玛已经忘记了她们说过的喝一杯,但艾玛先是发短信,然后打电话留言,然后又打来电话。她暗示说有些危机只有露西才能理解,尽管倾听不是艾玛的强项,但露西真的不知道她是怎么得出这个结论的。她们去了附近一家意大利餐馆,想在吃披萨的时候顺便喝一杯,而约瑟夫在家里带孩子吃饭和玩 Xbox。露西出门的时候兴致很好,但已经开始担心她回家后必然随之而来的关于酬劳的争执。她必须付钱给约瑟夫,而他会不愉快得以至于要拒绝,但她必须获胜。要是她输掉,想到会因此而模糊的界限,她不禁心惊胆战。约瑟夫不可能是她的男朋友;约瑟夫不可能成为孩子的继父。他是保姆,凑巧在和她睡觉。她付钱是因为他当保姆,而不是为了陪她睡觉。

她们刚坐下,艾玛就绝望地哀叹:"喝起来。"露西宽容地笑了笑,但她们还没点菜,大半瓶红葡萄酒已经不见了,而她还在品第一杯。

"今天这么艰难?"露西说。

"不是特别艰难。不比其他日子更艰难。顺便说一句,我的朋友苏菲要来。记得她吗？全职妈妈,住在怀亚特路。"

露西立刻想起了她:一个高挑而优雅的金发女人,总是穿得很昂贵,那张脸像是在说生活不可能更进一步虐待她了,但她的生活从外面看似乎完美而愉快。

"你不介意吧?"

"不,当然不介意了。"

但既然已经有个朋友供你倒苦水了,露西心想,为什么还要拉上我呢?

"事情是这样的,我和她说了说你最近的动向,她离婚了,运气不怎么好,所以想听你好好讲一讲。"

"好的。但我不确定我想不想和一个陌生人说我的,呃,个人生活。"

"所以你不记得她了?"

"我记得她。但就算记得……"

"哦,她人很好的。她的孩子现在和我的孩子一起上圣皮特。"

前后件无关的逻辑谬误,不过露西没有抓住不放。

"和人好不好没关系。"

"我们不想听细节。只想知道你是怎么做到的。"

"你为什么想知道呢? 你又没离婚。"

"我确定我很快就会离婚了。另外,就算我没离婚……"

她朝露西使了个眼色,想借此表达她已经准备好了去偷人。

"听我说,我的……应该叫什么呢,就说我的关系吧……没什么值得学习的。事情就那么发生了。"

"但怎么发生的呢? 哎,她来了。"

苏菲看上去不一样了。也许露西把她和其他什么人记混了。

"她容光焕发,对吧?"艾玛说。

"确实。"露西说。

她能分辨出记忆中那个女人的痕迹。她的整张脸都在放光,而且绷得很紧,尽管医美项目一看就很昂贵,但也把她变成了另一个人。也许这就是她的目标。她还露出了以前不存在的深深乳沟。露西意识到她并不认识苏菲这样的人。露西所属的那个族群,就连少白头的女性也不会染发,尽管这些女人让她既防备又悲伤(只要出现一根白发,她就会用上她能找到的所有染发膏),但对于大多数的关键事物,她和她们有着类似的感觉——例如书籍和严肃电影的重要性、政治、环境、全民公投。但都市丛林里生活着各种各样的部落,露西从没遇到过苏菲这样的人(还有他们的四驱车、私立学校和重塑的胸部)不等于他们不存在,他们就住在附近,只是露西从不去他们居住的街道。

"人都出了什么问题?"艾玛说。

露西知道在这个语境中,"人"指的是不和苏菲约会的男人。露西摇摇头,既同情又困惑。

"你还在做那份伟大的工作吗?"苏菲说。

"我看我的学生恐怕不会同意。"露西说。

"她的意思是你肯做就很伟大了。"艾玛说。

"艾玛还说你经历了好一场大戏。"

"是吗?"

"和你丈夫。保罗,对吧?"

"哦。我怎么不知道戏剧性有多强。"

"听她说的。"艾玛说。

学校帮助她把她婚姻的灾难性崩溃纳入了某种更广阔的视野。

花名册上有一千五百名学生,代表着一千个以上的家庭,而她在学校里已经待了十几年。她的故事算是有戏剧性,但那是和大学朋友或学校门口的中产阶级母亲的人生故事相比而言,然而她的学生讲述过(更常见的情况是拒绝讲述)家庭虐待、入狱、驱逐出境、贫穷和饥饿的故事。想要抓住他们的注意力,光是药瘾和离婚可远远不够。有两个孩子的家长死于非命,一个是在孩子上小学的时候,另一个是抛弃家庭后不久。两个都是被捅死的。谁认识死于非命的人?大内城学校的很多教师认识。假如不是这样,她每天回到家肯定会感觉自己的世界正在完蛋。

"听说你离婚了,我很抱歉。"露西说。

"我这辈子遇到过的最好的事情。"苏菲说。

"呃,好的。"

"你看看她。"艾玛说,言下之意显然是假如不离婚,就不会有肉毒杆菌和隆胸手术了,然后岂能有今天的她?

"这么说真的很蠢。"苏菲说。

"你还是我?"艾玛说,有点受伤。

"你的话也有点蠢。但我说的是我自己。离婚是一件非常可怕的事情。我现在比以前更惨了,这就足以说明问题了。"

"你以前惨在哪儿?"

"不喜欢他。然后他认识了另一个人,于是我就更加不喜欢他了。"

"听上去符合逻辑。"

"我认识的每一个人都很惨,"苏菲说,"每一个人。"

露西可以相信,但苦难会让置身其外的人感到困惑。现在是春天。他们过得很开心。再过一两个月,他们都会去法国或西班牙,一待就是三四个星期。但他们动弹不得，他们穷极无聊。他们认为性爱，还有他们实现性爱的方式，还有他们与之发生关系的对象，提供了某种出路。他们的无聊让人愤怒，露西不禁思考她该如何不再去了解他们。送孩子去上公立中学的意义之一就是你可以就此甩掉孩子儿时玩伴的父母了。

"你显然是个例外，露西，"苏菲说，"所以我们才会来这儿。我们想知道你为什么过得不凄惨。"

"我们需要上一课。"

"给我们希望吧。"

"一切的原因是不是我也许有了性生活？"

"我认为你有。"艾玛说。

"我也认为，"苏菲说，"要是连你都不知道，谁会知道呢？"

"我说不准，"露西说，"我只是不想在大街上说这些，来来往往的人都能听见。但现在我也不想在这儿说了。"

"事情不该是这样的，"艾玛说，"你是我们的榜样。"

"我认为找个伴儿对我有好处，"苏菲说，"哪怕并不认真。不，尤其是并不认真。"

"你只是需要一个好对象，对吧，宝贝儿？"

露西觉得恶心。这些人让她沮丧，她们乏味的委婉语像外科手术似的去除了色情的一切迹象。这些词无疑更适用于人类活动的另一个领域，比方说拳击或骑马。

"试过在线约会吗？"露西问。

"试过，"苏菲说，"三次。三个不同的人。我真的送不出去。"

露西尽量不去思考这话有可能是什么意思，尽管她很确定新冒出的乳沟肯定在遭遇战早期就被推上了前线。这个武器有可能过于威力巨大,过早投入使用,结果是一无所获的撤退。

"你就是这么找到的? 在线约会?"

"不是。有过一次相亲,但没什么下文,然后我在晚餐派对上认识了一个人,同样没什么进展,然后……呃,我认识了一个人。"

"怎么认识的?"

"算是我们家的一个朋友吧。但我只能说这么多了。事实上,不会有什么结果的。我们只是……在互相做伴,直到遇到其他人。"

"我要的就是这个! 完全就是!"

你想要的也许就是这个,露西心想,但这并不是你需要的。你需要书、音乐,或者上帝。两任妻子之间的男人对你不会有多少好处。

"晚上过得怎么样?"约瑟夫说。

她没错过孩子们的就寝时间,但他们还是要约瑟夫哄他们睡觉。他为他们睡前读的系列漫画小说练出了一整套的不同口音,露西重现这些口音的尝试只招来了冷眼。

"太——糟糕了,"露西说,"艾玛带了个朋友,两个人抱怨了一晚上。"

"我就讨厌这个。"

"你也有喜欢抱怨的朋友?"

"没有。但我爸以前也一肚子怨气。"

"但最近不了?"

"我不知道能持续多久。他在参加全民公投宣传活动。那叫一个浑身是劲。"

"对他有好处。"

"是啊,但他支持脱欧。"

"什么？为什么？"

"他说他的薪水会上涨。供求关系。"

"他在建筑业工作,对吧?"

"时不时吧。爬脚手架。他希望东欧佬回家,这样承包商就会提高英国小子的待遇了。"

"我觉得好像不是这个道理。"

"不是? 那会是怎么样的?"

这不是一个赌气的设问。他在向她寻求答案。她比他年长。她是教师。她知道各种各样的事情。

"呃,假如我们退出欧盟,经济很可能会衰退。"

"对。但那和紧缩是不一样的吗?"

"惨上加惨,我猜。"

"好的。我们为什么会衰退呢?"

"因为……怎么说呢。我们现在能接触到五亿人口。这是我们的内部市场。脱欧后,外国资本会开始避开英国,因为我们不再能接触到这些人了。"

"这为什么就意味着建筑业会没事可做呢?"

"当然不可能什么都不建造。只是会越来越少。"

假如你想了解哈代的诗歌和莎士比亚的悲剧,无论什么问题你都可以去请教她,她肯定答得上来。然而,就脱欧的经济后果连续问她两个问题,她能感觉到自己的面颊在发烫。她对经济衰退、建筑业和搭脚手架到底知道什么呢?

"所以你要投留欧一票?"

"我认为整体而言,留欧更安全。另外,我希望孩子们能去欧洲工作,要是愿意念大学,就去申请欧洲的大学。另外我觉得我是个欧洲人,能理解吗?"

她的论证听上去开始变得无力。约瑟夫的老爸更在乎他每周能不能多挣些钱,而不是保留她儿子申请外国大学的机会。

"你呢?"

"嗯,我赞成留欧。你不是吗?"

"我从没去过欧洲。呃。我们游学的时候去巴黎待过一天。回家的时候我并不觉得我更像个欧洲人。"

"但你就是欧洲人。"

"对,我知道。但我其实并不是,对吧?我是英国人。为什么非得要有其他身份呢?"

"你喜欢当英国人吗?"

"这和喜不喜欢没关系。我就是。"

露西完全明白他的意思。她也并不真的认为她是欧洲人。她看英美报纸和小说,听英美音乐,看英美电视节目和世界各国的电影。她爱意大利菜,但也吃中餐和印度菜——英国人全都如此。她喜欢去欧洲度假,但她去是因为欧洲阳光充足,而且只有几小时路程。假如她一个下午花几百镑就能去邦迪海滩,她会对约瑟夫说她觉得自己是澳洲人吗?

"唔,"她说,"我还是认为你父亲在犯错误。"

"你去告诉他吧。"

"没问题,只要你愿意。"

她不是真心的。她更喜欢知道自己在说什么的时候。

7

　　艾玛或苏菲告诉了某个人,某个人又告诉了星期四晚上和保罗一起踢五人制足球的某个人,踢五人制足球的那个人问保罗,知道前妻在和别人约会,感觉是不是很奇怪。这个人不是存心想揭疮疤。他不久前刚和妻子分居,想到有朝一日敲自己家门却发现开门的是个陌生男人他就害怕。保罗从七点踢到八点。八点十分他就发短信给露西,要不是她严词拒绝,五分钟后他就会出现在她门口了。她希望他过来的时候她能是一个人,这意味着她要先哄孩子们上床,然后发短信给约瑟夫。

　　"是真的吗?"保罗说。

　　自从口角那天晚上,他没再沾过一滴酒。她非常想喝一杯葡萄酒,但还是去烧水泡茶了。保罗打开碗柜,取出一个杯子,然后去冰箱倒橙汁。他这么做理所当然惹怒了她。

　　"取决于你听说了什么。"

　　"我听说你有了男朋友。"

"不,不是真的。"

"所以什么是真的?"

"这个问题很难回答。"

"你明白我是什么意思。"

"我不确定我明白。"

"你的生活中是不是有了个什么男人?"

"什么男人?"

"你明白我是什么意思。"

"对,发生了些不走心的事情。"

"牵涉到上床吗?"

不走心的关系难道不就是这个意思吗? 正是由于缺少除此之外的一切,因此才会是非正式的关系。

"对。"

保罗深吸一口气。她几乎能嗅到他的欲望,他需要某些东西来抵消此刻的冲击。他的几种成瘾性上蹿下跳得汗流浃背,竭力吸引它们主人的注意力。

"真他妈的。"

"迟早会发生的。"

就像长辈的死亡,露西心想。总是发生得这么快。她只是无法相信现在就发生了。

"我曾经希望不会有这一天。"

"我知道。"

"所以就这样了? 我是说我们?"

该怎么回答得比较仁慈呢? 她和约瑟夫的关系中没有任何因素阻碍她与保罗和好,但她无论如何都不可能与保罗和好了。

"和那个没关系。"

"是我认识的人吗?"

"不是你的朋友,你是这个意思吧?"

"孩子们知道他吗?"

她现在知道比尔·克林顿是怎么把自己推进泥潭的了。问题取决于"知道"这个词的意思。孩子们知道他,但他们不知道他是他们母亲的情人。保罗想知道的是这个吗?他们知不知道他们母亲的情人是谁?她能基于约瑟夫一人分饰两角的事实构造一个答案,孩子们和两个角色之中的保姆约瑟夫很亲近,但从没见过性伙伴约瑟夫。

"算是吧。"

"这话是什么意思?"

想要如实回答这个问题,她就必须引入存在两个约瑟夫的概念了,但保罗恐怕会觉得这个理论欠缺说服力。

"对,他们知道他。"

"唉,这就和我有关系了。你们和一个我没批准过的男人表演快乐一家人,这样不对。"

"我不确定世上有没有这样的道理。我和孩子们住在一起,我有我独立的生活。我不需要每次都请求你的批准才能……"

又说错话了。她的反对意见似乎把这一切变成了一场行政噩梦,保罗坐在办公桌里面,手持橡皮图章,而有意向的伴侣排成蜿蜒出门的长队。

"你必须信任我。我不是白痴。"

"离婚的母亲都这么说。然后等她们回过神来,孩子已经被砍成肉酱,埋在地板底下了。"

"我的天哪,保罗。要是真的发生这种事,我一万个允许你说'我早说过了'。"

"这他妈不是开玩笑。"

"另外,那天是谁醉醺醺地冒出来挑事打架的? 反正不是我男朋友。"

"你不是说你没有男朋友吗?"

她确实说过,也是认真的。约瑟夫不是她的男朋友。但那天晚上,是约瑟夫阻止了他进入房间。"不是我男朋友"意味着"我前夫,就是他"。但不是她男朋友的人把保罗推了个跟头,现在约瑟夫被拖进了对话。

"我没有。我在拿我未来冷静、和平和清醒的男朋友对比一个企图抡拳头行凶的人。"

"那家伙还在给你当保姆吗?"

"约瑟夫? 对。"

"所以他应该知道你在和谁睡觉。"

"和你有关系吗?"

"似乎所有人都知道,只有我除外。"

"除了我和那位当事人,没人知道。"

"还有约瑟夫。"

她的心又在怦怦跳了。要是她不说出真相,那她接下来说的每一句话似乎多多少少都是谎话了。

"就是约瑟夫。"

"约瑟夫是什么?"

"和我有关系的那个人。"

"我不明白你在说什么。"

"你来问我在和谁……约会。我在和约瑟夫约会。"

"那个小子？"

"他已经是个年轻人了。"

"年龄差多少？"

"我不觉得你有必要知道这个。你只需要知道他非常擅长带孩子，孩子们也爱他。"

"谢谢。"

"他们越在乎他们身边的人，对所有人就越好。"

"那其他差距呢？朋友？文化？教育？工作？"

"没错，我们有不同的朋友和不同的工作。但你对他的教育又知道什么呢？"

一阵尴尬的沉默，保罗忙着思考他是不是想当然地做了个错误的假设，而露西在考虑这会儿拿整件事开个玩笑会不会适得其反。显然是的。于是她没有开口，让保罗折磨他自己去吧。

"是啊，"保罗说，"你说得对，我不了解。但你明白我的意思。"

"你和我有许多共同之处，"露西说，"但这未必是最好的指标。"

她记得她对艾玛说她想要一个干净的人，因为糟糕的个人卫生意味着其他一切都不算数。此刻她意识到，清醒同样重要。她想的实际上很可能就是清醒。干净本来就是清醒的另一个说法。你们也许对所有事物都有相似的口味，你们有相同数量的资格证书，有相近的幽默感和政治观，但恶性依赖会斩断这一切，留给你一千个没人能够修补如初的线头。

保罗刚走，约瑟夫就来了。

"我告诉他了。"露西说。

"什么？哇。"

"对不起。也许这正是你想要避免的。"

"你告诉了他是我?"

"对。"

"他怎么说?"

"他指出了我们不可能长久的所有原因。"

"好吧。我不想知道都有什么。"

他从冰箱里取出橙汁,从碗柜里拿出杯子,自己倒了一杯。

"我不会告诉你的。"

"但咱们早就知道了。"

"是啊。"

她想模仿他淡然的语气,但毫无疑问,她的声音里依然有一丝伤痛。这和长辈去世同样有所相似。她知道这一刻会到来,但不该是今天,还不到时候。

约瑟夫一直在积攒当保姆挣到的钱,终于买了一套 Ableton Live 10。他把用破解软件制作了一半的一首曲子导入新版本。这个工程花了他一整个晚上,因为他必须先把每个分轨转成音频。他找到了一个好用的电子鼓插件,而且是免费的,他不怎么担心最近夜店里在流行什么,因为他想追求的是更复古的感觉,类似于传统的深度浩室。他从他希望足够性感的拉丁舞曲开始,加上合成器的弦乐,但直到把节拍加快一倍,他才感到满意。他有一段小号的采样,在前面部分用得很克制,到最后一分钟左右才放开,然后让它径直冲向高潮。他在老妈的一张土风火乐队的老唱片里找到了这段小号,不过他母亲不记得她有这张唱片了,说它肯定是他舅舅的。他还截了几小段音乐,把它自然而然地融入他的歌,没有过度扭曲原先的风格。

他带着笔记本电脑去了朋友扎克家。扎克正在把名字慢慢地改成"£人"。实在太慢了,约瑟夫用"龟速转移"来形容它,扎克/£人气得要死。所有人都忘记了他正在改名,尤其重要的是他还在英国和爱尔兰现代音乐学院上音乐技巧课。在学校里,别人叫他扎克,他会拒绝回答,但这会惹怒其他学生,因为他坐在那儿生闷气只会拖慢课程进度。约瑟夫很想知道伯爵运动衫、A$AP Rocky、?Love 还有其他人都是怎么做到的。一个人刚出道的时候不可能去考虑这种事情。

你可以叫他"英镑人",但绝对不能这么写。你必须用英镑的符号。扎克对此异常上头。事实上,没人有理由要经常写他的名字。他逼着约瑟夫把"£人"输入手机,这当然把他放在了通讯录的最顶上,但约瑟夫必须去 M 底下找他才行。[①] 不知道为什么,英镑符号不算一个字母。不过,约瑟夫不得不承认这是个好名字。美国人用美元符号看上去很炫,但英镑人听上去非常廉价,就像英镑国。扎克的意图就是那份廉价感。他说,这是为了赞美哈林盖区的消费主义文化。

但他是个天才,人们迟早会知道这一点。他是黑人音乐行走的百科全书。他对艾灵顿公爵了如指掌,也知道屋大维的一切,他拼凑起的曲子好得让人发疯。他已经签了公司,但他所属的厂牌没人知道该拿他怎么办,因为他身高只有五英尺左右,戴厚如瓶底的眼镜,鼻窦有问题,因此习惯用嘴呼吸,所有衣服都是从慈善商店里买的。他在 SoundCloud 网站上有账号,但没有一首歌的播放超过五百次。约瑟夫是在学校里认识他的,但他在学校里从没任何形式的拥护

---

① "£人"的英语原文为"£man",除去英镑符号的第一个字母是 M。

者。他把自己封闭起来,避开想要伤害他的那些人,回家听有史以来制作过的一切音乐。

£人在堆满卧室地面的电子设备深处找到一根线缆,把笔记本电脑接在他从零件拼凑起的录音监听器上。

"好了。"

"开始之前……"

"打住,"£人说,"我不听任何解释。"

"不,不是解释。我只是不知道我有没有做完。"

"没做完你就别拿来给我听。"

"什么,因为你晚上忙得不可开交吗?"

"闭嘴,放你的吧。"

约瑟夫后悔了,他不该拿他的社交生活开玩笑。现在他锐利的耳朵会调整到刺人的程度,准备戳穿约瑟夫的全部自尊。

"说起来,最近过得好吗?"

"唉,你够了吧。"

"我怎么了?"

"你先刺激我,然后意识到我要听你做的曲子了,然后决定和我拉拉家常。我又不傻。"

"好吧,对不起。但你听我说——你是天才。这首歌不太一样。我想制作舞曲,不是想重新发明轮子。我和你不在一个水平上。"

"说点我不知道的。"然后,不情愿地,"来吧。"

约瑟夫觉得他已经尽可能地预热好了气氛,于是按下播放键,他不想看£人的脸,但做不到。£人的脸上却毫无表情。他只是默默听着,头部一动不动,眼睛略微眯起。听到一多半,他俯身按下停止。

"还没完成。"

"我知道。"

"最好的部分在结尾。"

"不用你说。你打算再次用土风火乐队的小号独奏轰击听众。"

该死。£人不但知道这首曲子(意料之中),更重要的是他猜到他会怎么使用它。

"哎,可以了,哥们。听上去不赖。说真的。"

"我知道。是你要听我的意见,对吧? '最好的部分在结尾'? 你想说的就是这个?"

"对。"

"等你看见舞池里的人往外走,准备去喝一杯,你也打算这么对他们说? 别走! 回来! 带劲的这就来了! 没人会等着听带劲的部分。电台 DJ 会给一首曲子多久的时间,然后就会随手丢进垃圾筒? 年轻一代跳过这首歌之前,会给你多久的时间? 告诉你,我知道答案。Spotify 的百分之三十五听众会在前三十秒后切歌。百分之二十四的人会在前五秒后切歌。"

"对,但你觉得听众会走出舞池?"

"除非最好的部分就在开头。"

"好的。那结尾我该放什么呢?"

"那是另一码事了。这首曲子不像一般的电子舞曲。有旋律。也有漂亮的转换。你写了一首歌。"

"糟糕吗?"

"对,除非有人唱。"

"我没歌词。"

"那就写呗。"

"我连一个歌手都不认识。"

"你说得像个不想做作业的孩子。你搞不搞关我屁事。别写歌词。别找歌手。我一百个答应你。可以了吗?"

"你不一定是正确的。"

"没错。但你为什么来找我? 因为我总是正确的。"

"总之,多谢了。"

他拔掉线缆,把电脑塞回包里。

"放给我听听。"露西说。

"不了,你是好人。"

"这话什么意思?"

"就是不愿意吧。"

"我没那么废物。我听各种各样的音乐。"

"对。我知道。但你不听我想做的那种音乐。"

"有关系吗? 音乐就是音乐。"

"你最喜欢的歌是什么?"

"我不会回答这个问题的。"

"为什么?"

"首先,我没有最喜欢的歌。没人有。另外,要是我说一首歌,你会溜出去听完,然后回来说,完全不像我的音乐。"

"你最喜欢的舞曲是什么?"

"迈克尔·杰克逊。《日夜操劳》。任何人在派对上放这首歌,我一定拍马赶到。"

约瑟夫大笑。

"好的。和我的音乐不一样。"

"好的不一样还是不好的不一样?"

"不好的。我在电脑上做音乐，我没有贝斯音部，也没有昆西·琼斯当制作人。总而言之。咱们来看一集吧？"

不知道为什么，露西没看过《黑道家族》。她记得有段时间人人都在看它，但它播放的时候，她二十五六岁，和简合住斯特劳德格林的一套破烂公寓，两个人疯狂工作，两个人都经常在外面跑。她甚至不记得她们有没有电视机，就算有也没装有线电视。另一方面，约瑟夫根本没听说过这个剧集。他们谷歌了一下，发现首播那年他只有四岁。他觉得很好玩，但露西笑得有点勉强。和她睡觉的这个男人，九十年代还裹着纸尿布呢。最后她安慰自己说他们当时都太年轻了，只是各有各年轻的方式。现在两个人都看上瘾了，假如他们的这段关系处于其他阶段，他们也许会毫无节制地看下去。但他们现在只有看一集的时间。

他们快看完第一季了。第十集说的是音乐界：克里斯和阿德里安娜与一个叫"巨躁天才"的说唱歌手做起了生意，但阿德里安娜企图帮她约会过主音歌手的一个乐队制作歌曲，然后闹得天下大乱。最后克里斯操起吉他痛揍那家伙。露西没搞明白究竟是谁欠谁钱，但由于财务内容和采样有关，约瑟夫把它当作了他必须一口喝掉的苦口良药。《黑道家族》把采样拍得既吓人又暴力，而约瑟夫刚刚从土风火乐队的唱片里窃取了好大一块。

"你有艺名了吗？"这一集放完后，露西问。

"你什么意思？"

"就像巨躁天才。"

"哈。不。不值得那么麻烦。"

他说了说£人在大学里遇到的各种难题，她放声大笑。

"但你不能有个只用在音乐上的艺名吗？我叫你约瑟夫，但你对

138

全世界来说还有另一个名字。"

"全世界。嗯,说得好。"

"好吧,那就伦敦的一小块,爱哭鬼。"

"应该可以吧。"

"就像巨躁天才。"

"巨躁天才是个好名字。"

"你可以叫的。"

约瑟夫思考了一下。

"会很好玩的。也很酷。"

"好像是的。"

"谢谢。"然后,他还没来得及仔细考虑,"想听听这个曲子吗?"

"只要你愿意。"

"我还有其他作品。但这首是我最花心思的。"

露西没有£人那样的音响系统,但她有蓝牙小音箱,至少好过他的笔记本电脑。他连上蓝牙音箱,然后开始播放。露西跟着节奏劲头十足地点头,约瑟夫觉得他很可能会死于尴尬诱发的癫痫。他想叫她停下,但那意味着要盖过他的音乐说话,而他不想那么做。也因为那样她会问她凭什么不能在她家厨房里跟着音乐点她的头,而约瑟夫不知道该怎么回答才能不涉及她的年龄和她的……呃,她的教师性,大概吧——有这个词吗?

听了一两分钟,她开始跳舞。不算火力全开,但她在扭动臀部和移动双脚。问题不在于她是否缺乏节奏感。她的舞显然跳得很好。问题在于不该是这种舞步。

"我不能和你在一个房间里,"他说,"太紧张了。"

她没来得及开口,他就冲进楼下的卫生间,把自己关在了里面。

这是他第一次感觉到他比露西年轻。不,准确地说,是第一次感觉到她比他老。而且他意识到,原因不是因为跳舞。而是她的热忱。对,他有过和他年龄相同的女朋友,而她做了完全相同的事情。然而在有年龄差距的情况下,她尝试表达喜欢的方式(包括扭动臀部和点头)感觉像是母亲会做出的赞许姿态。她在试图表达喜欢之前,甚至没有先等三秒钟。她似乎在说,肯定会很好,无论是不是真的好。

他希望露西支持她,他当然希望了,但他希望她以另一种方式表示鼓励。然而他也不知道那具体是以一种什么方式。她和他谈她的工作,他可以肯定他的倾听和支持符合朋友或情人的一切标准,然而他希望他的表达方式不会让她想到他的年轻。

他隔着卫生间门听见了小号独奏。曲子还剩下一分钟。他只是个孩子,现在他看清楚了。正是因为一切都还新鲜,因此他才会感到尴尬和生疏。他在任何领域内都还没有任何成就。接下来的很长一段时间内,他只能给她叼叼东西,就像一条小狗,而她也只能揉揉他的肚皮,说他好乖好乖,直到他变成一条学不会新把戏的老狗。

"我**爱**极了,"露西说,"听上去非常……专业。"

"谢谢。"

"比夜店放的很多东西好听。"

"你都去过哪些夜店?"

"好的,算你嘴快。"

"所以,没什么想说的?"

她犹豫了一个瞬间。

"没有。这么完美。"

"但你有话想说。"

"不,没有。"

肯定有。

"我是说,我不会在家里放。"

"为什么?"

"因为它不是用来在家里放的,对吧?"

"不是。但……你会在家里放跳舞音乐。就像迈克尔·杰克逊。"

"应该吧……我能说我更喜欢有人声和歌词的音乐吗?"

"你有时候会听爵士。"

"但那是情调音乐。"

"所以你希望这首曲子里有人唱歌。"

"也许吧。"她皱起眉头,像是在说她再也不想见到他了。

"英镑人也是这么说的。"

"真的?"

"对。"

"哇。"

"哇什么?"

"你拿曲子给英镑人听是因为他是天才。而他说了和我一样的话。"

"看来我必须去找个歌手了。还要写歌词。还有旋律。我离完事还早着呢。"

"嗯,你肯定认识会唱歌的人。"

事后,他明白他的暴怒是因为失望,于是他直奔她的弱点而去。

"这话是什么意思?"

"只是……你肯定有无数朋友的声音很好听。"

"是啊,我们还全都会跳舞呢。"

"你肯定知道我不是那个意思。"

"那你认识多少个歌手?"

"我是老师。我认识很多。"

"全都是黑人姑娘?"

"看来我还是闭嘴吧。"

"要是从你嘴里出来的只会是种族刻板印象,那你确实应该闭嘴了。"

"你明白你这么说不公平。另外,假如你真的认为我是种族主义者,那你也许就不该待在这儿了。"

这是个很狡猾的挑战。他想走,因为每一个人和每一件事都让他生气,但要是走了,按照露西的说法,就等于他认为她是种族主义者。他并不认为她是种族主义者。她只说了两句和种族主义沾边的话:"你肯定认识会唱歌的人"和"你肯定有无数朋友的声音很好听"。也许还有第三句:"我认识很多。"他听过难听得多的话。

"我不认为你是种族主义者。"

"嗯。"

"但我还是想走。"

"我理解。"

他啄了一下她的嘴唇,再次收好笔记本电脑,然后回家了。

上了公共汽车,他依然在生闷气。过了一会儿,他允许自己注意到他的思绪在围绕同一个念头反复打转,毫无用处也毫无意义,事情其实和露西无关,至少和他挑起的争吵无关。他生气是因为那首曲子。他希望£人喜欢它,希望露西喜欢它。他感到尴尬是因为他播放没有人声的版本给他们听,因为他把自己关在卫生间里隔着一扇门听的时候,也觉得它显然需要人声音轨。因此他觉得自己很愚蠢,受到了伤害,想要为自己辩护。要是每次创作都是这样,他真不知道他到底能不能做出任何东西来。他无法不制作音乐,但同时他也无法向世界公开他的音乐。

约瑟夫有无数朋友的声音很好听。尽管露西未必应该想当然地这么认为,但事实上她没说错。首先,他认识教堂唱诗班的成员。教堂唱诗班也许就是露西所指的人选来源之一。唱诗班里连一个白人都没有。但他知道他应该找谁为他的曲子唱歌,而这个人不在唱诗班里。他永远也不会忘记洁丝在他家厨房里唱的碧昂丝。现在回头再想,他在最终微调曲子的时候就应该想到她,还有他放给£人的时候,还有露西说曲子需要人声的时候。她一直活在他的脑海里,但被塞在角落里,藏在他脑袋里的其他杂念背后,例如露西、挣钱和工作。她的声音太美了,他甚至都准备好发短信给她请她献唱了,即便她会生气,而他害怕她。没人能说他不忠于他的活计。

“哦,”第二天晚上,他母亲说,“今天这是吹的什么风?”

“我就住在这儿。”

“好像并不经常。”

“我每天晚上在这儿睡觉。这就是住在一个地方的定义。”

这倒是真的。他只在露西家待过一整夜,那次两个孩子都去朋友家住了。他很想早上和她一起醒来,但那就意味着要公之于众,但两个人都不想那么做。

“唔,这个时间你从来都不在家。”

她在看电视,电视在放阿尔茨海默病的纪录片,约瑟夫从没看过这么致郁的节目。大多数时间他都在玩手机,但他母亲一次又一次提醒他,要是集中注意力就会学到知识。

"我不想学到这种知识。"

"我迟早会变成这样。"

"我不会让你落到那一步的。我会做掉你。"

"太好了。我最后一眼看到的是我儿子在勒死我。"

"我会用枕头的。你什么也看不见。"

"我有没有说过我改变主意了？全民公投的时候我会投给脱欧。"

"为什么？"

"因为医保系统能得到的钱。"

"那条愚蠢的大鲸鱼？每周三亿五千万？他们在撒谎。连我都知道。"

"对。他们在撒谎。我们在病房里争论起来，于是上 BBC 的《真相检验》栏目看了看。结果……"

"你知道他们在撒谎，但还是要投票给他们？"

"BBC 说其实是一亿六千一百万。"

"哦，所以他们每周只黑掉了两亿。好极了。"

"每周一亿六千一百万，约瑟夫！想一想有了这笔钱，我们能做什么！"

"反正不会落在你一个人手上。"

"你没有认真看待这件事。"

"你担心的和欧洲有关的所有其他事情呢？"

"移民依然会存在。但我们会像是澳大利亚。积分制。你的技能越多，你的英语越好，等等等等，你的机会就越大。"

"这些东西都是谁告诉你的？"

"雅宁。她投给脱欧。一半护士投脱欧。"

"那为什么还有另一半呢?"

"你去问他们。或者问你的姘头。她是留欧的,对吧?"

"她不是我的姘头。"

"那我就不知道该怎么称呼她了。"

"姘头是不是就是情妇?"

"对,她结婚了。"

"分居了。反正我没结婚,不是吗?"

"那你就是她的姘头,因为你在那里消磨那么长时间。"

他母亲能把一场争论拖到天荒地老去,只要一次又一次地中途改变立场就行了。

"说起来,我什么时候能见见她?"

"不是那样的。"他说。这个回答很欠考虑,不可能挡住随后的提问。

"那是什么样的?"

"不会是,怎么说呢,哦,我想介绍你和我老妈认识认识。"

"为什么不行?"

"那样不合适。"

"她肯定也有穿上衣服的时候吧。"

"唉,老妈。我的上帝。"

"我才不会允许上帝进入你们肮脏的关系呢。"

她又来了。是她首先唱出了那个走调的音符,结果掉进泥潭的却是他。

"我看不出会有什么大不了的。我想见见那两个孩子。听上去很可爱。我还想见见她,既然她值得你花费那么多的时间。"

"不是什么认真的关系。"

"所以她对你来说什么都不是。只是性爱。"

"不,她对我来说有意义。但一转眼就会烧成灰。"

每次他想到或说出这种话,他都会觉得胃里的东西在向下坠落,就好像在高速电梯里那样。但这是真的:他们的关系一转眼就会烧成灰。

"好的,这个一转眼是多久?"

"不知道。"

"明天?"

"不。"

这一点他同样心中有数。假如他不打算明天就烧成灰,那么他就必须见到露西,为叫她种族主义者而道歉。她也许认为他们的关系已经烧成灰了。

"一个月? 六个月?"

"不知道。也许吧。"

"所以你的意思是你只会让我见你确定会娶的姑娘。"

"你以前也见过我的女朋友。"

"那只是因为你没有其他地方可以带她们去。这女人有自己的屋子。就当你们的关系会维持两年好了。你每天晚上都会消失,而我永远也不会见到她?"

"两年后我会介绍你认识她的。我保证。今天几号?"

"五月二十。"

"那么,二〇一八年五月二十号,咱们一起在外面吃顿饭。我请客。"

"那你会在五月十九号和她分手的,我能想到。"

"咱们能换点别的看吗?"

"不。看这个对你有好处。"

患阿尔茨海默病的老人奄奄一息,他的家人围在床边,约瑟夫发短信给露西,问他能不能过来。

还以为你再也不会问了呢,她说,撇号点在正确的位置上。

他按门铃,然后敲门,但敲得很轻。他看见楼上的浴室亮着灯,猜她正在洗澡,也许就是为了他而洗的。他发短信给她,然后靠在门上等待,但什么都没发生。就在这时,隔壁的一个邻居走了过去,掏出钥匙开门,约瑟夫从没见过这个人。他能从隔开两座屋子的矮树篱上方看见约瑟夫。

"需要帮忙吗?"男人问。

他大概三十七八岁,穿衬衫打领带,上衣挂在胳膊上。一个内城小子,或者律师,喝了几杯回家晚了。

"我挺好。"约瑟夫说。

"能问一问你在这儿干什么吗?"

"她听不见我敲门。她在洗澡。"

"她在等你?"

"对。"

"来做客似乎有点晚。"

"我对你的事情就没这么关心。"

"老弟,我不喜欢别人顶嘴。"

"我没顶嘴。我只是在指出你这个问题很奇怪。"

"这是个结论,而不是问题。"

约瑟夫的心跳开始加速。他想一拳打昏这个男人,但这是一种古老的情绪反应,他知道他必须克制自己。他在这条街上从没遇到过任何麻烦,在这座屋子里更加没有过,而此时此刻,这个世界追上了他。

"我觉得要是你肯从那儿出去,我会稍微舒服一点。"

"我该去哪儿?"

"去散个步,等她下楼来。前提是她会下楼来。你应该有她的电话号码吧?"

"去你妈的。"

约瑟夫走下小径,回到街道上。

"这就好多了。"

约瑟夫难以置信地摇摇头,那家伙开门进去。约瑟夫回到门口,再次按门铃。五分钟后,一辆警车出现了。约瑟夫还没有气昏头,他又发了一条短信给露西:请你快出来。没有标点符号也没有首字母大写。

两个警察下车,都是白人。一个红头发的特别矮小,他的身高一时间让约瑟夫分了神。难道没有最低要求吗?假如有,他肯定不符合标准。

"你好,先生。"比较高的警察说。

"先生"。他们受过种族敏感的培训——或者天晓得叫什么课程。

"晚上好。"约瑟夫愉快地说。

"介意说一说你在干什么吗?"

"我非常乐意说一说我在干什么。我的朋友在洗澡,她的孩子在睡觉,我不想敲得太响,免得吵醒孩子。"

"我明白了。你经常这么晚来拜访她?"

"现在才十点。"

"但对拜访别人来说相当晚了。"矮个子说。

要约瑟夫猜的话,他会说这个警察身高五英尺四或五。看他的样子,你会觉得这一点是定义他人生的战斗目标,而他寻求每一个机会去证明他虽然个子小,但个子小绝对不是他的缺点,尤其是在逮捕暴力罪犯的时候。他脖子上那根隐形的狗绳已经绷紧。

"你为什么会认为我在做坏事?"

"我认为隔壁那位先生更担心你也许会在未来做坏事。"

"介意我们飞快地搜个身吗?"

他十几岁的时候被搜过四五次身。警察从没找到过任何违禁品。他从不带刀,也不会揣着大麻上街。但第一次被搜身的时候,他奋起维护自己的权利——年轻人总会这样——然而事实证明他根本没有权利。

这不是强制搜身。他穿的是他最喜欢的衣服,一件绿色的巴拉库塔夹克衫,他脱下来递给高个子警察。

"夹克不赖,"矮个子说,"我看上过一件,可惜买不起。"

这才是真正的种族歧视,不是露西说或者不说黑人擅长唱歌。他忽然觉得必须向她道歉了。也许他就需要被提醒一下,警察看似友好的闲聊事实上往往是在暗示犯罪行为。

矮个子上前拍了一遍他的裤兜。没花什么时间。约瑟夫穿的是耐克田径裤,他从来不在裤兜里装东西,因为东西总会掉出来。与此同时,高个子在检查他上衣口袋里的东西——手机、钥匙、钱包。手机开始在他手里震动。约瑟夫看见是露西的号码。

"我能接吗?"约瑟夫说,"是住在这儿的朋友打来的。"

"等我们完事了,你可以打回去。"矮个子说。

约瑟夫抬头望天。他没有低声咒骂,也没有翻白眼。

"有问题吗,先生?"红头发的矮个子警察说。

"没问题。只是她可以证明我的说法,然后事情就结束了。但出于某些原因,你就是想继续搞下去。"

"我们只是想确定你不会给自己惹麻烦。"

露西家的大门开了,她大步流星地走下小径。

"这是在干什么?"

"这个年轻人说他是你的朋友。"高个子说。

"他当然是。"

"你的朋友经常在这个钟点来找你? 还是说只有这一个朋友?"

"关你什么事?"

"非常不幸,其他人的个人生活往往会变成我们的事情。"

"你在暗指什么?"

矮个子做了个听见艰深大词的表情,包括瞪大眼睛和抿紧嘴唇。

"我们好像什么也没暗指。"

"你们在搜他的身?"

"你的一位邻居担心他的行为。"

"他干了什么?"

"我们正想搞清楚。"

"反正就不可能是他说的那样,对吧?"

约瑟夫看得出来,露西以为她光凭义愤填膺就能结束这件事。她是教师,系主任,要是这两个条子不当心点儿,她会给他们好好上一课。但社会不是这么运转的。这就好像用正数去乘负数: 结果永远是负数。一个年轻黑人乘以一个白种女人,在警察眼里,结果也永远是一个年轻黑人。事情迟早会结束,但原因只可能是他们玩够了。

"做我们这一行,常常会发现确实如此。你还没有回答我的问

150

题,他是不是经常在这个钟点来找你。"

"你们为什么这么感兴趣?"

"也曾经发生过类似的事情,女士。像你这样用意良好的人以为支持别人的说法是在做善事。"

红头发的矮个子接过话头。他已经明白了该怎么撩拨露西的怒火,他乐在其中。

"所以你们认为……什么? 约瑟夫打算闯进我家里,我说他过来喝茶是在帮他解围? 世上难道会有这种道理?"

"所以你们是怎么认识的?"

"看来我应该投诉你。"

"欢迎欢迎。"

"约瑟夫,进来。"

约瑟夫跟着她重新走上小径。就在他们快进门的时候,他们听见矮个子说了句什么,而高个子放声大笑。他们有可能在说别的事情,但也有可能不是。露西转身要回去找他们,但约瑟夫轻轻地推着她走向大门。

"喝点什么,威士忌或者白兰地?"她说。她取出冰箱里一瓶似乎开了很久的白葡萄酒,给自己倒了一杯。

"现在是五月,"约瑟夫说,"我没在外面待很久。"

"是为了治疗心理创伤,不是驱寒。"

约瑟夫大笑,然后意识到她不是在开玩笑。

"狗娘养的死杂种。"

"是啊。"

"你不生气?"

"生什么气? 不是特别生气。"

"但我很生气。暴怒。"

他想为了先前暗示她种族歧视而向她道歉,但就连刚才那样的事情也能气得她暴跳如雷,反而让他更难以开口了。另外,他不想听她说他该有什么反应。

"我知道你的意图是好的,"他说,"但就当没发生过吧。"

"为什么?"

"真想知道?那根本算不了什么啊。"

"那就更加糟糕了。因为你应该生气的。"

"有人半夜三更在你家窗外鬼鬼祟祟的,你难道不希望警察及时赶到?我是希望的。"

"你在转移话题。"

"你别教我该有什么反应。"

"我只是希望你别把这种事当作没发生过。"

"真他妈的,露西。要是我不把这种事当作没发生过,我早就把自己逼疯了。"

他忽然被这一切的错综复杂弄得筋疲力尽。

"对不起,提到唱歌的时候我不该那么说的,"她说,"是我欠考虑了。"

"我也想为了那件事向你道歉。因为我的反应。"

"你不应该道歉。我没考虑过这种话听上去会像是什么。"

"听上去什么都不像。我生气是因为那首曲子没做好,我只是见到个能撒气的对象就扑上去了。"

"你还好吧?我是说今天晚上的事情……"

"警察?确实有点生气,但然后我想到了美国那儿的情况。大多数时候,这儿的条子只是些混球,玩够了自然会走人。但在那儿,他

152

们会杀了你。唔,不包括你。"

露西沉默下来,但你永远能在她脸上看到一切心理活动。

"你有没有——"

他立刻打断了她的话头。

"听我说,我只能说我自己的感受。我不能代表其他人。"

"但真的很可怕,看见他们在我家门口干这种事。"

"忘了吧。他们不值得你烦恼。尤其是红头发的那个矬子。"

她笑着亲了他一口——迅速而甜蜜地啄了一口他的面颊。

约瑟夫望着她,还给她一个真正的热吻。

"你看?"等他们的嘴唇分开,他说,"咱们还得谢谢他们呢。"

"谁?"

"该死的警察。要是没有他们,咱们肯定要花长得多的时间才能走到这一步。"

她大笑,拉着他的手上楼去了。

8

　但楼上——还有孩子们和《黑道家族》——是他们对于一切的回应,露西开始思考,要是问题变得更加复杂,他们该怎么做。她依然喜欢他们的肥皂泡,但肥皂泡里没多少空间,也没太多空气供他们呼吸,而且他们的行为方式都让朋友们感到奇怪或沮丧:他们不想见到朋友们,不想一起做任何事情,不想接受邀请出去玩。他们会看一集电视剧,然后做爱,看一集电视,然后做爱,看两集电视剧,不做爱。他们总要看电视剧,几乎总会做爱。

　"你下象棋吗?"一天夜里,约瑟夫问。那天晚上孩子归保罗管,他们先做爱,然后看了一集电视剧。第二季已经结束,但他们决定不立刻开始第三季。

　"不下。我是说,我知道规则。家里也有一副象棋。你想下吗?"

　"呃,除非……"

　"除非我下得好?"

　约瑟夫大笑。"这么说就太没礼貌了。"

“双陆棋呢?”

“我老爸教过我,但好几年没下过了。”

她走向放玩具的橱柜。

“我这儿肯定有的。”

她开始掏里面的东西。

“哦。有了。找到了。”

她把双陆棋递给约瑟夫,约瑟夫开始摆棋盘。

“没有骰子。”

“唔,家里肯定有骰子的。这儿有大富翁,还有蛇梯棋。”

“棋子也不够数。”

“哦。嗯,可以用筹码代替。”

“这就像在绍森德海边度假。”约瑟夫说。

露西大笑。

“咱们可以找个晚上去那儿。”

“去看电影什么?”

“或者去吃饭。”

“我打赌咱们不可能决定看什么电影。你这会儿想看什么?”

“有个电影是梅丽尔·斯特里普演的,说一个不会唱歌的女人。我很喜欢。”

“嗯哼。”约瑟夫说。

他们没看那部电影。他们也一直没找到机会出去。

回想起她和约瑟夫关于经济衰退及其对建筑业影响的对话,露西依然会感到尴尬,然而事实证明,所有人都在谈论她确定他们不可能理解的话题,这让她的感觉稍微好了一些。全民公投前几天,教师办公室里爆发了一场激烈的争吵,双方分别是一名艺术教师(留欧)和一名地理教师(脱欧),议题是未来英国与欧盟的贸易协议,露西觉得这场争论的根基本身就陷在了沼泽地里。结果,尽管他们也明白他们已经超出了各自理解力的界限,但依然不肯停下。

"所以,当你听见那么多聪明的经济学家告诉你这会是一场灾难,你会怎么想呢?"艺术教师波莉说,"你难道会想,哦,他们不知道他们在说什么?"

"不,"地理教师萨姆说,"我会想,嗯,他们肯定会这么说,难道不是吗?"

"他们为什么要那么说?"

"因为对他们来说一切都好极了,不是吗?"

"我不知道经济学家会怎么样,"波莉说,"但他们很可能和其他人一样,也在担心他们家的房价。"

"房价,"萨姆说,"我的天,只有你们这种人才会在乎。"

"我这种人是哪种人?"波莉说,"艺术教师? 我们可没有很多房子。"

"我从斯托克来,明白吗?"萨姆说,"你花一镑就可以在那儿买个房子。"

"一镑!"但波莉是在讥笑,而不是表达难以置信。

"对。一镑。公转私的。"

"所以是骗局。"

"对。是骗局。但伦敦就没有这样的骗局了,对吧? 伦敦不需要一幢房子只卖一块钱。"

"我要深入了解一下这个骗局。"

"你知道哪儿还有这种骗局吗? 底特律。他妈的底特律。那儿是个战区。但从这儿开车两个小时就能到斯托克。"

"但这和脱欧有什么关系?"

"首先,我在老家认识的所有人都投脱欧。听见戴维·卡梅伦说脱欧会让他们的屋子跌掉三万镑,你想象一下他们会怎么想吧。我告诉你好了:'老兄,我家不会。我家本来就只值一镑。'"

"呃,会比以前的情况更糟糕。"

"什么? 他们的屋子会值负七万五? 还是负五万? 另外,你怎么知道房价会怎么变? 你是教艺术的。你只知道怎么画鼻子。"

"少居高临下教训我。"

"你不觉得你从头到尾一直在居高临下教训我吗? 你们南方佬就喜欢教训人。"

露西现在明白了。全民公投给了互相看不顺眼的人群——至少是无法彼此理解的人群——一个相互攻讦的机会。政府随便问个是否问题,例如在公共场所裸露身体、素食主义、宗教或现代艺术,只要能把人们分成彼此猜疑的两个人群,都能收到相同的效果。肯定有某些因素在推波助澜,否则人们不可能这么上头。然而假如政府承诺甩卖国家收藏的一九七〇年以后创作的所有艺术品,把钱款全都拨给学校……呜呼,到时候就等着看肉搏吧。露西并不认识很多她想与之争斗的对象,她猜穿马丁靴戴大耳环的波莉也一样,但现在波莉发现她可以和办公室里就坐在旁边的人大吵特吵了。(不过她为什么会认为靴子和华丽的首饰是波莉用来向同类发信号的标志呢? 为什么萨姆的耐克裤子和蓝色帽衫也在传递相同的信息? 也许确实如此,但露西无法以相同的方式看待这些符号。)投票后会发生什么? 波莉和萨姆刚刚以某些名词——至少也是形容词——互相问候。他们能够忘记这些事情,另外找些话题谈论吗? 从他们脸上的表情看,等终场或局间的铃声响起,他们恐怕是做不到的。他们以前很可能没交谈过,以后肯定再也不会交谈了。

露西挺喜欢萨姆。去年的学校园游会上,他穿了一件红白条纹的足球衫(斯托克城?),后背有球员的名字。露西不记得球员叫什么了,只记得名字里有个"q",她的两个儿子跑上去和他谈他的运动衫和那个 q 啥啥,让孩子们喜出望外的是,萨姆要他们说出五个名字里带 q 的球员。他们回答了问题,萨姆说他们的母亲得了一分,他们立刻开始去央求她,等他们到了年龄就让他们上公园路中学,就好像整个中学教育的意义只在于说出名字里带 q 的球员,上到预科还要说出带 z 的。但她依然无法支持萨姆,而是站在波莉的那一边。自从波莉加入学校以来,露西连一个字都没和她说过,无论露西什么时候想到她——频率并不高——都会有点小情绪。波莉似乎认为教书对她来说是屈才,而且总是在不言不语地表达这个看法。

投票前的短短几天里,露西想要一劳永逸地证明她支持的是波莉,而不是萨姆。她看《提问时间》节目,读报纸,每天早上听今日新闻,但有一点毫无疑问:她厌恶的那些人全都在另一支队伍里。萨姆不是坏人,约瑟夫的父亲或母亲应该也不是。但教他们投脱欧一票的全都是伪善者、霸凌者和种族主义者。随着奈杰尔·法拉奇放出他的海报(很多绝望的棕皮肤人排队想进入一个国家,这个国家不是大不列颠但有朝一日说不定会是)和乔·考克斯被杀,残存的疑惑顿时烟消云散。

她给约瑟夫看那张海报。

"他是人渣。"约瑟夫说。

"那你为什么要照他说的做?"

"因为事情和他没关系。"

"这话怎么说?"

"投向医保的钱,我老爸的薪水,这些都和他没关系。他只是个种族歧视的搅屎棍。"

"但他和你是一个阵营的。"

"我没有任何阵营。"

"本周我们每一个人都有阵营。不是这个就是那个。"

"我不一定会去投票。"约瑟夫说。

露西很生气,但她愿意给他一个解释的机会,然后再大肆抨击他的懒散和不负责任。

"为什么不去?"

"因为我根本不知道我在想什么。"

露西忍不住放声大笑。

"很好笑吗?"

"这是我这几个月以来听到过的最正常和最显而易见的看法。但是,另一方面,你不想阻止种族主义者吗?"

"我当然想。但等这一切结束,他们还是会存在。这次要投的是要不要把人送回波兰。"

"我还以为……"她及时阻止了自己。无论她本来会以为什么(一个多么奇怪的时态),她不是没来得及想完,就是甚至都没开始想。记住关于唱歌的争论,露西。她应该把这话印在 T 恤衫上。

"我知道你想说什么。我们一家和一伙种族主义者投相同的票,这算是在干什么? 但他们是英国人。我认为你希望我们全都是英国人。仅仅因为我们是黑皮肤,不等于我们愿意留在欧洲。欧洲有一半国家比这儿的所有人都更加种族主义。意大利人。波兰人。俄国人。东欧的几乎所有国家。你有没有听到我们的黑人球员去那些地方踢球受到的辱骂？他们真的仇恨我们。"

她没有听到过。她开始觉得她其实对一切都不怎么了解了。

"我小时候，"约瑟夫说，"非常喜欢蒂埃里·亨利。"

"人人都爱他。"

"总之，法国要和西班牙比赛，西班牙教练被录到他对一名球员说亨利是个黑皮杂种。然后就闹起来了，结果教练被罚。但他提出上诉，裁决最终被推翻。花了他三年多，但他成功了。西班牙到现在还对黑人球员学猴子叫。我父亲说，以前英国也一样，但多年前不了。所以我不觉得我对欧洲有什么归属感。哥们，去他妈的欧洲。"

"现在我开始觉得我不该投给留欧了。"

"嗯，你不该的。"

下班后她去投票，这是个遍布灰尘的狭小门厅，似乎只有一个用途，那就是选举。她希望能体会到某种庄重的责任感，但很难做到，因为这件事只牵涉到一张纸和一小截铅笔。平时你仔细看那张纸，会看见"腰果爵士"这样的名字，或者诸如"禁止狗进入贵族公园党"的政治运动。美国，尽管有使用机器和打孔没穿透①的问题，但至少把事情做得看上去既复杂又正经。不过今天这张纸上只有一个问题：联合王国应该继续担任欧盟成员还是退出欧盟？她思考了一下底下的方格会不会只标着"是"或"否"，然后问题设计会引起轩然大波，然而措辞非常清晰。她在第一个方格里打叉："继续担任欧盟成员"。尽管事先说过不需要叠起来，她还是把选票一折为二，出门走进初夏的傍晚。回家路上她遇到了几个认识的人，有邻居，有孩子们

---

① 指在卡片上打孔，但没有穿透，留下一小块悬空，因此会对机器计票产生影响。

的朋友的父母,还有一个读书会的成员——她去参加过一段时间的
活动,直到想宰了这些人。他们全都在去投票站的路上。有人做了
个紧张的怪相,另一个高举交叉的手指,还有一个问她认为会不会天
下太平。这些人不可能想到她或许会投了脱欧一票。当然了,她并
没有,因此他们的假设是正确的。她想拦住他们每一个人,问他们为
什么看好留欧,但她没有。她不希望他们认为她不属于这儿。

　　从休闲中心回家的公共汽车上,约瑟夫遇到了约翰,他不久前在
一场青少年球赛中被裁判推了个跟头。约翰看见约瑟夫,他起身过
来,在约瑟夫旁边坐下。
　　“你投票了?”约瑟夫说,“我打算在回家路上下去投。”
　　“我还没想好投给谁呢。”
　　“真的?”约翰说,“我好吃惊。”
　　“这个问题很复杂。”约瑟夫说。
　　“对我来说不复杂。”约翰说。
　　“不复杂? 那你为什么要投票?”出于某种原因,约瑟夫觉得问
“为什么”比“怎么”更合适。他错了。
　　“我受够了。”
　　“你受够了什么?”
　　“没想冒犯你啊,但现如今你什么话都不能说了,对吧?”
　　“你能吗?”
　　“不能。”
　　“没被冒犯到,顺便说一句。”
　　“什么意思?”
　　“你说‘没想冒犯你’。”

"哦,对。但你没问题的。"

"谢谢。投票支持脱欧有助于解决这个吗?"

"我认为是的,"约翰说,"但这只是我的看法。"

"你想说什么你不能说的话?"

"呃,你知道是什么的。我不会拼给你听。我太尊敬你了。但现在全都是非裔加勒比这个、男同那个、女同啥啥。"

"但脱欧怎么就有帮助了呢?"

"反正不会雪上加霜,对吧? 而且要是我没弄错,很大程度上和他们的法律有关。布鲁塞尔。"

"我居然不知道。"

"明摆着的嘛。"

"随便吧。我到站了。"

他站起来。

"好好想一想。"

"我会的。"约瑟夫说。

"下个赛季见。"

他下车了。

他回到家,他母亲把他的投票卡塞给他。

"你需要这个。"

"我不知道我会不会去。"

"不,你会去的。为了你能投票,有人献出了生命。"

"谁?"

"你不认识的人。很久以前就死了。"

"好的,但都是什么样的人呢?"

"士兵。在战争中。"

"二次世界大战?"

"未尝不可。"

她的含糊其词逗得约瑟夫大笑。

"并不好笑。"

"我笑的是你,不是在战场上牺牲的人。"

"哦,来来来,再笑给我看看。"

"二次世界大战是温斯顿·丘吉尔,对吧?"

"唉,约瑟夫。"

"我不是在检验我的记忆。我了解二次世界大战。我只是想建立我的论点。你听我说完。所以那是丘吉尔。然后你支持脱欧,对吧?"

"对。"

"好的,你知道丘吉尔想干什么,对吧?"

"我知道一些。你具体在说什么?"

"他想统一欧洲。"

"谁告诉你的? 你妍头?"

"你自己去查。他打败了希特勒。然后他说,欧洲的战争已经足够了。咱们建立欧洲联盟吧。"

"你现在为什么要说这个?"

"你会因此改变想法吗?"

"会。当然。他是个伟人。你的祖父母非常敬爱他。"

"嗯,但不重要。赢的不会是你。"

"你凭什么这么说? 这条街上和我聊过的每个人都支持脱欧。但这不重要。重要的是去投票。拿上你的卡片,上街去当个负责任的人。就像我说的,有人为此献出了生命。"

约瑟夫不确定她这么说是不是为了哄他高兴,但他还是接过投票卡出门了。露西不认识支持脱欧的人。他的邻居里没有一个投给留欧。约瑟夫介于两者之间。按照他的猜测,在被迫投票之前,所有人都介于两者之间,懒得去操这种闲心,然而似乎只有他这么认为。他来到学校门厅,看了一会儿投票卡,在两个方格里都打了叉,因为他认为两者都有道理。他不能对任何一方撒谎。

他很饿,于是去麦当劳找东西吃。他不常吃快餐。他每周有很大一部分时间花在鼓励孩子们保持好体形上,他不想被人逮住正在狼吞虎咽一堆泡在烧烤酱里的炸鸡柳。但他的食欲偶尔会压过理智,另外他没有要露西给他留饭,也不想到了她家再请她为他做饭。他甚至不确定他今天会不会去找她。她会一门心思扑在新闻上,而他会无所事事地玩手机,尽管她什么都不会说,但他还是会觉得受到了批判。她会认为他智力低下,或者幼稚无知,或者啥啥啥啥。也可能这些都是他对自己的看法。无论是什么,今晚也许最好消停一点。

他拿着托盘走向餐馆的角落,希望保守他吃垃圾食品的可耻秘密,结果发现他在径直走向洁丝和她的一个朋友。他微笑说哈啰,逗留片刻,以防她邀请他坐下,但她看他的眼神就好像他点了一只大号死猫,而且是用它自己的呕吐物炖的,她随即转过头去。他到他本来就想坐的位置坐下,然后开始浏览 Instagram。

"就这样吗?"她说,"你打算只是坐在那儿?"

"我和你打招呼了,你转过去不看我。"

"我需要的不只是一个哈啰。"

"我好像也只有资格说声哈啰吧。"

"我就是这么告诉大家的。"

约瑟夫翻个白眼。

"我逗你玩呢。我没对任何人提过你。达茜,这是约瑟夫。就是我和你说过的那男人。哈哈,我还是在逗你玩。"

"你好,达茜。"

"哈——啰,"达茜说,"你用完他了吗?"

"他用完我了,"洁丝说,"不过我不一定会放过他。"

"唔,"达茜说,"等你确定了,告诉我一声。"

约瑟夫思考他在这个问题上有没有选择权。他知道,因为他姐姐就这个话题向他宣讲过许多次,也就是年轻女性在成长过程中会因为他这种男人遇到各种各样的身体问题。但是在一次他和自己的极其私人的对谈中,就是那种甚至不能动嘴唇的对谈,他不得不承认达茜的块头太大了,比他的理想女性重了几石。

"你对他来说太大只了,"洁丝说,"我知道他喜欢什么类型。"

"真的吗?"达茜说。

"不是,"约瑟夫说,"没有的事。她才不知道我喜欢什么类型呢,另外你对我来说绝对没有太大只。"

他想弥补洁丝的无礼,但觉得他用力过度了,现在他有可能必须和达茜建立长期关系了。

"听见了?"达茜说。

"他骗你的。"洁丝对达茜说。"有满坑满谷的男人在追她,所以也不重要。"她对约瑟夫说。

约瑟夫想把话题从达茜的感情生活上转开,却发现唯一有可能的出路是邀请洁丝在他的曲子里大放光彩。他本来想用更微妙的方式接触她——没有第三方在场,最好不是在麦当劳吃到一半的时候——但现在容不得他挑肥拣瘦了。

"我一直想打电话找你来着。"他说。他需要某种引子来开场,然后再说他想录她唱歌,但这句话说错了,招来的只可能是轻蔑和嘲笑。

"哦,我猜也是。"

"真的。"

"那你为什么没打呢?"

"我想找个合适的时候。另外,我想再多等一点时间。在咱们……咱们去看电影的那个晚上之后。"

"看完电影我去了他家,"洁丝向达茜解释,"但他不感兴趣。"

"对,我知道。"

她当然知道了。现在多半每个人都知道了。

"你还和你女朋友在一起吗?"

"对。"

"所以你为什么想找我,既然你不是单身的?"

阴差阳错,他最终恰好来到了他想去的地方。

"我想请你在一首曲子里唱人声。"

他为伤人的回应做好了准备,但没有等来。她目瞪口呆地看着他。

"真的?"

"对。我认为你是个了不起的歌手。"

"多少钱?"

"没钱。"

"哦。"

"没钱肯定不行。"达茜说。

"我还没靠它挣到钱呢。"约瑟夫说。

"但这不是她的问题,对吧?"

166

"对,但假如她不肯免费唱,那我只能尊重她的选择,去找其他人了。"

"你不能这么就把她踢出去。"

"我还没把她收进来呢。"

"你刚刚才请我给你的曲子唱人声!"洁丝说,显然真的生气了,"现在怎么又要缩回去了?"

关于唱歌的对话似乎并不比关于达茜体形的对话进展得更顺利,不过后一个雷区至少有一条逃生之路:他可以拉起达茜的手,踮着脚尖穿过去,走向最近的婚姻登记处。而现在这个雷区就找不到明显的出路了。

"听我说,"约瑟夫说,"要是我能挣一百万,保证分她五十万。"

"别上当。"达茜说。

"上什么当?"

"按照他的说法,要是他只挣了五十万,那就一分钱都不会给你。因为不符合条件。"

"那好,要是我能挣五十万,就分她二十五万。"

"那你只挣了二十五万,或者二十五万的四分之一呢?"

我的上帝啊。

"二十五万。一半。要是我挣了十块钱,她也有五块。五百就分她二百五。我不打算列举一遍我有可能挣到的每一个金额,然后算一半是多少。"

"但零的一半还是零。"

"对。没错。取决于你了。"

他还没怎么吃炸鸡柳。他拿起一根,蘸了一下烧烤酱,然后用夸张的动作咀嚼起来,以此表示谈判暂时结束。两个姑娘起身离开。

"我也许会感兴趣,"洁丝说,"你去过登碧巷那个录音室吗?"

"没有。你呢?"

"我去过。我在约的一个小子在那儿工作过。是为哈林盖的贫困年轻人开设的。"

"什么意思?"

"哪个字你听不懂了?"

"我全都听得懂。只是在思考适不适用于我们。"

"适用于我。"

"很好。不,我是说,不好,但是……"

"然后你必须请我们吃饭。"

"你们俩?"

"除非是约会。"

约瑟夫拿起一根鸡柳,飞快地塞进嘴里,但前一根都还没吃完呢。洁丝放声大笑。

"我会打电话给你的。"她说,他使劲点头。

露西在宣布结果前上床睡了,关灯的时候,她只有某种模糊的不安感。她对这个国家的未来方向感到不安,对她和约瑟夫的关系也感到不安。她没有期待解释或以短信形式出现的长篇效忠书,但措辞的简洁还是让她吃惊和有点刺痛:今晚不来了。xx。他每晚都来,他们没讨论过他不来的时候怎么办,她忽然意识到假如这段关系结束,那么结束时就会这么突如其来,他们不会有必要进行长时间的痛苦交谈,也不需要咨询婚姻顾问。到时候也不会有眼泪、指责和自我厌恶,这当然是好事,但同样也意味着某种不安稳,就像打零工合同。婚姻结束时总是凄惨而艰难,那是因为婚姻是个会呼

168

吸的活物,它死去的时候,困扰也总是难以避免。她和约瑟夫的关系只在他们共处一室的时候才存在,至少目前对她来说是这样。假如他们不在同一个房间里,那就不存在任何关系了。她在黑暗中辗转反侧,不得不承认约瑟夫带给她的烦恼超过了脱欧,因为她并没有在思考脱欧。

第二天早上她打开收音机,不安感沉淀成了恐惧,而约瑟夫与此毫无关系。还存在两种可能性的时候,她觉得她能够与另一个阵营和平相处,无论他们是萨姆,是约瑟夫的父亲,还是其他想要某些改变或任何改变的人。现在她想要的结果被剔除了,她发现在她生活的这个国家里,BBC 正在把麦克风塞给喜气洋洋的种族主义者、机会主义者、骗子和犬儒、因为不满而在过去几个月内声名鹊起的一小撮人,一切的模糊性全都随之消失。

就连她的两个儿子也在边吃麦片边听收音机。

"所以脱欧赢了?"迪伦说。

"是啊。"

"你生气吗?"

"有点难过。"

"我不记得我赞成留欧还是脱欧了。"艾尔说。

"你是脱欧,"迪伦说,"我是留欧。"

"哈。你输了。"

"我不知道你赞成脱欧,"露西说,"为什么?"

"因为他赞成留欧。"艾尔说。

"这么决定政治问题也太愚蠢了。"露西说,然后想到她以完全相同的方式把票投给了留欧。也许归根结底,每个人都是这么做的。

体育老师很少会在第一节课之前来教师办公室。他们通常在体

169

育馆或全天候球场上,摆放设备或玩球。然而就在露西煮咖啡的时候,门突然被推开了。萨姆唱着"冠军,冠军,哦嘞,哦嘞,哦嘞"走进房间。

他的热情洋溢引来了一两个人的微笑;大多数人对他怒目而视。他径直走向正在浏览手机的波莉,在她旁边坐下。

"真不幸。"他说。

"滚开。"

"我就知道你输不起。"

"这又不是游戏。"

"我没说过是。但你那一边输了。"

"对,我很难过,所以你非要来给伤口上撒盐? 足球比赛后你当然可以这么做,但你不能在操翻了这个国家以后这么做。"

"但我们不这么认为。"

"你们认为你们干了什么?"

"我们叫欧盟拿着他们的法律滚远点儿。"

"你是说,'现在我们可以把移民赶出去了'?"

"哦,你又来了。所有人都是种族主义者,只有你除外。"

副校长本恩·戴维斯走到萨姆身旁,弯下腰,压低声音对着他的耳朵说话。

"我?"萨姆说,音量和他完全不一样,"为什么不是她? 她叫我滚开,她说我操翻了这个国家。为什么不是她出去走走?"

本恩继续用别人听不见的音量说话,萨姆最终起身走了出去。

露西当老师的时间很长了,她见过教职员工之间的争执,但都是关于代课学时和难搞的学生——换句话说,关于工作。怒火发泄完。双方达成谅解。互相开开玩笑。但这次的问题变成了波莉或萨姆是不是坏人。两个人当然都不是,但他们恐怕要过一段时间才能看到这一点了。多久呢?谁知道?而答案似乎也并不是重点。

放学后,她收到了菲奥娜的短信,就是介绍她认识迈克尔的那个大学同学,同一个晚上,约瑟夫把保罗推倒在了树篱上。明晚我们想用酒精和吐槽给自己打气,是个抱怨和叙旧的好机会。你也来吧。这正是露西需要的:抱怨。她想听和她一样的人说她没有想到过的事情,她想发泄内心的闷气。按照原先的计划,星期六晚上会是叫外卖、两集《黑道家族》和用性爱逃避现实。但她需要交谈,她也知道约瑟夫恐怕不是最适合的交谈对象。

还当保姆吗?她发短信给约瑟夫。

看给谁当了。

说真的。有报酬,等等。

没问题。几点?

她本来想开个以身代酬的玩笑,但想了想还是没有开。

八点?

干脆我下班后直接过来,陪孩子们玩一玩。

好的。

那部分时间不必付钱。

多少都值得。晚些时候见?

有个派对要去。

哦。好的,她输入,然后删掉"哦",因为听起来像是受了伤害,另外回头再想,她本来就想让他有这个感觉。

好的。

xx

只要继续交往下去,她猜他们的吻不可能少于两个。肥皂泡会

171

不会正在破碎的过程中？当然不可能。它只会直接破碎。

全民公投过了五天，隔周的星期二，约瑟夫给双胞胎当保姆，他正要走的时候，玛丽娜说要和他谈几句。

"那什么，"她说，"我知道你还有很多其他工作，有很多收入来源……"

"是哦，"约瑟夫说，"那叫一个财源滚滚。"

"哎，别这么说嘛。"玛丽娜说。

她是个好脾气的女人。除了与孩子有关的事情，他没有任何话题可以和她聊，不过她非常信任他，把他当成年人看待。他没见过她的丈夫奥利弗。她丈夫从不在六点前回家，而那是约瑟夫交班的时间。

"我开玩笑的。"

"我知道，但是……我们差不多定下来要搬走了。"

"哦。太好了。去哪儿？因为也许……"

"海外。奥利弗为一家日本公司做事，英国脱离欧洲之后，伦敦对他们就没有任何用处了。他们在考虑尽快撤出，搬到巴黎或布鲁塞尔去。他们希望他去当地开设办公室。"

"哦。"

"这整件事就活生生是个他妈的噩梦。"

约瑟夫没考虑过去布鲁塞尔或巴黎生活，但两个选择对他来说都不像活生生的噩梦。

"是啊。"他说。

"你这一代肯定觉得受到了背叛。那些老屁眼在拿你们的未来赌博。"

"是啊。"他说。他很高兴他同时投票给了两个阵营。因此他可以游刃有余地谈论这些事情。然而也许,他不屑一顾地踢开这一切的想法是过于乐观了,他以为永远会有肉、足球和孩子,但孩子不一定会永远不变。至少不一定会永远是这些孩子。不过肯定永远会有肉、足球和休闲中心。也许闲暇时间很快就会多得你不知道该如何打发了。

9

　　星期五晚上的派对在一个叫上帝山庄的地方举办,这地方属于托特纳姆的某个教会。它是个由无数大厅、礼拜堂、会议室和廊道构成的迷宫,每个工作日它们全都献给我们的上主,只有今天除外,此刻占领它的是吵闹的音乐、椰子鞋和能量饮料的空瓶。约瑟夫花了好一会儿才找到洁丝和达茜。她们在主厅的角落里,远离扬声器,四周围着以男性为主的一小群人。约瑟夫走向他们的时候,发现他认识他们中的大多数人,有的和他上同一所中学,有的和他踢过足球,有的和他在同一个时间去过同一个地方。他有好些年没见过他们了。是谁过上了自己的生活?感觉起来不是他。

　　"没人跳舞?"他说,借此阻止姑娘们说任何刻薄、挑衅、挑逗或涉及性爱的无聊话。

　　科迪、乔什·L、哈维尔和另外几个半熟不熟的小子和他碰拳,凑过来飞快地拥抱一下。能与他认识和理解的人互相问候,感觉确实不赖。甚至连了解这些问候套路都让他心旷神怡。

"我们在等，"洁丝说，"有个叫英镑人的家伙当DJ。"

"我认识英镑人。"

"有人说他是美国佬。"

约瑟夫没问她为什么一个美国佬要不远万里飞越大西洋，来到托特纳姆在阿莱克莎·威廉的二十一岁生日派对上演奏，然后名字还叫£人。

"不是的。北伦敦。"

他不会告诉任何人£人就是扎克。他们有些人也许还记得他，尤其是假如约瑟夫的心眼足够坏，愿意形容一下他的体貌特征和各种缺陷。要是洁丝认为£人是美国佬，那么他的转移大概正在起作用，尽管扎克还是要站在打碟机前面，在今晚的某个时刻展露真容。

"总之最近如何?"他对乔什说。

"嗯,还行吧。"

"工作了?"

"大学最后一年。"

"哪儿?"

"南岸。游戏设计与开发。"

"真的假的?"

"真的。"

"有听上去那么好吗?"

"垃圾。我离开的时候有人要我过去工作。"

出于某些原因，约瑟夫一直有个印象是他听到的都是失业和超市打零工的故事，他的自我感觉还不错。现在他想起来了，他其实混得并不好，他的自尊主要来自露西带给他的方向感。和乔什交谈使得他意识到露西并不是一份工作。她似乎给了他一条逃离某种生活的出路,但这条出路无法帮他逃离他正在做的任何一份工作。

"哥们,你呢?"乔什说。

"就那样。瞎忙。"

"挺好。"

"嗯。"他觉得对于他的种种活动,泛泛而谈说个大概就行了,没必要展开任何细节,"我只是想跟上时代,明白吗?"

"明白。"

"挣几个小钱。"

"不是你的错。接下来几年我都要还助学贷款。"

"就是这个,明白吗? 我不需要担心这方面的事。"

他没从这个角度思考过问题。比起他们中的大多数人,他算是挺有钱,但仅仅是因为他的银行账户余额不是负数。他有五百镑左右的正数,而乔什是负四五万。

"你还住在家里吗?"乔什问。

"暂时是的。正在找地方呢。"

说这些话的时候,某种情绪迫使他扫视房间,大概是担心会因为当庭撒谎而被判有罪。这一刻他真的在环顾四周。当然了,局势不太可能会演变成任何法律事务,然而对话正在把他拖进不舒适区。假如能找到机会说几句实话,他非常愿意一把抓住。

"看见什么喜欢的人了吗?"乔什问。

约瑟夫在扫视整个派对,但不是在看姑娘,而是为了表演他在寻找新的住所。然而,这个解释相当复杂,甚至不太正常。

"这儿有些非常漂亮的女人。"约瑟夫说。现在他必须立刻找到几个典范了,免得乔什要他举例说明。

"要是你必须带一个回家,你会选哪个?"

"那边那个。"约瑟夫说。他没看上任何一个。他会指一个大致的方向,希望那儿有某个人算是符合某个人对一夜情甚至妻子人选的概念,究竟是前者还是后者,取决于乔什的带回家是什么意思。牵涉到母亲和蛋糕吗? 还是只有床笫和安全套?

"汉娜·约翰逊?"

没问题,约瑟夫心想。她和其他人选一样好。

"对。"

"你认识她吗?"

"好像不认识。"

"来。咱们过去和她聊聊。"

唉,该死。他为什么要说他在找地方搬出去住呢? 这是个可悲的谎言,结果他要和一个他不认识甚至不是他喜欢类型的人上床或恋爱或共度余生了。

然而,汉娜刚好就是他喜欢的类型,而他自己都不知道他感兴趣的是这个类型。她漂亮、安静、聪明,而且聪明不仅来自她戴的眼镜。或者更确切地说,他得出她很聪明这个结论不是因为她戴眼镜。(眼镜也许是聪明的结果。也许她读书太多,因此用眼过度了。)她也在上大学,在伦敦大学学院念英语系。他从没遇到过在那儿念书的人。后来他怀疑有可能是露西创造了这方面的兴趣——他有可能因为她而忽然对喜欢读书的人产生了兴趣。他提问,聆听,没有提肉铺和休闲中心的工作(也没有提露西),然后连他自己都吃惊地请她出去喝一杯。这个行为直接引起的麻烦来自洁丝,她似乎在他有所预谋前就知道了他的决定,她对他说了汉娜和他的坏话,又在散场前对汉娜说了他的坏话。

呜呼,而£人引爆全场,掀翻了天花板。

星期六上午,肉铺排队的人群不太一样——更吵闹,更激动。人们和他们前后的人搭话,把交谈一直带进店堂。这拖慢了所有事情:他们必须说完一句话,建立一个论点,然后才会点单。要是约瑟夫从没在肉铺里工作过,他会以为来的是个什么篷车队,这些人出于只有他们自己才知道的某些原因,从一个小村庄进城来买肉。自从上个星期六以来,全民投票退出欧盟,首相因此辞职,这就足以把这个星期六上午的音量调到最大了。露西也在篷车队里。他隔着橱窗看见了她,她在和背后的男人交谈,她进店以后,约瑟夫尽量集中注意力去听她在说什么,而不是其他所有人的大呼小叫。

"我真的不懂。我们刚刚投完票,请愿能有什么用处呢?"

她朝约瑟夫微笑,他报以微笑。

"今天上午签名到八十万了。"

"多少人把票投给了脱欧? 一千七百万?"

"差不多吧。"

"等他们到了一千七百万,我也去把名字放上去。"

"但要是每个人都像你这么想,我们就不会有任何进展了。"

"大多数人都像我这么想。所以你们只有八十万人签名。"

"二十四个小时之内。"

"你好。给我四块腹腿牛排好吗?"

卡西在招待露西。约瑟夫在想第四块牛排是不是给他准备的。

"所以你什么都不会做?"

"哦,我大概会使劲抱怨吧。"

"早上好。"

178

约瑟夫在为说话的男人服务,最近他更喜欢这样。自从他和露西睡觉以来,他只服务过她一次,而且感觉很古怪,两个人从头到尾都处在爆笑的边缘。感觉就好像他戴了一顶"我在搞露西"的帽子。

"您想要什么?"

"能给我十二根无麸质香肠吗?"

"那是二十镑四十便士。"卡西说。

"我还要些羊肉粒,谢谢。别人和我投不一样的票。这有什么可说的呢? 除了我希望他们没有投给脱欧?"

"但结果会是一场该死的灾难。这是发疯。"

"还要什么吗?"

"我还要一些调味鸡肉串。六根? 对。六根吧。"

"今晚烧烤吗?"

"明天下午吧。要是天气给面子。"

约瑟夫思考这个男人会不会请他在请愿书上签字。他觉得不会。排队的是一种人。柜台里面的是另一种人,只有大学生卡西除外。

"你签名了吗?"男人问卡西。哇,约瑟夫心想。哇。

事实上,约瑟夫很高兴男人没有问他。把票同时投给正反两面的一个人会怎么回答呢? 大概是既好也不好。

"嗯,"卡西说,"当然了。但我也不知道为什么要费这个事。"

是因为什么呢? 她的口音? 她的眉毛? 手上的小文身? 约瑟夫心想,他和请愿男人的共同之处与请愿男人和卡西的共同之处应该一样多。上次世界杯期间,约瑟夫和他聊过足球,他的孩子在约瑟夫当教练的联赛里踢球。但卡西有某种东西使得请愿男人认为至少在这件事上,他的想法会和她一样。而他没猜错。约瑟夫介意吗? 他认为他是介意的。这就像他不怎么喜欢的人没有邀请他参加他不想去的派对,然而没有受到邀请依然刺痛了他。

在去菲奥娜派对的优步车上,露西感觉到了她不知道该如何处理的一种刺痛。那就像在翻看照片簿,或者美好假日的最后一天,或者母亲眼看着孩子做了一件你知道再也不会发生的事情,至少事情再也不会像此刻这样发生了,你想让时间停下来。或者:就像在搬家,你住得很愉快的屋子渐渐远去。对,就是她家,对,她过几个小时就会回来,但送她回家的优步会载着她来到另一个地方。她的家里曾经很快乐,然后变得真他妈凄惨,然后最近,在约瑟夫的帮助下,重新变得快乐了。但她看得出约瑟夫的时期正在走向终结。她回到家里会看见他,因为他在当保姆。他们甚至有可能会做爱。但激情正在退潮,既甜美又悲伤,这种悲伤尽管适得其所,但不可避免,就像一部电影的结尾。

他们甚至没怎么说话。约瑟夫下班后就过来了,她用烧烤炉烤了牛排,火是在他结束工作前一小时点的,这样她可以先和他们一起吃饭,然后去参加派对,她留下他陪着孩子们玩 FIFA。因此他们的沟通没有经过交谈,也不需要做出决定。他们之间只有肢体语言,还有哑火的暗示,还有先前从未有过的略显生硬的礼貌。这是从哪儿来的呢?她只知道事情和本周的种种变故有关系。昨天夜里,他想去和不会谈那些破事儿的朋友待在一起。今晚她想和喜欢聊那些破事儿的朋友待在一起。她认为他们没有像这个国家那样彼此决裂,但还是走上了不同的道路。

来到派对上,她意识到她只是想念出来玩的感觉,因为最近待在家里的时间太多了。家、两个孩子和约瑟夫像是提供了她需要的一切养分,但事实上这当然不是真的。这不是健康平衡的饮食。就算

180

她一个人去看电影——她偶尔会这么做——那也是和志趣相投的人坐在一起。有时候你需要的就是这个。

她看见的第一个人是迈克尔·马伍德。

"你好。"他说，亲吻她的左右面颊，拥抱了一下她。她看得出来，他很高兴见到她，但还是有一点尴尬。她心想，不知道他还记不记得他们共度的那个晚上的所有细节，还是说部分细节消失在了暂时性心理失能的雾霭之中。

"你说没人会投票反对自己的经济利益。"她说。

"知道吗，看见结果的时候，我首先想到的就是这个。咱们一起吃饭的时候，我如何信誓旦旦。"

"所以，有什么解释吗？"

"没有。你呢？"

"有。"

她告诉他建筑工人的想法，还有萨姆在斯托克的一块钱屋子，他听得入迷。在出版业工作的一对男女过来和迈克尔打招呼，他向他们讲述建筑工人和一块钱屋子，他们也听得入迷。出版业男女被拉走和其他人打招呼了，但越来越多的朋友（有她的，也有他的）聚过来，所有人都在谈全民公投和他们是多么不快乐，露西很容易就能想象她和迈克尔是一对儿，也能理解她和约瑟夫为什么不是。她不可能去昨晚那场生日派对，和许多二十几岁的年轻人一起听£人打碟。她在那儿会显得格格不入。而约瑟夫也不可能来今晚这场派对。他会感到无聊，浑身不自在。

然后保罗和一个女人进来了。露西惊讶了一瞬间，觉得既难受又惊恐，但立刻恢复了镇定。

"你好。"

181

"喔，"保罗说，"你好。哇。"

哇？为什么会哇？应该不至于惊讶到哇的一声叫出来吧？召开派对的是她的朋友。他以前只和她一起来过这儿。他肯定想到过她有可能会在，尽管有可能直到他走到门口，这个念头才悄悄爬上他的心头。

露西朝保罗的女伴有礼貌地笑笑。她比保罗年轻几岁（因此也比露西年轻几岁），但差距没到荒谬的地步。保罗没有领会她的暗示。

"我是露西。"露西说，两个女人握手。露西认为她并没有过于强调地宣布自己是谁，但她立刻意识到了这个名字的分量，年轻或者比较年轻的女人有一瞬间瞪大了眼睛，随即恢复了镇定。

"黛西。"

"你好，黛西。"

"所以？"

"所以。"

"你是怎么来的？"

"我？"黛西说。

"我不觉得会是保罗带你来的。应该没人邀请他。"

"我们……我们一起来的。"

"是的，我知道。我是在以我笨拙的方式问是谁邀请了你们？"太咄咄逼人了，"你们认识的是谁？"

"真抱歉，"黛西说，"我不该来。"

"不，不是这个意思……说真的，我不介意。你是皮特的朋友？还是菲奥娜的？"

"哦，"黛西说，"我明白你的意思了。"

她茫然地笑了笑，就好像她不想回答这个问题，或者这个问题实在难以回答。

"黛西是自由职业的研究员，"保罗说，"以纪录片为主。"

保罗企图证明黛西既不傻也不疯，尽管从表面上看刚好相反。

"好厉害，"露西说，"最近正在拍吗？"

"我有时候和皮特合作，"黛西突然说，"菲奥娜的丈夫。"

"她认识他，"保罗说，"皮特。"

"嗯。"黛西说。

露西注意到他们喝的都是水。她在想两个人会不会都有酒瘾，因此才会找到了彼此。也可能黛西是在表示支持，或者她只是不喝酒，或者今晚不想喝。显而易见，露西想得太多了。但一个人怎么可能对已经分居的丈夫的女朋友不感兴趣呢？（她就是他的女朋友，这一点毫无疑问。她的惊恐和尴尬说明她不可能有其他身份。）

"约瑟夫没来？"保罗说。

"没。"露西只回答了这一个字。

"谁是约瑟夫？"黛西说。

"我跟你说过约瑟夫。"保罗说。露西顿时炸毛了。

"在说我见过的那个约瑟夫吗？"迈克尔说，他依然站在她身旁，没人为他做介绍。

"真对不起，"露西说，"这是迈克尔。迈克尔，这是保罗，我前任。还有黛西。"

"严格地说，我不是她前任。"保罗说。

黛西和露西一起瞪着他。

"严格地说，你不是我前夫，"露西说，"但你是我前任。无论是严格地说还是随便怎么说。"

"那黛西和我就脱钩了。"迈克尔说。他朝露西宠溺地笑笑。他

183

把自己和黛西放在了相同的位置上,而黛西显然在和保罗睡觉。两者没有可比性,但出于某些未知的原因,迈克尔想这么做。亲爱的上帝啊,露西心想。大家这都是在犯什么病?

"你为什么就脱钩了呢?"黛西说。

"那你为什么本来在钩上呢?"保罗说。

"我觉得这么说没错。"迈克尔说。

"什么没错?"保罗说。

"'脱钩'这个表达方式意味着你就在钩上。否则每个人就都永远是脱钩了的。"

"但我还是想知道一开始是怎么上钩的。"保罗说。

"唉,算了吧。"露西说。

"总而言之,"迈克尔说,"一切都说得通了。加上一个前字。里面似乎有许多潜台词呢。"

"你什么时候见过约瑟夫了?"保罗说。

"有天晚上露西和我出去吃饭,他在家带孩子。"

"哦,"保罗说,"所以约瑟夫又恢复以前的角色了?"

"啊哈,"黛西说,"那个约瑟夫。"然后,"我知道有个约瑟夫。但不怎么了解他。只知道基础事实。"

露西瞪着保罗,挑起一侧眉毛,以此表达对他的八卦的严重不满。

"不,不是的,"黛西立刻说,"我只是在说……我好像什么都不知道,明白吗。我说错话了。保罗只是随口提过他两句,真的。另外,对。阿莱克·吉尼斯①和戴维·里恩。对不起。我似乎回答每个

---

① 英国著名演员,出演过《桂河大桥》,以在《星球大战》中扮演欧比旺而闻名。

问题都慢了一拍。"

"刚才那是在回答什么?"

"我是不是正在拍一部纪录片。"

"我见过他一次。"迈克尔说。

"对,"保罗说,"你说过了。"

保罗似乎想当然地把露西和迈克尔当成了一对儿,而迈克尔有老年痴呆。这让他高兴得合不拢嘴。

"我说过了?"迈克尔说。

"对,"保罗说,"你刚才说的,你和露西出去吃饭那次见到了他。"

"哦,"迈克尔说,"不是约瑟夫。阿莱克·吉尼斯。"

几乎可以肯定,约瑟夫一生中没有其他时刻需要这样的澄清。

"你见过阿莱克·吉尼斯?"黛西说。

"对。九十年代初。有个电影公司有兴趣把我的一部小说改编成电影,他们把书寄给他,然后我们见过一两次。"

"你是作家? 我读过你的书吗?"黛西说。

"我不怎么了解你,"迈克尔愉快地说,"看没看过取决于你的阅读量。"

"你不会是迈克尔·马伍德吧?"黛西说,她已经兴奋起来了。

"我去上个厕所。"露西说,她找到了卫生间,然后去另一个房间找其他人聊天了。

这些就是她的同类吗? 除了作家、纪录片研究员、平面设计师和阿莱克·吉尼斯的朋友,还有出版商、独立电影制作人、大学教师、智库人员、剧评人和电台播音员。开了一家奶酪店的情侣、葡萄酒进口商、校长。她认识其中的一些人,她和这些人都谈过全民公投,这是不可能逃避的话题。她逢人就说萨姆的一块钱屋子和约瑟夫的父亲,她对其他事物的了解让她暂时有了权威性,成了知道另外百分之五十二人口怎么想的专家。但总体而言,这个派对的客人更喜欢关于谎言、恐惧、愚蠢和种族主义的叙事。他们在一场争论中落败,而他们从来没输过任何一场争论。他们感到惶惑和愤怒。

回家路上,露西收到了迈克尔的短信:抱歉,没和你说再见。能再给我一次机会吗?

"家里怎么样?"

"嗯,挺好。"约瑟夫说。他在看电视。这时候露西应该坐下,亲吻他的面颊,也许躺进他的怀里,但约瑟夫似乎心不在焉。

"要喝杯茶吗?"

"我想回家了。这个星期特别累。"

"还没从你的派对缓过来?"

"星期五晚上我很少出去玩。"

"无论哪个晚上你都很少出去玩。"

"是啊。"

露西坐进与他成直角的扶手椅。现在他们都在看电视了。

"你怀念吗?你的兄弟伙?"

他大笑。"你怎么知道兄弟伙?"

"哈,我每天从早到晚都听见这个词。和唱歌不一样,对吧?"

"唱歌怎么了?"

"你知道的,上次我说你肯定认识会唱歌的人。"

"哦,不一样。每个人都有兄弟伙。但不是每个人都这么说。另外,我没有。不算真的有。你呢?"

"今晚我算是和我的兄弟伙在一起,但他们让我觉得怪怪的。所以现在我也不确定了。"

"昨晚我遇到了一个人。"

"哦。"

"我是说,不是认真的或者怎么了。但我们打算出去玩。"

"谢谢你告诉我。"

他望向她。

"怎么了?"她说。

"我也不知道。"

"你以为我还有其他话要说?"

"应该吧。我不知道你会不会生气。"

"嗯? 我怎么可能生气? 遇到一个人很好,而且我知道咱们迟早要说这些话。"

她想关掉电视,放上音乐,听点儿安静、美丽、哀伤、沉思的音乐。年轻人想要这些东西的时候会听什么呢? 他们没有凯蒂莲、妮娜·西蒙或伦纳德·科恩。他们有驰放音乐。他们会松弛放松。也许安静、沉思、哀伤不再被看重了。也许没有它们反而更好。她继续让电视播放拳击。

"你怎么知道会这样?"他问。

"我不是说我在怀疑什么。我的意思是,这一段对你对我都是个插入语。"

"插入语。"

"抱歉。英语老师又在说傻话了。"

"那就是问题所在。"

"不,"露西说,"别这么想。这从来都不是问题。现在也不是。"

在她听来,她似乎应该在第一个晚上就说这些话,而不是最后一个晚上。好吧,也许不是一开始的那个晚上,因为当时她说话肯定不像英语老师。但她从来没想到过会是约瑟夫的不安全感压倒了其他一切,使得他们的关系脆弱得就像温室里的花朵,没有在外部世界生存下去的能力。而现在,一切为时已晚的时候,她却说得太多了,就好像她想逐一摧毁他的疑虑和异议。她真的没想到过。但结束的时间到了。

"我的意思是,你和我就像一对括号里的内容。"

"是啊。你说得对。对你和我都一样。"

"当然是对咱们都一样了。我把自己也放在了这段关系里。"露西说。

"我是说——你会遇到另一个人的。"

"是啊。"

她知道她会的,迟早而已。会有另一个人在某个地方等着她,是个奶酪店老板或人权律师。约瑟夫帮助她认识到了她不会永远孤单一个人。

"我有两个问题。"露西说。

"说吧。"

"你有没有想过我们打算玩双陆棋的那个晚上?"

约瑟夫困惑地望着她。

"没有。为什么? 你呢?"

"我想过一两次。我在思考那个晚上和这一切有没有关系。"

"据我所知,没有。你觉得我生气了,就因为你没有成套的棋子?"

她大笑。"不是的。算了,不重要。"

"好的。"

"你还愿意当保姆吗？要是再也见不到你，孩子会很失望的。"

"我真的爱那两个小子，"约瑟夫说，"还有他们的母亲。"

"我很高兴。我们也爱你。现在我必须再想个地方去玩了。"

露西注意到，两个人都没有说"我爱你"这三个字，但两个人都拐弯抹角地说出了对另一个人的爱。在这儿画上句号似乎非常完美。

10

八月,汉娜建议两个人去个什么地方待两天,让他们觉得这个夏天没有虚度。他们都在努力工作。约瑟夫和平时一样,汉娜在内城的一家牛排餐厅当侍者。这个星期很热,两个人光着身子躺在约瑟夫的床上,开着窗户听其他人的音乐。

"想去哪儿?"约瑟夫问。

"想去海里游游泳。"

"在不列颠?"

"最好就在英格兰。比方说布莱顿或者哪儿。苏塞克斯。多塞特。"

"多塞特。啊哈。"

"多塞特怎么了?"

"多塞特没什么。说起来,刚好有人邀请我去那儿玩。"

"真的假的? 我真的想去。哈代故里。"

"我不知道你在说什么。"

"托马斯·哈代？大作家？"

"我不知道那是谁。"

"我的天。"

她在笑，但他知道他在自取其辱。然而他还能怎么办呢？

"他写了《无名的裘德》和《德伯家的苔丝》。他喜欢写多塞特。不重要。我很想去那儿玩两天。我还没去过呢。"

"好的，但是……"

"没有邀请我？"

"专门邀请了你。点了你的名字。"

"谁？"

"你知道露西和她的两个儿子吗？我有时候给她当保姆？他们在那儿借了个别墅。"

汉娜知道他与露西和两个孩子的关系，但不知道他和露西的关系，他也不想让她知道。

"她问你我想不想去？"

"对。"

"那有什么问题吗？"

"你愿意和两个孩子在一起待几天？"

"我喜欢孩子。"

"我不知道你和她能不能合得来。"

"她很难相处吗？"

"当然不。她人很好。"

汉娜假装生气，哼哼怪笑。

"哦。所以是我很难相处了？"

"我觉得你们不一定合得来不等于你们俩的任何一个很难

相处。"

"那你是什么意思?"

"你们是不一样的两类人。粉笔和奶酪。油和水。"

"那你怎么能和我们两个都相处得挺好?"

"我处于两头之间。"

这些全是胡说八道。假如汉娜见到过露西,肯定会认为他疯了。汉娜年轻,露西比她老。露西有孩子,汉娜没有。然而除了这些,她们或多或少是一类人。两个人都沉稳而风趣;她们都喜欢读书,过去两周内读的书很可能比约瑟夫中学毕业后加起来的还要多。两个人都很迷人;两个人都很合群,但在约瑟夫看来,她们都更愿意待在各自社交圈的边缘上,冷眼旁观人来人往。要是约瑟夫带汉娜去多塞特,她和露西很可能会成为终生挚友。

"她那地方好吗?"

"一个朋友借给她的。离海很近,有个泳池。还有个翻修过的谷仓,我们可以住在那儿。"

"她的朋友倒是不错。"

"是个男人,你明白的,她和他经常在一起。一个作家。有不少钱。"

"他叫什么?"

"迈克尔。"

"好的,非常有用。"

"作家的名字我是一个都不知道,你知道的。"

"所以他会在那儿吗?"

"应该不会。他带他的孩子去法国了。总之,她担心她的孩子会住得太无聊,请我过去陪他们踢踢足球什么的。"

"而我可以在泳池边读书？说真的吗？就算这个女人比希特勒还坏，甚至比鲍里斯·约翰逊还坏，我也想要去。她能怎么做？把我的书扔进海里？我从没住过有游泳池的房子。你呢？"

"我也没有，但是……"

他希望这个"但是"能代表千言万语，但并不知道这千言万语具体都是什么内容。他也从没住过有游泳池的房子，但是……永远有个但是，没错吧？不。他想不出能说什么。约瑟夫开始意识到，无论他这辈子最后会干什么，都不可能与战略有任何关系。他是个最糟糕的战略家。每一个主意看上去都很美，直到下一个主意冒出来，却发现它与前一个主意完全相反。他告诉她为什么去多塞特的那地方不是个好主意（他相信确实如此），然后又告诉她那地方有多好多好（他同样相信确实如此）。他看得出来，现在他们必须去多塞特了。

他知道，他的下一个战略决定必须明智、公平和适当。他们出发前，他要把露西的事情告诉汉娜。但是，由于各种各样的原因，这并没有发生，而所有的原因都牵涉到他的不舒服，他意识到他别无选择，只能在去多塞特的火车上告诉她。然而在去多塞特的火车上，他发现他应该在上车前告诉她才对，因为火车上挤满了人。看起来，还有许多人也想到了要在炎热的八月从伦敦逃到海边去避暑。他们找到了两个面对面的空座位，但两个座位旁边都有人，是一位母亲和她十几岁的女儿。女孩戴着耳机，但母亲在做杂志上的单词搜索游戏，要是他们交谈，肯定会被母女听见，因此他们没有聊天。约瑟夫掏出手机开始玩。汉娜在读一本迈克尔·马伍德的小说。（她逼着他发短信给露西，问到了迈克尔的姓氏。汉娜发誓说她听说过这个名字，但约瑟夫表示怀疑。你怎么可能听说过一个会在普通百姓的厨房里冒出来的人呢？）

"你带能读的东西了吗?"汉娜过了几分钟说。

母亲抬头望着他。

"我的手机。"

"等我们到了那儿,你打算什么都不读?"

"我还没想好呢。"

他想结束对话。他们的两个旅伴都没有在阅读。约瑟夫不希望汉娜让她们感到尴尬。他玩了一会儿糖果传奇,看了看 Instagram,然后打开 BBC 足球网站读了两篇报道。他发现他很难集中精神。露西会说什么吗? 她不是那种人,不过他也没见过她喝醉酒。汉娜会猜到吗? 似乎可能性更大。或许存在他未必意识到的肢体语言和其他种种细节。他翻看历史短信,删掉他母亲发的关于晚饭的无聊短信,回复了几条他忘记回复的与教练有关的短信。最新一条短信是汉娜今天早上发的,问他在滑铁卢车站的哪儿碰头。他回复这条短信,在脑子有机会再想一想他的短信里与滑铁卢无关的信息之前,就已经把它发了出去。

她好一会儿没去理会提示音。她很擅长这个。约瑟夫一旦收到短信,就必须立刻打开看看。他尽量不盯着她看,继续翻他的 Instagram。他沉浸在一名英超冰岛球员发的照片中,这位球员给他关注的另一名英超球员发的照片点了赞,于是他忘记了他发出的短信,不再提心吊胆。然后他的小腿被狠狠地踢了一脚。他吃痛做出反应,旁边那位母亲抬起头来,他只好埋头发他的短信。

这一脚踢得很疼。

你和露西有过一段?

对。

你现在才告诉我?

194

对不起。

汉娜不和他对视，只是用两个大拇指飞快地按屏幕，眼睛盯着膝头。

什么时候的事情？

之前。

两个人都在心急火燎地打字，在别人看来显然正在激烈争吵。他关掉了提示音。

什么之前？

你。然后：能关掉提示音吗？

她不理他，但叮叮声总算比刚才少了一半。

据我所知，我是现在的。所以不可能是之后。

当然。然后：藏一下你的手机，她在偷看。

我他妈在乎吗？

已经结束了。

对，我就该这么希望。

情感上也结束了。只是朋友。

这似乎是真的。他以前从没做到过，但露西让一切变得很简单。他们先晾了两个星期，然后一个星期天，她邀请他和孩子们共进晚餐，他打了会儿 Xbox，然后回家。接下来的一周，她去和迈克尔·马伍德吃饭，他在家给她带孩子。她单独回家，给约瑟夫泡了杯茶，他们聊了聊各自的生活。他稍微提了两句汉娜，她没有动手砸烂自家客厅，只是点头表示鼓励。而现在他怎么着？带着新女朋友坐火车去拜访她——只要这位新女朋友不在下一个车站负气而去。

你正在读她的新男友的小说，也许这能让你消消气。

他不确定这么说是否准确地形容了迈克尔的身份，但成立的可能性当然存在,此刻分享这个或许准确的情报帮了他一把。

希望他比他的小说有趣。

约瑟夫回了一个笑哭的表情,然而她就坐在他对面,看得见他没有笑出眼泪,甚至没什么笑意。这时他忽然想到,他过去收到这个表情符的时候,偶尔会想象另一方正在现实中笑得止不住眼泪,但这次交谈告诉他,你这么做的时候很可能面无表情,只是你在表达你收到了另一个人勉强挤出来的笑话。没有回应,他希望这件事就此画上了句号。他回去看冰岛风光,欣赏壮丽的古佛斯瀑布。他搜索冰岛,然后开始浏览冰岛的照片。真是美不胜收。他想去那儿。他的手机叮的一声响。

谁床上功夫更好?

他回她一个翻白眼的表情符。

这是什么?

翻白眼。

没有回答我。

你和我之间吗?我。

哈哈。??

当然是你了。

为什么"当然"?

真实答案是我只能这么说,除非我疯了,但这个回答无法结束对话。

因为……你明白的。

我明白什么?

他输入"尴尬",希望能跳出来一个羞红脸的表情。手机给了他几张古怪扭曲的小脸,他随便选了一张。

这是什么？

尴尬。

看上去像是一张在做爱的脸。然后：假如非要一个一个解释，发表情还有什么意义？然后：为什么尴尬？

因为我更愿意面对面谈这些。在咱们的谷仓房间里。

她终于笑了，用她现实中的那张脸。她回复"好的"和几颗红心。开到博内茅斯，车厢几乎空了，母女两人也下车了。他过去坐在她身旁。

"对不起，"他说，"事先没有告诉你。"

"所以你才说我和她合不来？"

"对。全都是胡扯。"

"唔，我松了一口气。你们是怎么好上的？"

"就那么发生了呗。我也不知道。"

"感觉奇怪吗？"

"哪部分？"

"我也说不准。年龄差？"

"其实并不。但感觉像是……两段之间的东西。插入语。"

"哦豁。插入语。冷静一点，老弟。"

"你明白我的意思？"

"当然懂。我们都有过两段之间的东西。"

问题在于，汉娜给他的感觉也是两段之间的东西。他们的整个关系都发生在她放暑假的这个夏天，她在牛排餐馆当侍者，而这并不是她真实的生活。她没有提到过她的前任，但他能感觉到她和某个人在学期快结束时分手了，他也不怀疑等她回到校园，还会有另一个男生等着她。他是她短暂的北伦敦生活的一部分，她在暑假里和旧

197

友重逢,但迟早会和他们失去联系。汉娜不会在托特纳姆度过一生。约瑟夫是新的体验,同时也是在怀旧。这段关系长不了。他长不了。

至于他绝对不会回答的那个问题:性爱的体验是不一样的。有那么一两次,他注意到他关于其中缘由的推测发出声音,想让自己听见,但他不愿意听。没有任何意义。

露西和两个孩子在克鲁肯车站接他们。迈克尔·马伍德在屋子里留了辆雪铁龙 2CV,顶篷放了下来,天气很暖和。汉娜伸手说你好,露西凑过来亲她。这就像某种情感色情片(假如存在这种东西):他非常喜欢的两个热辣女人彼此和睦相处。

他们把行李放进车尾厢,然后看着车不知如何是好。

"你坐前排吧。"约瑟夫说。

"你的腿比较长。"汉娜说。

"对,但我认识这两个小土匪,你不认识。我不介意和他们挤一挤。"

两个孩子笑得很开心,约瑟夫坐在他们之间。

"先提醒一句,"露西说,"我在这儿开车总是提心吊胆的。道路太窄,而且有野生动物,我倒车永远会撞进树篱。"

"你会开车吗?"约瑟夫对汉娜说,"我没问过。"

"不会。你呢?"

"不会。在伦敦没意义。"

"等你不得不去荒郊野外的球场接孩子就知道了。"露西说。

"这个就交给你了。"汉娜对约瑟夫说。

露西大笑。约瑟夫干笑两声。她这么说真是太古怪了。汉娜从没表示过下个星期还想再见到他,此刻却在暗示他们会组成一个家庭。打开话头之后,露西和汉娜聊了起来,约瑟夫听不清楚她们在说什么,而孩子们拉着他玩他们发明的游戏,这个游戏糅合了二十个问题和吊死鬼,答案永远是欧洲最没名气的联赛里的最没名气的一个球员。从来没人猜到过。

车开了三十分钟,正像露西说的,道路变得狭窄和曲折,最后露西拐进一条车道,他们来到了一座乡村小屋前,墙上爬满常青藤,奶牛在屋后的山坡上吃草,约瑟夫忽然有点尴尬,因为他从没想到过要来看看。他离开过伦敦,尽管次数不多,而且都不是这样的地方。另外,他好像从没见过一座屋子可以和另一座屋子隔得这么远。要是他没弄错,这儿根本没有邻居。你似乎不应该在想这个——你似乎应该在想诗意或上帝——但约瑟夫更希望能给他一台功放、一台打碟机和一个2 000瓦的QSC K12.2音箱。乡间的自由自在就是这个意思:你可以把狗娘养的音乐开得能有多响就有多响。

“我带你们去你们住的地方。”露西说。

谷仓部分是办公室,部分是客卧。双人床放在屋顶下挑高的平台上,你必须爬梯子才能上去。地面上有一张写字台、一个小厨房、两把扶手椅和一个B&O的蓝牙大音箱。约瑟夫通常不会注意地毯之类的东西,但这儿的地毯既漂亮又明快,是三原色的方块图案。约瑟夫立刻开始盘算他该如何更改工作日程和扯谎骗人,好再多待一两个晚上。

“主屋和这儿一样舒服吗?”汉娜说。

“是很舒服,”露西说,“但我更喜欢这儿。可惜孩子们不允许。空间太小,住不下三个人。”

“你愿意的话,我们可以换。”汉娜说。

“喔,你真是太好了。”露西说,然后停在了那儿。

约瑟夫很确定后面是“但是”。“但是”去哪儿了?来吧。“但是。"他望向她,她笑了。

"但是你看看约瑟夫的脸色。"

"呸,"约瑟夫说,"我还以为你真的要抢我们的地方呢。"

汉娜给了他胳膊一拳。"自私的坏种。"

他耸耸肩。

露西和孩子们开车去买晚餐吃的鱼和薯条,汉娜和约瑟夫在屋后的泳池里游泳。汉娜游得很稳,一个来回又一个来回,约瑟夫刚开始学着她,但实际上他想知道他能在水下游多少个来回和能倒立憋气多久。他知道汉娜会觉得他很幼稚,因此他没那么做,但随后他想到汉娜反正也不会和他好太久,于是就这么做了。下次他能几乎独占一个游泳池会是何年何月?说不定这辈子都不可能了。然而这并不是展望未来的正确方式。他试着集中思想,想象伊维萨岛的一座屋子,游泳池比这个还要大,买下它靠的是当制作人和 DJ 的收入,或者是发明了什么他还没想到的东西,或者新科技企业家。并且还不是一整个职业生涯的积累,而仅仅是刚开始的第一把同花顺。

汉娜停下换气,不出意料地说:"你活像个小孩。"

"你就像休闲中心里的那些老太太,"约瑟夫说,"不过她们通常不会穿你这样的比基尼。"

"这是在拍马屁吗?"

是的。她穿比基尼美极了。

"不。只是在陈述事实。她们只会穿泳装。"

"那什么,我在车里说的,"汉娜说,"去足球场接小孩。"

"哦。对。你说咱们该轮流去吗?"

他说得直截了当,让她认为是她在鼓励他想象两个人共度的未来,一直到最微不足道的细枝末节。

"我不想……"

"很多老妈会去接踢完比赛的孩子,但往往是被甩掉的孩子妈。"

"我没考虑过要在几年内要孩子。"

"我理解。没关系。我也不着急。"

"你知道我在说什么。"

"嗯。我只是在逗你玩。"

"我想试试看念博士,也许在国外。"

"听我说,你不需要一样一样列举给我听。我也不需要。"

她一时间仿佛受到了冒犯,就好像她可以不和他生孩子,但反过来不行。

"不过我看得出这话是从哪儿来的。"

"继续。"

"嗯,她很能给人威慑感,对吧?"

"露西? 是吗?"

"就是——我看得出你为什么喜欢她。"

"所以你觉得你应该立刻逼着她后退?"

"是很奇怪,我承认。我忽然进入了标出领地的模式。在我男朋友身上撒尿。我觉得不安全。"

"没必要。"

"是的,我知道。但本来会有的,假如你们俩——你明白的。"

"已经走得远到天涯海角了。不可能回头的。"

"为什么不可能? 大多数东西走得远到天涯海角的时候都会回头。汽车,火车,人,都一样。"

"唉,真他妈的。你到底要我说什么呢?"

他又做了个倒立,以此表明:首先,这次谈话已经结束;其次,他

201

对任何年龄的成熟女性来说都不是良配。

谷仓里没有性爱。约瑟夫以为会有,汉娜上床后他亲吻她,平时这样的亲吻总会引出其他事情。但汉娜的身体绷紧了,约瑟夫立刻停下,随之而来的解脱感让他吃了一惊。

"感觉很奇怪。"

"为什么?"

他很高兴开口的是她,而不是他。他感觉也很奇怪,原因显而易见。他和露西住在一起。他曾经和露西上床,此刻即将和另一个人上床。但如果僵住的是他,那可就不妙了。他不可能说:"感觉很奇怪。"因为汉娜会说:"我就知道!"等等等等。从一个方面说,他希望他的身体能更擅长响应复杂的情况。他明显的饥渴令人尴尬,像是有点缺心眼。另一个方面,他很高兴他的反应一如既往,因为这样就能证明感觉奇怪的是汉娜而不是他了——尽管腰部以上他也有相同的感受。也许等你的年纪大一些,你的身体会开始听其他部位的指挥。就好像,不,感觉很奇怪。我就先躺着不动了,等你搞清楚了再说。

"我说不清楚。不尊敬或者什么的。"

"我确定她知道我们会做爱。"

"对,但不等于我们必须做。这并不是强制性的。至少我希望不是。"

"你知道我是什么意思。她是个成年人了。"

"而我不是?"

"我什么时候说过了?"

"她不在乎我们做不做爱,但我在乎。"

"哎,汉娜,别这样！我对任何人和任何人做爱都无所谓。有同意权的成年人什么的。但他们当中有些人也许不想做。身体是你的。老天在上。咱们别说这些了,抱抱睡觉吧。"

"那玩意儿杵在我腿上我睡不着。那不叫抱抱。"

"让我缓一分钟。"

她趴在他的胸口睡着了。约瑟夫好一会儿睡不着。

晚餐吃鱼和薯条的时候,露西发现汉娜喜欢哈代,她们当即决定第二天去参观哈代自己设计的故居马克斯门。

"我就不带孩子了。"露西说。

"为什么?"艾尔说。

"因为你们会毁了兴致。"

"不,我们不会的。"

"我要去。"迪伦说。

"我也要去,"艾尔说,"去干什么?"

"你刚才没在听吗?"

"你们在说什么作家的屋子。"

"我们就是要去那儿。"

"我不去,"迪伦说,"想也别想。"

"我也不去。"艾尔说。

约瑟夫的观点相同,因此三个男生留在家里,两个书虫开车走了。就露西的经验而言,世上只存在两个性别,男生和读书人。她非常希望性别真的像人们以为的那样有流动性。

两个人都沉默了好一阵。汉娜望着窗外的田野和偶尔掠过的大门;露西非常认真地盯着前方的道路。然后她们同时开口。

"所以,是谁让你对哈代产生兴趣的?"露西说。

"约瑟夫说了你们的事情。"汉娜说。

两个人一起大笑。

"不同的话题。"露西说。

"非常不同。"汉娜说。

"我觉得你的赢了。我不认为托马斯·哈代有可能成为房间里的大象。"

"这会是一个很好的写作练习,"汉娜说,"写一个短篇小说,其中的角色必须在某个时候说:'现在房间里的大象就是托马斯·哈代。'"

"我会在学校里试试看的。我要先解释这个说法,然后介绍托马斯·哈代是谁。然后我收到的一堆短篇,说的不是黑帮战斗,就是对不忠男友的无情报复。在故事半中间,某个角色会毫无理由地说:'现在房间里的大象就是托马斯·哈代。'"

两个人又沉默下去。

"好吧,"汉娜说,"我有过一个非常好的英语老师。"

"万岁。"

"她下课后把我拉到一边,给我书让我看。她给过我理查德·赖特的《黑孩子》。还给过我《紫色》。那时候我才十四岁。她给过我《瓦解》《山巅宏音》和《他们眼望上苍》。后来还给过我《无名的裘德》,说这是她最喜欢的小说。"

"哇。"

"然后说来古怪,我能够明白为什么——在其他那些书的衬托之下。因为它说的是局外人、贫穷、阶级等等东西。"

"这位老师简直是指路明灯。你在哪儿念的中学?"

204

“埃德蒙顿。圣多玛·贝克特中学。”

“任何人能在埃德蒙顿教孩子们读哈代都该当教育部长才对。”

“是啊。不过我猜孩子后面没有们。我是个怪胎。”

她扭头继续看窗外。

“问题在于，我其实没有问你关于约瑟夫的问题。你问了我一个关于哈代的问题，而我回答了。”

“说得好。所以你想知道什么？”

“我也不知道。随便说点什么吧。”

“唔。这段关系挺不错，结束得自然而然，种种原因显而易见。另外，我很高兴他有了个更合适的女朋友。”

“但麻烦在于，我对他来说同样不合适。或者说，他对我来说不合适。”

“对。我看得出来。”

“可怜的约瑟夫。对咱们两个都不合适。”

露西大笑。她想对汉娜说这不是真的。

“约瑟夫和我……我们相处得并不够多，”汉娜说，“但这是个美好的夏天。”

她似乎不想说下去了，于是露西改变了话题。

“你喜欢维多利亚时代的其他作家吗？除了哈代？哦，你想知道我最喜欢的哈代轶事吗？嗯，有两点。第一，他埋在两个地点。他的心脏被挖出来，埋在这附近的某个地方。他剩下的身体葬在威斯敏斯特修道院。”

“哇。”

“你能想象吗？这种事发生在二十世纪。其次，他曾经自己开车——小汽车——去看他一部小说改编的电影。”

"不可能。"

"真的。"

剩下的车程在形形色色的情节、角色和场景中一晃而过。

她们在作家故居里东瞧西望，但两个人都没感觉到棕色的家具在散发任何魔力；她们在礼品店买了明信片，去看了爱犬威塞克斯的坟墓。她们离开的时候，一个穿连帽冲锋衣的年长女人斜着眼看了一眼汉娜，然后停下脚步，她胸前戴着欧盟的徽章。

"不好意思。"

"哈啰，"汉娜说，"我喜欢你的徽章。"

"喔。谢谢。真是一群该死的白痴。总而言之。我想说能看见你来到这儿真是太好了。"

"什么意思？"

"我就是觉得真的很好。"

"哦。谢谢。"

年长女人把视线转向露西。

"干得好。"

她点点头，继续向前走了。露西瞪着她的背影。

"真他妈活见鬼。"露西说。

汉娜耸耸肩。

"刚开始我还以为她要拦住我说不想在这儿看见我这种肤色呢，"她说，"所以，你明白的。"

回去路上，汉娜问露西的婚姻是怎么回事，然后听到了关于保罗的可悲往事。

"但假如他能一直清醒下去……？"

"也许再过二十年吧。"

"二十年后你愿意和他复合?"

"给我那么长的时间我才能相信他。但无论如何,感情已经没有了。被他杀死了。"

"但那时候的他不是他自己。"

"我知道。但他的人只有一个。所以这么想也没用。我嫁的男人也是变成酒鬼和可卡因毒虫的那个男人。现在我看见他什么感觉都没有,没感觉已经算他运气好了。"

"那迈克尔呢?"

"唔,我和他……"

他们的关系实际上是友情,但迈克尔似乎没有认识到这一点。也许不太公平;也许只是从他的视角看起来不像,但正因为如此,友情变得难以成立。她没有其他的朋友在盼着彼此关系会忽然柳暗花明,最终以上床为结局。以前她有过这样的朋友,但一切到最后都会平息。她和迈克尔的关系过于礼貌和温和,她无法想象会发生任何形式的突变或干扰,而想要演变成性爱,那是不可或缺的因素。

"很复杂?"汉娜说。

"不。不算复杂。他人很好,我也喜欢他。"

"这样还不够吗?"

"对,当然不够。"

"所以……"

"没有'所以',就是这些。你怎么会觉得还有个'所以'?"

"听上去你的情况有可能会更加糟糕。"

"嗯,有可能。而且已经是了。但是,年轻的女士,你很快也会长到四十岁。你同样不会觉得你准备好了接受最不坏的选择。"

她们拐下车道,绕到屋后,发现约瑟夫和两个孩子用一个足球玩水球,他们打得很激烈,看上去也非常欢腾,露西不禁想到她有资格期盼多少种不同的美好生活。

约瑟夫爬出游泳池,走到汉娜和露西身旁坐下,看着两个男孩玩游戏。

"真不敢相信这儿竟然这么舒服。"汉娜说。

"真不敢相信这屋子是靠一个人的脑袋挣出来的。"约瑟夫说。

"什么意思?"露西说。

"我是说,这家伙只是东想西想,然后就买了座带游泳池的房子。"

"还有他在伦敦的房子。"汉娜说。

"是不是让你生气了?"露西说。

"没有。"汉娜说。

"我也没有,"约瑟夫说,"我为什么要生气?让你生气了吗?"

"没有。他又不是靠干坏事挣到的。但是。"

她又在接近深水区了。

"你比他更让我生气。"汉娜说。她边说边笑。

"我?"露西说。

"对。你怎么会认识这样的人?"

"是的,"约瑟夫说,"我们就没有朋友会邀请我们去住别墅。"

"带游泳池的别墅。"汉娜说。

"我像你们这么大的时候也没有。"露西说,但话说出口的时候,她就意识到了这不是真的。她在大学里的朋友乔安娜每年夏天都去法国,她父母在尼斯租了一座别墅。有一年露西也去了。

"你说得对,"约瑟夫说,"这是年龄的问题。我老爸老妈没事干

208

就去这样的地方。"

汉娜大笑。

"我父母也是,"她说,"他们都去腻了。"

露西从没想过这个问题。她是教师,尽管已经是系主任了,但挣的钱还是比她认识的许多人少。但这并不是她第一次在私家泳池里游泳。她、保罗和孩子们受邀去过几次朋友在国外的别墅,意大利、法国和西班牙都去过。认识迈克尔当然很幸运,但算不上是奇迹。她认识他的同类人——有着类似的收入,过着类似的生活。她意识到,拥有富裕的朋友并没有让她满腹怨恨;正相反,他们提供了偶尔逃避现实的途径,就像一个人内心的额外空间,能够让她不觉得受到生活的禁锢,而她在此刻之前从没想到过这一点。

"对不起,"露西说,"这么说太蠢了。"

星期天,他们去海边玩。他们在凉得惊人的海水里游泳,在沙滩上寻找化石,在海边的小餐馆里吃午饭——男生依然是炸鱼和薯条,汉娜和露西吃螃蟹。

"所以你是约瑟夫的女朋友还是什么?"艾尔问汉娜。

"什么。"汉娜说。

"什么意思?"

"你给了我两个选择啊。"

"不,我没有。"

"给了,"迪伦说,"女朋友还是什么? 第一个选择,女朋友。第二个选择,什么。"

"哦,我懂了。"艾尔郁闷地说。

"并不好玩。"迪伦说。

"总之,为什么是什么?"

209

"什么为什么是什么?"迪伦说。

"我在问汉娜。我不明白她为什么只是什么,不是女朋友。"

"也许汉娜不想说呢?"露西说。

餐馆里挤满了人。人们端着摆满饮品的托盘(杯子似乎随时都会掉出来)寻找空位,结果是每个人的胳膊肘后面都永远有其他人。疲惫的性感服务员端着盛食物的盘子走来走去,朝着客人喊叫号码,而客人要么沉迷于交谈没有听见,要么弄丢了小票或者出去看大海了。这可不是讨论心灵事务的好地方。

"唔,"汉娜说,"男朋友和女朋友……算是永远的,明白吗?"

"是吗?"迪伦说,"我不懂哎。"

"呃,怎么说呢。不是永远的。这个词用得不对。正式的。"

"正式的?"艾尔说,"怎么个正式法?"

"呃,不像结婚那么正式。"

"我插一句,婚姻不是永远的,"迪伦说,"据我们所知。"

"所以既不永远也不正式。"艾尔说。

约瑟夫笑了起来。

"笑什么?"汉娜说。

"你不该起这个头的。"

"既然既不永远也不正式,为什么他不是你的男朋友?"艾尔说。

"你们睡在一起。"迪伦说。

"七十二号!"一个年轻女人喊道,她站在他们身旁,看上去就快哭了,端着的盘子里是一只龙虾。

"回头我再解释吧。"汉娜说。

"你为什么说她是你的女朋友?"迪伦对约瑟夫说。

"唔,现在我不会说了,"约瑟夫说,"男女朋友是相互的。"

"这是什么意思?"迪伦说。

"呃,既然她不是我的女朋友,那我也不是她的男朋友。"

"你和老妈为什么分开?"艾尔说。

两个男孩开始傻笑,怎么都停不下来。

"天哪,艾尔,你真是个白痴。"迪伦说。

"你也想知道的。"艾尔说。

"我的天哪,"露西说,"你们在胡说什么?"

"我们又不傻。"迪伦说。

"你们倒是为什么认为我们分开了?"

"因为你们曾经在一起过,现在不在一起了。"

约瑟夫小心翼翼地打量她,寻找引导的迹象。汉娜也在看她,但露西觉得纯粹出于好奇。换了她是汉娜也会非常好奇的。

"我们没有在一起过。只是互相做伴。"

"所以你们为什么不再互相做伴了?"

"因为约瑟夫有女朋友了。"

"她不是他的女朋友。"迪伦得意洋洋地说。

露西觉得浑身发冷,还有点想吐。他们当然会注意到了。正如迪伦说过的,他们又不傻。她只能祈祷他们发现的仅仅是蛛丝马迹,而不是更加直接的东西。他们第一次做爱是在沙发上。万一有哪个孩子刚好走下楼梯,结果吓得逃了回去怎么办?

"六十八号!"

"假如我是六十八号,现在肯定很生气。"约瑟夫说。

"你是说因为他们前面刚叫过七十二号?"露西说。

"我们不会改变话题去谈号码的,"艾尔说,"不过算你机灵。"

"再说一句,我们真的很喜欢你,"迪伦对汉娜说,"我们绝对不是在抗议或者什么的。反正老妈不可能和约瑟夫约会。"

"为什么?"汉娜说。

"他们有很多问题。"

露西险些忍不住和他们争论起来,但还是忍住了。既然他们认为有很多问题,这样反而对所有人都好。再者说,他们确实有很多问题。

"火车是几点钟的?"汉娜说。

"五点十分有一班。时间足够。我们送你们去车站。"

"我们要在游泳池里再战一场,"迪伦说,"所以我们就不去了。"

"我不能把你们单独留在游泳池里。"露西说。

"约瑟夫要留下。"迪伦说。

"他要留下?"

"哦,"约瑟夫说,"嗯。没问题吧?"

"我没问题。"

露西望向汉娜。

"是我叫他留下的,"汉娜说,"他喜欢待在这儿。"

最后汉娜叫了辆出租车。两个女人都不想再在车里交谈了,就算到时候逃不过去,她们都也做好了准备,在去克鲁肯车站的路上友好地聊天,小心翼翼地避开某些话题。汉娜指出露西会把下午最美好的一段时间浪费在车上,露西问她是不是特别介意,汉娜说当然不了,露西说她有一家当地公司的手机应用,价钱非常合理,而且无论如何都不允许汉娜出钱。出租车来到别墅,汉娜和露西拥抱告别,然后露西就领着孩子进屋换游泳服了。

11

“她很可爱。”露西说，两个孩子已经睡下了。

“是啊。”约瑟夫说。

他们在室外喝酒，肩并肩坐在游泳池旁。约瑟夫宁可盯着水面或夜空，也不敢去看露西。

“你应该试一试留住这个姑娘。”

“她刚走了。”

“星期二就能见到了。”

“我不确定。”

“不确定什么？”

“她是不是只和我分开到星期二，还有我们是不是到头了。”

“她坐进出租车的那一刻，你们就算是分手了？活见鬼。”

“不，不是的。”

“那是怎么了？我和你们俩在一起过得很开心。”

“情况比我想象中稍微古怪那么一点点。”

"哪种古怪？"

"我不知道。好吧，我知道。"

"因为我？"

"对，算是吧。她很高兴能见到你，但她对你的感觉很古怪。私下里。她觉得不太自在……总而言之。"

"哦，对不起。"

"我倒是没觉得不自在。不过我对你的感觉也有点古怪。就怎么说呢，有点坐立不安。"

"也许一切都有点暧昧了。"露西说。

"你不觉得古怪吗？"

"不觉得。"

"哦。"

"是不是太直接了？"

"不。我是说，是有点直接，但不算太直接。"

"似乎挺相配。"她说。

"什么？"

"你和她。一对非常好看和迷人的年轻男女。"

"咱们能谈点儿别的吗？"

"当然。有什么想谈的话题吗？"

"没有。我只是不希望在今晚剩下的时间里听你说我如何应该和汉娜在一起。因为我们不会在一起了，所以你是在白费力气。"

"感觉真的很奇怪。"露西说。

"哪儿奇怪了？"

"你和她一起来这儿。"

"我问你的就是这个！你说过不奇怪的！"

"我知道。我以为说假话大家都会好过些。"

"好吧,我玩得很开心。"约瑟夫沮丧地说。

"你认为我们应该彻底不见面吗?"露西问。

"不。我只是觉得咱们也许还没到双重约会的时候。"

露西大笑。

"我没法想象你和迈克尔在饭桌上闲聊。"

"是啊,我也没法想象。"约瑟夫说。

"你是在存心气我吗?"

"你呢? 另外,你是正式在和迈克尔约会吗?"

"星期三之前都不算正式。到时候《每日电讯报》会登个声明的。"

"我想知道你们这种人是怎么做这些事的。"

"'你们这种人'? 什么时候我变成'你们这种人'了? 为什么你不是'你们这种人'?"

"因为我不可能是,对吧?"

"为什么?"

"因为我说'你们这种人',那我就没把自己包括在内。'我这种人'? 没有这个说法。"

"那'我们这种人'呢? '我们这些人'?"

"你认为我和你是'我们这些人'? 你和我无论从哪个角度说都不是'我们'。这就是最大的问题。我们只是在床上或在电视前才在一起。"

他不知道他为什么变得这么激动,但他说话的音量越来越大,他能感觉到面颊在发烫。

"你考虑过要比那种关系更进一步吗?"

"你呢?"

"我先问你的。"露西说。

"当时我没怎么考虑过。我知道那是不可能的。后来我考虑的次数比当时还要多。"

"你认为那是为什么呢?"

为什么?因为过去这几个月,他一直在脑海里不由自主地往回走,做不到爱他身边的女人,她前面的那一个或许也一样,尽管那是两种不同类型的失能。露西比较老,有两个孩子,因此只能如此了;汉娜在念大学,正在努力前往他认为他不可能抵达的某个地方,因此是另一种无可奈何。原因仅仅是他没上过大学吗?似乎也不是真的,因为他上过大学,虽说只是短短几个星期。他本来想研究运动科学,但三年课程所需的贷款额巨大得可笑,而他甚至不知道拿到学位后能做什么。尽管他母亲鼓励他继续学习,但他放弃时她也松了一口气。总而言之,现在他担心吸引他的永远只会是正在或接受了高等教育因而他无法高攀的女性。

但还有另一个问题,从所有的意义上来说都非常严肃。他从没对和他好的任何一个女人说过他爱她。他就是做不到。假如你对一个人说你爱她,她也许会产生天晓得是什么的错误想法——即便两人之间确实存在某种形式的爱。据他所知,这几个字没有法律效力,但似乎依然承载着一定的承诺,沉重的分量压得它们到了无法使用的地步。他现在知道了,他爱露西,而且明白在他开始和汉娜约会的时候也爱着露西;他只是以为他必须以一种不怎么牵涉到一夫一妻制或性爱等等的方式爱她。总而言之。这就是对露西的问题的真正回答。

"不是很清楚。"

然而,这才是最好的回答。

"唔,"露西说,"这可不怎么鼓励我说出我为什么一直在思考这个问题。"

"你不需要说的。"

"我知道。"

"你在这儿裸泳过吗?"约瑟夫说。

"我不确定你这算不算是真的在改变话题。"

"啊哈。我明白你的意思。好吧。这儿有双陆棋吗?"

她大笑。

"我才不玩双陆棋呢。我要么和你谈,要么就回去睡觉了。咱们没必要消磨时间。"

"是啊。"

一阵漫长的沉默。约瑟夫站起来,用脚把卡在泳池一角的足球勾出来。他颠了几次球,然后用足弓轻轻地把球踢到草地上。

"我要告诉你我是怎么想的,"露西说,"假如你想搭明早的第一班火车回去,那是你的自由。"

"是哦,但我不会那么做的。"约瑟夫说。

"谢谢。"

"我的意思是说,无论你说什么,都不能让我提前离开这儿。要是我不爱听,明天我就拎着椅子去泳池的另一头坐着。这儿太舒服了。"

"好吧。嗯,这么说依然让人安心,尽管有点奇怪。"

他很紧张。他感觉她接下来无论要说什么,都是不可撤回的,就像他在所谓交谈中说出的大多数废话。

"我没法想象我和迈克尔在一起。"

"哦。"

"表面上一切都很好。非常好。我可以高高兴兴地和他走进外面的世界。高级餐厅。电影院。等等等等。"

"谈论书。"

"是啊。他给我讲他觉得我会喜欢的翻译小说。我相信他说得对。但我没法想象我会去读那些书。其中一本是法国小说,从头到尾没有一个字母'e'。"

"真的没有?"

"似乎是的。"

"怎么,存心的?"

"我认为不可能是偶然的。作者不会好几百页都忘了用 he 或 she。"

"但法语里的 he 是 il,对吧?"

"没错,但 she 是 elle。"

"哦,对。"

"还有 the 是 le。不过我读的是英文版。"

"英文版里也没有字母'e'吗?"

"好像是的。"

约瑟夫掏出手机。

"这个傻子叫什么?我要查一查。"

"咱们能不能,怎么说,先放一放这件事?"

"哦。好的。对不起。"

他知道他们接下来的对话会很棘手,或者危险,或者两者皆有。但他很少和露西谈论书籍,尤其是法国小说。他认为也许他能向她展示他至少是有能力谈这种话题的,尽管他完全没有兴趣去读那本

218

该死的书。

"你没法想象你和迈克尔在一起。"

露西惊讶地望向他。

"正是如此。"她说。

"不是我说的。"约瑟夫说。

"那你要说什么?"

"没什么……这是你说的。然后咱们就岔到法国小说上去了。"

"哦,对。没错。"

她似乎有点失望。也许她以为他会抓住这个机会,告诉她迈克尔完全不适合她。

"所以我和他之间有一种,我不知道你们是怎么说的,"她说,"有一种气场。我觉得我每时每刻必须表现良好。对我来说太成年人了。"

"你就是个成年人。"

"我不是那种成年人,明白吗? 一个人有了孩子,我看就不可能是了。他们会把你拖进蠢笑话、放屁和打架的世界。不读里面没有字母 e 的书,生活就已经够艰难了。"

现在他不知道该不该把话题拉回法国作家上了。他决定还是不了。

"总而言之,对于内部世界,我认为你是没什么好办法的。而内部世界也是个重要的部分。"她说。

"但它很小。外部世界非常广阔。"

"看来我的意思表达得还不够清楚。"

"不,没有的事,我理解你在说什么。"

"好的。真的理解?"

219

"对。你需要一个比迈克尔更有意思的人。"

"对,"然后,"那就是你。"

"我?"

"我以为你听懂了我在说什么。"

"迈克尔那部分我听懂了。我的那部分我没听懂。也可能我听懂了,但转念再想,她不可能是这个意思。"

"嗯。那就是了。我就是这个意思。"

"这不是我和他之间的选择。而是我、他和不列颠所有单身男人之间的选择。或者全欧洲。只要你能接受视频电话和廉价航班。"

"我不喜欢全欧洲其他的任何一个单身男人。"

"你怎么能这么说呢?你还没见过……"

"唉,别往那个方向扯。那是一切的整个基础。"

"什么?"

"你认识一个人,你恋爱了,你甚至不想认识其他人。你不需要认识欧洲所有的单身男人来一一比较。你们都再也不会去和别人睡觉了。"

约瑟夫不禁觉得爱情在对话中的某个错误地点偷偷溜下车了,因此把他放在了一个尴尬的位置上。他决定暂时不去理会这个问题。他们依然有可能在做理论性的探讨。

"除非你和欧洲的每一个男人做爱,以帮助头脑变得清醒。"

"活见鬼了,约瑟夫。"

他很可能不该不去理会的。她很沮丧,还有点因为他而生气。

"你为什么总叫我去找除了你以外的其他人?"

"因为我总是不确定你在说什么。"

"我想和你在一起。内部和外部两个世界。"

"哦。"

她给了他几秒钟,然后站起来。

"好吧。我说完了。我上床去了。"

"等一等,等一等。"

她重新坐下。

"你想清楚了吗?"

"咱们能不能先确定一下,你对这件事还算稍微有点兴趣。"

他猜他不能直接答应。这个局面需要来段演说,至少真诚地表达一下感受。内部/外部世界的双重关系似乎比他想找到的说法更触手可及,但他找不到词反而使得她惊惶和尴尬。

"首先非常快地给个结论:好的。"

"好的。真的? 好。"

"然后……呃,除了好的,还有另外几件事。但这些事不但不会改变我的答案,而且会让我的答案更有分量。不过怎么说呢,不太容易说出口。除非咱们换个地方谈。你刚才站起来说什么来着?"

她茫然地盯着他看了两秒钟。

"哦。"

她站起来。"我要上床去了。"

"愿意来谷仓的床上待一会儿吗?"

"不!"

"什么?"

"你和你女朋友睡在那儿,她今天一早才走。"

"好极了。"

"难道不是吗?"

"对。她不想和我做爱,因为你。而你不想和我做爱,因为她。"

"你们没有做爱?"

"没有。我说过了。"

"你说她觉得不自在。我不知道那是之前、之中还是之后。"

"之前。"

"好的。但你完全没问题。"

"男人的身体全是毛病。"

"我要上床去了。"

"晚安。"

她没有回答他晚安。她直接走了。过了一会儿,他跟着她走进主屋,担心她说不定在等他。她确实在等他。然后他发现他就很容易开口了。

第二部：
2016 年秋

12

刚开始的两个星期,内部世界的生活超过了外部世界。他们没有向孩子们做任何宣布,但约瑟夫开始在家里过夜,第二天早晨一起吃早饭,孩子们似乎也不需要任何澄清或解释。他是家庭的一员,为什么不能和他们一起吃早饭?露西和约瑟夫看了很多集《黑道家族》(在分开的那段时间里,两个人都没有心思继续看这个剧集),做了许多次爱。他们本来想出去吃顿饭的,但露西还没找到可靠的保姆。

一个邻居主动让她十七岁的女儿来当保姆,两个男孩都认识和喜欢她,于是她带约瑟夫去参加孩子们学校举办的筹款问答比赛。他们没有手拉手进门,整个晚上也没有肢体接触;换句话说,他们没有做任何事情把自己和到场的其他夫妻区分开。很多父母认识约瑟夫,因为他们也去那家肉铺买肉,因此他们以为露西请他一起来是因为他博闻强记。

一共有十张桌子,每张桌子坐了八个人。房间另一头有一对意大利夫妻,隔壁桌有个韩裔女人,除了他们和约瑟夫,所有的参与者都是白人。

"有擅长的领域吗?"他右边的女人问。她看上去挺容易相处。金发,笑容可掬,矮胖。"介绍一下,我叫爱伦。"

"约瑟夫。应该是运动吧。"

"啊哈,"爱伦说,"运动,当然了。所以露西发疯是有章法的。"

这女人说话时似乎在看从自己嘴里蹦出来的词语,结果把自己吓了一跳。

"说错了,不是发疯,"她说,"我也不知道我为什么会那么说。为什么会说疯呢?"

约瑟夫微微一笑。

"不过通常来说,有人带了其他人过来,都是因为有什么特长。"

"嗯。就当我的特长是运动吧。"

"好的。那么与运动相关的所有问题,我们就都听你的了。大家听着,约瑟夫知道所有运动问题的答案。"

"运动有整整一局呢,"爱伦的丈夫说,他的块头也不小,"第五局。"

约瑟夫做个鬼脸。要是他在第四局结束的时候直接宣布他和露西有一腿,第五局他身上的压力想必会小一些。

他们选出队长(露西),用纸杯喝葡萄酒,然后研究了一圈照片。等答题纸传到约瑟夫手里的时候,十张名人照片已经有八张标上了名字。

"只有两个没认出来。"凯伦说,她坐在露西的另一侧。

"我们觉得那个发型很招摇的也许是碧昂丝的妹妹,但我们想不起她叫什么了。"

约瑟夫看着照片,两个人他都认识。

"那是索兰格·诺尔斯。"

"索兰格！对！"

"另一个是阿森纳的亚历克斯·伊沃比。"

在片刻的寂静之中，约瑟夫觉得桌边的所有人都在搜肠刮肚寻找答案，为什么只有队里唯一的黑人认出了识图环节里唯一的黑人。

"有两方面我一无所知，"凯伦说，"足球和现在的流行音乐。她是唱流行的对吧？我连这个都不知道。"

其他人连忙抓住救命稻草，感激地承认自己的双重无知。

"我也是。"

"我认识大卫·贝克汉姆，然后就没了。"

"还有阿黛尔。"

"蒂朵还在唱吗？"

"蒂朵！那是好久以前了。"

"还有德雷克。"凯伦的丈夫尼克立刻说，意识到他们正在给自己挖另一个大坑。

"我不知道德雷克是什么样子耶。"爱伦说，她似乎就喜欢挖坑，要是没人拦住，她能一直挖到澳大利亚去。

约瑟夫把答题纸递给露西的时候，他注意到有人在油管博主罗曼·阿特伍德的照片旁写了"?? 瑞安·高斯林"。

"那个是罗曼·阿特伍德。"他说。

"罗曼·阿特伍德是谁？"

"他是油管博主。专搞恶作剧。"

"哦，好，"尼克说，"又是我不知道的。油管博主。"

"我也是。"爱伦说。所有人哈哈大笑，在笑声中齐齐松了一口气。罗曼·阿特伍德是白人！万岁！他们是信奉机会均等的傻蛋！

"他们可不是我的朋友。"露西悄声说，他们在墨西哥菜自助桌前排队。

"我知道。"

"所以你不能认为每天晚上都会变成这样。"

"我不会的。"

"那你觉得每天晚上都是什么样的？"

他哈哈一笑。

"我说真的。"

"这样的晚上能有多少个？告诉你一件事——给你当保姆没让我发财。"

"自从我们开始了你说的那什么，我就不再出去玩了。"

"宅家。"

"也许咱们不该来这儿的。"

"为什么不该来？"

"他们太紧张了。就好像你是一颗还没爆炸的炸弹。要鳄梨酱，不要辣酱，谢谢。"

"白人太奇怪了。就好像他们只有这一件事可想。"

"那是因为他们从没思考过。"

"我全要，谢谢。"约瑟夫说。

运动一局里十个问题他对了九个，反正赛马不算真正的运动。所有人都对他很满意。但没等这个晚上过完，他就丧失了耐性：他对他们所有人说再见，谢谢今晚的款待，然后扔下露西一个人走了。他坐在麦当劳里喝香草奶昔，直到她发短信问他在哪儿。

他们在床上的对话往往漫无目标。原地打转和缺乏意义刚开始让约瑟夫觉得可笑,但露西是认真的:她要他承认一切都是缺乏意义和命中注定的。

　　"你会想要孩子的。"

　　"有可能。"

　　"你和我在一起没法要孩子。"

　　"为什么不行? 你到底多少岁?"

　　"闭嘴。你明白我什么意思。你在五到十年内不会想要孩子的。"

　　"是的。"

　　"所以不可能和我生。"

　　"是的。"

　　"所以……"

　　"你说得对。所以我们该到此为止。"

　　"但我就是这么想的。"她说。

　　"对。我知道。所以我们应该到此为止。"

　　"我是认真的。"

　　"我也是。"

　　"你能不能正经点,好好说话?"

　　"你认为我们应该到此为止。"

　　"对。"

　　"我在赞同你啊。"他说。

　　"不,你不是。不是认真的。"

　　"所以你要我怎样?"

　　"我要你不同意。"

"为什么?"

"因为我想知道我没有毁掉你的生活。"

"因为我一看就是个生活正在被毁掉的人?"

她抬头看他。她的脑袋搁在他的胸口,而他在低头看她,不但自得其乐,而且对整个世界都很满意。

"还没有。但你走着瞧吧。"

"关于脱欧,你也是这么说的,但什么都没发生。"

"那是因为脱欧还没发生。要过几年才会发生。"

"正是如此。"

"什么?"

"道理是一样的。我不会因为糟糕的前景就不去做一件事。等我们全都失业,而我非要去找个更年轻的女人生孩子再说吧。在现在和那时候之间,你说我该干什么呢?"

"去找个更年轻的女人。"

"我才二十二。我现在找到的更年轻的女人不可能是我要和她生孩子的那个女人。"

"所以我是个占位符。"

"活见鬼了,露西。"

这种盘旋前进的执念,他心想,肯定和年纪比较大有关系。反正他做不到,他也不认为他认识的同龄人能够或者曾经或者想要这么做。

"就说我明天遇到了某个人。"他说。

"明天你要去哪儿?"

"没哪儿。我是在打比方。"

"好的,但我不明白为什么必须是明天。"

"下周。下个月。明年。"

"明年吧。"

"就说我明年遇到了某个人。你认为我该带她去做个,呃,什么来着? 生育能力测试? 立刻?"

"你在胡说什么啊?"

"你不就是要我这么想吗? '哦,我也许会和她生孩子。要是她没法怀孕,那我最好现在就能知道。'"

"你不需要那么做。你有得是时间。"

"干什么的时间? 遇到另一个人? 我喜欢这个人。我想和她在一起。"

"你是在打比方吗?"

"对,打比方。"

"你们可以一起做决定。"

"听我说,我对很多事情都不怎么了解。但年轻人——我们最不擅长的就是考虑明天。抽烟。养老金。垃圾食品。等等等等。你想和一个比你年轻的人在一起? 那你必须适应。"

这似乎是个顺应时代精神的建议。露西会尽量记在心里的。

还有一次,正在做某件事的时候。

"等一等,等一等。"

他以为这是个命令,于是抱紧了她。

"不。不。停下。"

他停下了。

"要是有一天你厌恶得做不下去了,你会告诉我的,对吧?"

"什么?"

"等我全身都下垂了还有什么什么的。比方说,你的手现在抓的地方。我自己看不见。我不知道我的屁股是什么样子。"

"这个体位我也看不见。"

刚开始他们还没走心的时候,她也考虑过这方面的问题。她很尴尬,不愿脱掉衣服,然而他似乎不介意他见到的东西,于是她就忘了这个念头。然而现在的情况不一样:她担心的不再是他此刻会在想什么,而是未来某个不特定的时候他会怎么想。关系现在没有过期日了,这个念头总是压在她的心里。她觉得它是生孩子问题的另一个版本。一分钟渗透进下一分钟,一年紧跟着另一年,每一年都会让下垂的地方增加皱纹,有皱纹的地方继续下垂,朝夕相处的观察者不会立刻注意到,但积累的可怖之处迟早会明显得他再也无法无视。

她在他身旁躺下。

"我不是必须告诉你的,对吧?"他说。

"我会命令你告诉我的。"

"要是我厌恶得做不下去了,你会知道的。"

"我不会一周七天去做普拉提,只是为了让你高兴。"她吃惊地在自己的声音里听见了怒气。里面有个音符名叫**猪头男人都该死**,就好像约瑟夫刚刚坚持要她一周七天去做普拉提。

"好的。"他说。

"我是说,我要去也是为了我自己,而不是你。"

"好的。"

"但不是每天。"

"没问题。"

"你想说的只有这些了?"

"嗯。咱们这是真的不做了? 因为要是不做了,那我就换换脑子想点儿别的了。但要是还要继续……"

“我还没想好是不是不做了。”

“什么时候能想好？”

“等你不说‘好的’了。”

“你是说，要是我能想到一个足够好的答案，咱们就接着来？因为我觉得我真的想不到一个能让你满意的答案。咱们歇了吧。”

他跳下床，重新穿上短裤和 T 恤。

“唔，看来你也不是很想继续，既然你能说停就停。”她说。

“是你叫停的，不是我。你忙着担心十年后你的屁股会是个什么样子，那就不可能专心致志了。喝杯茶吗？”

他们坐在餐桌前，露西身穿睡袍，约瑟夫穿 T 恤和裤子。露西忽然讨厌起了她的睡袍。睡袍感觉很邋遢。她想问约瑟夫的看法，但假如她是他，肯定会指出无论她遮住身体还是正面全裸，看上去都一样愠怒和脆弱。

“你是怎么和你的同龄人相处的？”

“我没和多少我的同龄人相处过。只有保罗。在他之前，我才二十几岁。和你一样。连一秒钟也没想过这些。”

“就像我。但你和保罗呢？”

“我和他一起变老。现在也一样吧，我猜。”

“是啊。但仅仅因为他在变老，不等于他就会喜欢你害怕的那些东西。起皱的老屁股和下垂的奶子。”

“他必须忍受。”

“为什么是他而不是我？”

“因为……就应该是这样的。一锤子买卖。假如你和你的同龄人在一起，三十年后就必须忍受那一切。但你不一定想在不得不忍受之前就那么做。”

"那就每周做七天普拉提呗。"

"等你五十岁,我都七十了。"

"对。无论咱们还在不在一起。"

"假如我们在一起,你必须另外勾搭一个。"

"说定了。但咱们把话说清楚——你今天不想和我做爱是因为我到了……哪年来着?二○四四年……有可能不想和你做爱。"

"你现在想做爱吗?"

"不怎么想,"约瑟夫说,"已经过了十二点,我明天还要早起呢。"

即便如此,露西还是对睡袍耿耿于怀,发誓周末要去买件不这么功能性的衣服。然后她又对他生起了闷气,就像她对普拉提生闷气那样。要是他不喜欢,那就要么忍着,要么去找个脑子里除了性感内衣什么都不想的女人。然后她开始思考,和比她年轻的男人睡觉会不会把一个人逼疯。

两周后她又要老一岁了,这对改善心情自然毫无帮助。约瑟夫直到生日的前一天才知道。当时他在和艾尔打 FIFA,迪伦在旁边观战,露西不在家。

"说起来,"迪伦说,"老爸通常会带我们出去买东西。但今年他忘了。"

"他大概不会再买了,"艾尔说,"因为已经不是他的事情了。"

"当然是他的事情,"迪伦说,"她还是咱们的老妈。而他还是咱们的老爸。"

"也许应该是咱们的事情了。"艾尔说。

"但我们还只是孩子啊。"迪伦说。

"你们在说什么?"约瑟夫说。

"老妈的生日。"艾尔说。

"哪天?"

"明天。"

"明天? 该死。你们什么都没准备?"

"没准备。"

"老爸的错。"

"生日卡?"

"没有。"

"好的。"

约瑟夫暂停游戏。

"卧室。纸。笔。快去。"

"可以去路口的小店买生日卡。"

"没人想收到一张生日卡上写着'生日快乐你个老屁股',或者印满了老太太才喜欢的玫瑰花。"

"我想收到老屁股那张。"艾尔说。

"去自己做一张。我该怎么做呢? 我明天要工作一整天。"

他为什么不知道呢? 他们从没谈过这种事。他总是知道女朋友的生日。他第一次和他的任何一个女朋友正经聊天,她们都会问他的生日,他说出来,她们会说,哦,天秤座,我姐姐也是天秤,或者诸如此类的。而这也是在提示他来问她们的星座,尽管他根本不在乎,然后她们会说,双子,五月二十五号。有一两次——不会更多了——他还和前面说的姑娘在一起的时候,随着五月二十五号临近,她会开始倒计时,他应该好好庆祝一下,用一张生日卡,或者一张生日卡和一件礼物,或者就像近几年,一张生日卡和一件礼物和一顿好饭。露西从没问过他的生日,他也没问过她的,现在他什么礼物都没准备,尽管他对露西比对任何一个前任都要认真。

看完《黑道家族》,他向她坦白错误。

"你不知道是因为我从来没说过。"

"我知道,但……"

"我们可以做点什么。和孩子们一起。"

"你不想和朋友们一起过?"

"到了我们这个年纪,生日就不这么过了。"

"为什么?"

"约朋友必须预先通知。另外我知道孩子们等着要出去玩呢。"

"他们喜欢去哪儿?"

"整个北伦敦只有两家餐馆——肯特镇路的一家中餐馆和查尔克农场的一家高级汉堡店。"

"我请客。"

"真的?"

"当然。"

他想问那家汉堡店有多高级,但克制住了好奇心。

"你们去年是怎么过的?"

"唉,去年一塌糊涂。保罗想要全家聚餐,但……总之,没能吃成。叫了外卖。"

"但他们记得生日卡和礼物。"

"对,他们的父亲提醒过他们。"

"对不起。"

"你又不是他们的父亲。"

"我知道。但是。"

"你不是。没有但是。"

"所以我是什么?"

"你也不是他们的继父。你的位置在继兄和继叔之间。总之没有血缘关系。"

也许没有血缘关系,但他和他们的关系一天天变得更加紧密。

午餐时间开始的时候,他问卡西过生日想要什么礼物,肉铺五分钟步行距离内任何能用钱买到的东西都行。她在抽烟,她要到下午两点才吃午饭。她靠在两个门洞外社区小会堂的外墙上。

"不是给我买,对吧?"

"除非今天是你生日,而且你还在等我送礼物给你。"

"但没有价格限制?"

"没有。这次没有。"

"我不明白。我猜这个人应该比较特殊。"

"对。"

"但你必须今天中午给她买礼物。"

"今天是她生日。"

"天哪,约瑟夫。你真是个烂人。"

"有这样那样的情况。"

"可以减罪。"

"没错。"

"比方说?"

约瑟夫哼了一声。

"你不肯帮忙是吧?直接说一句你不管就行了。"

"你什么时候去见她?"

"下班就去。"

"去哪儿?"

"她家。从这儿到那儿的路上什么都没有。除了附近这些店。"

"你确定。"

"对,非常确定。"

"说说她住在哪儿,我告诉你该去哪儿。"

"她住在哪儿不重要。"

他真希望他没有开这个口。他应该直接问她要个建议,而不是加上地理区域的限制。他觉得他正在被一点一点拖出他的舒适区。

"怎么可能不重要? 还有,能减罪的情况是什么?"

"我不知道今天是她生日。"

"哦,所以肯定是最近的事。另外我猜她就住在这附近。所以只能在这些店里选。你在哪儿认识她的?"

"总之谢谢了。我自己去找找看吧。"

"除非你想买个便宜水壶或者切尔滕纳姆三点半的马票,否则我就不知道你会找到什么了。"

肉铺附近的区域正在逐渐士绅化。有咖啡馆供留胡子的男人喝馥芮白,有酒吧专营微型酒厂的精酿啤酒。这些咖啡馆正在取代土耳其烤肉铺和破败夜店。古老的店铺——一镑店、博彩店、报刊店、非处方药店、殡仪馆和小超市——依然屹立在原处,似乎没有受到任何打扰,手冲咖啡的到来当然无法威胁它们的存在。

"香水? 药店里能买到的?"

"对。对。好主意。我该买什么呢? 你会在药店买什么香水?"

"这个女人,她像我吗?"

当然不像,但约瑟夫永远摸不透受过高等教育的白种女性。谁知道她们会喜欢什么? 现在仔细想来,他觉得露西似乎从没喷过香

238

水,至少和他在一起的时候没有过。她的味道很好闻,但他认为全都来自身体乳和面霜。

"有些方面吧。"约瑟夫说。

"所以她是白人。"卡西说。

"这只是一个方面。"

"她上大学。"卡西说。

"不……"他没说下去。

"现在没在上?已经不上了?哎呀我的天。"

"怎么了?"

"我知道是谁了。"卡西说。

"不,不可能。"

"是来这儿买肉的那个漂亮的黑发女人,她总是笑嘻嘻的。我一直没弄明白她的眼神还有微笑都是给谁的。我见过女人在柜台前和你调情。有时候你也会回两句,大家笑一笑。但你从不和她调情,而她也尽量不找你买东西。哎呀,真他妈太好笑了。"

"不是她,"他说,但两个人都知道他只是在走流程,"有什么好笑的?"

"我说不清。就是……谁会想到呢?"

"你为什么没想到呢?"他恶狠狠地说。

想逼得卡西后退并不困难。

"有许许多多原因,"她喃喃道,"不止这一个。"然后,为了弥补,"买个什么票吧?"

"票?哪儿的票?"

"她是英语老师,对吧?话剧。"

"话剧?我对话剧一窍不通。"

“把手机和信用卡给我。”卡西说。

“滚。”

“你去买个三明治回来，我就帮你买好票了。”

“没银行卡我怎么买三明治？”

“你就是这么说谢谢的？”

她从口袋里掏出一张五镑递给他。

“谢谢，”他说，“我会还你的。”

“当然，我以为不用说的。”

“也谢谢你帮我这个忙。”

“不客气。”

他去买了生日卡和三明治，等他回来的时候，她已经买好了两张莎士比亚话剧的票。他努力回想他有没有花过这么多钱买他并不想要的东西。也许他不是非去不可，但他觉得这个选项并不存在。

他们出门前，他问他能不能用一下露西的打印机，然后他把两张纸折起来，连同他买的生日卡一起放进信封。他花了好一会儿挑选生日卡，最后他选中的那张上只印着“生日快乐”这几个字，他也花了好一会儿考虑该写什么，最后他写上去的只有“爱你，约瑟夫”这几个字。

他在餐厅里把信封递给她。

“我希望。”他说。然后：“我也不确定。”然后：“总之。”

她做了个人们拆礼物时的那种鬼脸，像是在说：天哪，我不知道里面会是什么。等她展开戏票，他看得出他和卡西做出了正确的选择。她很激动，也很兴奋，也许甚至还有两滴眼泪。

“你怎么知道的？”

“知道什么？”

"这些。"

让她感动的就是这个。

"你看过吗?"他问。

"什么意思,以前吗?"

"对。"

"《皆大欢喜》? 当然看过。"

约瑟夫的脸耷拉了下去,她意识到这不是他想听见的答案。

"但不是这个剧团的。喜欢莎士比亚的人会一遍又一遍看他的剧。"

"真的?"

"真的。《李尔王》我至少看过四遍。几乎没有我只看过一遍的。至少有名的那些没有。"

"这一部有名吗?"

"你听说过吧?"

"应该是吧。"

"所以显然很有名。"

"但我一部都没看过。"

"学校活动的时候都没看过?"

"没有。"

中学里组织过去看莎士比亚的活动,但他藏起了要母亲签字的同意书,告诉学校她反对非基督教的娱乐活动。回头再看,他意识到无论你说什么屁话,学校都会相信,因为他们害怕会被牵涉到任何争论之中。他可以对老师说他母亲反对法语或地理,结果不会有什么区别。

"另外,你不是非得带我去。也许你该带个更懂得欣赏的朋友去。"

"我要和你一起去。"

戏票是一个月以后的。他几乎肯定他会和她一起去。他从没进入过这样的关系,想当然地认为现状能保持四个星期不变,甚至四个星期过后还能有四个星期。

两个孩子在餐厅里突然兴奋起来,因为他们说到了和约瑟夫一起乘火车去露西父母家,约瑟夫不太明白他们究竟为什么兴奋。

"听上去很好。"约瑟夫说,听着孩子们说车站有一家 WH 史密斯①,他们无论想吃什么甜食,露西的父母都会买给他们。

"他们还有一条狗。"迪伦说。

"酷。"露西觉得她有必要解释一下,同时给愈加高涨的兴奋浇浇冷水。

"我们明天要去,"露西说,"每次我过生日的那个周末,我们总是过去吃午饭。他们以前会来这儿,但⋯⋯"

"但然后老爸用脏话骂外婆。"艾尔说。

"哎呀,"约瑟夫说,"那他们就肯定不会来了。"

"他们反正也不喜欢来伦敦。"

"他们住在哪儿?"

"脱欧中心。"迪伦说。

"那是老妈给那儿起的名字。"

"她以前不这样,"迪伦说,"但后来他们把票投给了脱欧。"

"对,"艾尔说,"脱,脱,脱。"

"我以为你已经改变主意了。"露西说。

---

① 英国的一家零售企业,在高街、火车站、机场、港口、医院和公路服务区等地经营连锁便利店。

"对，"艾尔说，"我已经改了。但那天我支持的是脱欧，所以还是可以宣告获胜。"

"总之。他们住在肯特郡，"露西说，"退休后搬过去的。"

"你在哪儿长大?"

"埃塞克斯，"露西说，"其实一切都差不多。真不知道他们为什么要费这个事。"

"所以你不去?"迪伦说。

"对，"露西说，"他还有正经事要做。"

"我没有。"约瑟夫说。

这是真的。他可以去制作音乐，但他和洁丝还在找他、她和录音室同时有空的一个日子，而且整个夏天他们都懒得抽时间磨合。还有什么可做的？教堂，电视转播的足球，也许和同样无所事事的朋友去伍德格林遛弯。

"很好。"迪伦说。

露西笑了。但不是愉快的那种微笑，而是勉强和尴尬。等会儿他们肯定有话要说。

"你不是真的想和我们去，对吧?"露西说，他们正在插拔各种电气设备，这是晚上就寝前最后的仪式。

约瑟夫哈哈一笑。

"这个问题似乎只有一个正确答案。"

"我是说，你是个什么身份呢?"

"重要吗？会有人问吗?"

"他们多半会认为你是个什么雇工。"

"咱们当着他们的面亲热一下会怎么样?"

"我已经能感觉到要惊恐发作了。"

"那就别费这个事了。"约瑟夫说。他可以去买新牛仔裤。

"必须亲热一下吗?"

"那是在开玩笑。"

"我知道,但是……"

"'但是'?"这个"但是"从何而来?

"唔。咱们确实在亲热。"

"对,但不是每时每刻。咱们没必要一天十个小时黏在一起。去探望你父母的时候,咱们可以歇一歇。"

"我认为我应该通知他们一声——在咱们出发前。"

"我猜不能通过短信。"

"他们基本不看短信。唉,该死。这就像《猜猜谁来吃晚餐》①。"

"我没听懂。"

"那是一部老电影。斯潘塞·特雷西和凯瑟琳·赫本主演。他们的女儿要嫁给西德尼·波蒂埃。"

"我猜电影里肯定有个黑人。或者白人。"

"你不知道西德尼·波蒂埃?"

"不知道。"

"有段时间他是有史以来最著名的黑人演员。"

"所以有个可爱的白种姑娘要嫁给西德尼啥啥啥。"

"对。"

"那和我们有什么关系?"

"呃……"

"我还是在开玩笑。"

---

① 1967 年上映的美国电影,讲述跨种族通婚对家庭成员所产生的冲击和影响。

"哦。所以他要和这个白种姑娘结婚,她父母信奉自由主义,但父亲不希望她嫁给他,因为这是个充满偏见的世界。电影是一九六七年拍的。而我在二○一六年想到了它。"

"好的,别想呗。"

"为什么不想? 我都不确定我父母信不信自由主义。"

"首先。我不了解你父母或肯特郡,但伦敦根本不会有人在乎。"

"对。但我担心的是我住在肯特郡的父母。"

"其次,咱们并没有结婚。"

"这有什么区别吗?"

"因此他们就不需要勉强自己接受我们的关系了。"

"但也不会让他们不担心。"

"担心? 他们有什么好担心的?"

"他们年纪大了。年纪大了就爱担心。"

"对。那我还是去买新牛仔裤,看电视转播的阿森纳吧。"

露西没有说话。她想说:"你确定?"但她必须找准时机说。要是她说得太快,那他就会知道问题出在她身上,而不是她的父母。

"你确定?"她最后说。

而约瑟夫知道问题出在她身上,不是她的父母。他没留下过夜。

回家的公共汽车上没什么风景可看:空荡荡的快餐店,霓虹灯闪得人头晕,店名叫什么"洛城鸡";三五成群的外卖小哥坐在助动车或摩托车上,抽着烟聊天;一伙青少年跑来跑去,大喊大叫;一个男人对着栏杆里面撒尿;三四家由店面改造的小教堂,就是他母亲看不起的那种。他觉得,你很难喜爱伦敦城的这块区域,反正肯定不会带游客来参观。但他喜欢。他属于这儿。而他不属于 134 路公交车沿线的任何一个地方,那些地方感觉起来和白教堂、布里克斯顿或诺丁山一样缺乏归属感。他知道假如他去了肯特郡、意大利或波兰,不但那些国家和城市都是他一无所知和很可能永远不会去的地方,而且他遇到的人也不会真的希望他在那些地方安家。露西对此无能为力。和她一起去伦敦地铁不能到的任何一个地方,对他们两人来说恐怕都不会有什么好结果。他觉得自己傻乎乎的,因为他居然会考虑全家出游。

两个孩子第三或第四次提到约瑟夫之后——"约瑟夫说……""约瑟夫能……""约瑟夫让我们……""约瑟夫想要……"——露西的母亲终于提出了那个问题。

"谁是约瑟夫?"艾尔难以置信地重复道。

"呃,我怎么可能知道?"露西的母亲问。

玛格丽特·劳伦斯不是个好相处的女人。光是看一圈她的客厅(对,基本上就是她的,而不是她丈夫的),你很可能就会预测到这一点;每次露西来做客,压抑而拘谨的环境都会让她大皱眉头——黯淡的颜色,墙上意义不明的画作,红木小边桌上摆得整整齐齐的杯垫。等时候到了,露西会卖掉屋里的所有东西。这儿没有一件东西,哪怕是一本书或一个瓶罐,是她想要留下的。对家里的一片狼藉感到绝望时,她偶尔会忍不住心想:对!很好!这儿不像科德沃利斯路,那儿没有任何东西不在应有的位置上!就连孩子们爱得超乎想象的那条狗似乎也缺乏个性。它只是趴在自己的狗窝里,与房间的背景融为一体。

"我以为你肯定知道呢。"艾尔说。

"所以他是谁?"

"老妈,你告诉他们吧。"迪伦说。

"他们不想知道约瑟夫的事情。"露西说。

"你们为什么不想知道约瑟夫的事情?"艾尔望向外婆。

"我们想。"玛格丽特说。

她丈夫宽厚地笑着。露西怀疑肯的心思根本不在这儿,但自从他五十几岁以后,她就开始这么怀疑了。当时他主动退职,不是因为任何病痛或事故。他似乎就是觉得他受够了和周围的世界以及活在这个世界里的那些人打交道。也可能他只是得出了一个结论:他最熟悉的那些人已经说完了他们该说的每一句话,但不知道为什么又重复了一遍,而他不想留下来听第三或第四遍了。他喜欢听合唱音乐,退休后爱上了长途骑行,到处去做黄铜拓印。假如你去问他,他会谈论这些事情,但问他永远是个错误。有时候,假如某些事物引起他的兴趣,或者他意识到他的小圈子里有某种新体验正在萌芽,他会重新回到凡间,说些有道理或至少切题的话。然而从某个角度说,这甚至更加让人不安和难过,会让露西觉得她在其他所有时间里都让他厌倦得只能发呆。

"他们想知道,"艾尔说,"告诉他们吧。"

"约瑟夫有时候来照看孩子们。"

"而其他时候。"迪伦坏笑着说。

"反正他照看我们的时间并不多,因为大多数时候他都和老妈关在房间里。"

"我们也出去玩的。"露西说,她不知道她想证明什么,但无疑并没有想要否认存在超过保姆范畴的某种关系。

"基本上,他们会出去,"艾尔说,"但什么都不告诉我们。"

"所以一个陌生男人每晚和你们看电视,但谁也不说什么?"

"不,"迪伦说,"那是约瑟夫。对我们来说不是陌生人。"

露西看得出来,假如她只是对着剩下的羊排发呆,她就什么都不需要说了。孩子们会替她完成任务——是的,尽管是以一种不幸和蹩脚的方式,但这种方式的好处是不需要她开口。她不确定孩子们理解她比约瑟夫大那么多和年龄差为什么重要,然而只要他们不在交谈中泄露他的年龄,她的任务也就算是完成了。

她母亲困惑地望着她。

"他们在说什么?"

"他们的意思,我认为,"肯说,"是露西有个男朋友。"

"哦,"她母亲说,"认真的吗?"

"他二十二岁。"露西说。在她自己听起来,这话像是一种背叛,就好像她因为约瑟夫的年轻而在否定性地回答这个问题,然而她只是想趁窗户打开的时候,尽可能多地把信息抛出去。"而且他是黑人。"她没有大声说出这句话。约瑟夫的年龄已经在她母亲面前爆炸了,引起了弹震症和暂时沉默。露西不想见证她母亲对另一条信息的看法。

"对,"艾尔说,"所以他和我们一起打 FIFA,而且他还记得数学。"

"我也记得数学。"露西愤慨地说。

"你记得的是数字。不是一码事。"迪伦说。

"唔,"肯说,"全家人都开心嘛。"

"确实是的。"艾尔带着极大的热忱说。

"你怎么认识他的?"玛格丽特问。

"肉铺,"她说,"他星期六在那儿打工。"

"你们是怎么从那一步发展到这一步的?"玛格丽特说。

"他给我们当了几次保姆,"迪伦说,"然后,轰隆!"

这让艾尔笑得怎么都停不下来。就连露西的父母都微笑了。

"还有什么问题吗?"露西问。

"你快乐吗?"她父亲问。

"她现在比以前开心一万倍,"艾尔说,"外公,我能问个问题吗?"

露西不怎么喜欢他脸上的表情。征求提问的许可不是个好兆头。她猜他的问题不是与脱欧或更可怕的东西有关,就是最后会绕到那些话题上去。

"现在不是个好时候。"露西说。

"你都不知道我要问什么!"

"不重要。"

"为什么不重要?"

所有问题都通往麻烦,就像条条大路通罗马。

"外婆想知道你们在学校里怎么样。"露西说。

"不,她不想,"迪伦说,"你看她的脸。"

"别没礼貌。"露西说。

"我说的不是她真正的脸。我说的是她不想知道我们在学校里怎么样。"

"来,给我说说学校吧。"她母亲忽然愉快地说。

13

　　舞台上还没发生任何事情,剧就已经开演了。演员在观众席上,隔着过道大喊大叫,互相飞吻,哈哈大笑,跑来跑去。露西从来就不怎么喜欢这种沉浸式体验;她认为,从下公共汽车到融入今晚的氛围之间,你需要一点独处的时间。卫生间门口在排队,买冰激凌和巧克力同样在排队;你总是必须对一对老夫妻说"不好意思",而他们会喟然长叹,就好像你应该比他们来得早,然后他们才会开始拿起大衣,慢慢地站起来,好让你从他们面前挤过去。另外,她还担心货摊里的演员会管她叫甜妞儿,或者朝她使眼色,或者请她买个甘美多汁的橙子。她从来都不知道这种时候该怎么做。另外,灯还亮着! 魔法还没有出现,却有人要把魔法强加在你身上。

　　而另一方面,约瑟夫只觉得他最大的恐惧全都变成了现实。要是上帝依然希望人们去剧院,他就不可能发明电视了。你看电视的时候,角色不会走出屏幕,逛进你家客厅,让你感到尴尬。此刻他意识到,这正是电视最美好的特点。观众和角色之间存在一道物理屏障。也许这就是电视被发明出来的原因。"剧院很好，但有没有办法能让角色不直接和我们说话呢？他们那么做的时候实在太可怕了。"他以为他能适应，但就在他跟着露西走进他们那排座位的时候，一个穿荷叶领端托盘的男人走向他，问他要不要尝尝鹿肉腰子派。托盘里真的有派，切成小块，闻起来臭烘烘的。约瑟夫瞪了他一眼，这个眼神在托特纳姆都管用，更别说这儿了，那位老兄立刻决定换个不会揍他的人去骚扰。落座以后，他张望了一圈，想知道观众席上还有没有其他黑人——有两个，都是年轻女性。

　　他试过做准备。你可以在 iPad 上免费下载莎士比亚剧本，他下载了，也读了读，但无法集中注意力。这出戏一开始是一段独白，长得似乎没完没了，而且狗屁不通。第一句是这样的："亚当，我记得遗嘱上留给我的只是区区一千克朗①。"约瑟夫立刻就恐慌了起来。一千克朗是多少？算是多吗？还是不多？"区区"意味着肯定不多。他搜索"莎士比亚时代的一千克朗值多少？"他找到了一个网站，一方面解释得很清楚，但另一方面也让他更糊涂了。网站上说，三千克朗是很大一笔钱，但一千克朗只折两百五十镑，相当于现在的两万五千镑。两万五难道不是一大笔钱吗？为什么不是？你当然没法靠这笔钱活一辈子，但肯定能让你好吃好喝直到找到工作。接下来又说到了什么牛马、粪堆和高贵素质。要是花上几个小时研究，他也许能看明白，但这才仅仅是第一页。他要花多少时间才能看懂整部剧？他觉得读整部也许过于野心勃勃的，于是转而去看维基百科上的简介：罗瑟琳，男装化名为盖尼米德（朱庇特的侍从）；西莉娅，化名为爱莲娜（拉丁文的陌生人）；两人来到远离尘世的亚登森林，被流放的公爵

_____

　　① 英国古代的一种银币，价值五先令。

251

和他的支持者如今居住在这里,其中一个是郁郁寡欢的杰奎斯,这是个心怀不满的角色,出场时正在对着一头待宰的鹿哭泣。这他妈是个啥?这样的东西一段接一段,看得他头脑发木,有一瞬间他甚至考虑要不要再去试试 iPad 上的原作。有人说《皆大欢喜》是个哄观众开心的喜剧,不是莎士比亚的严肃作品,要是他没读过简介,听到这儿也许还会生出一丝希望。但约瑟夫发现他很难想象一群观众能被待宰的鹿、亚登森林和朱庇特的侍从逗得哄堂大笑。

他不会介意坐在剧场里,眼睛看着演员和观众,自己神游天外。他能忍受这段时间的无聊。他担心的是回家的那段路。他该说什么呢?他必须有个什么看法吗?关于什么?演员?制作?他没有可供比较的经验。他再次上网搜索,找到了为学生讨论而设计的问题。露西,在《皆大欢喜》里,田园牧歌式的生活代表着理想吗?请引用原文加以说明。也许他该忘记最后这个尾声。今晚应该是他们的娱乐时间。

开演之后,感觉就没那么糟糕了。你其实不需要知道克朗的价值,另外他认出了《神探夏洛克》里的一个女演员。他不知道这有什么重要的,但他没想到会见到任何算是有名的演员。但他忘记了场间休息,这意味着他害怕的对话被提前了。

"你有什么看法?"露西说。

他知道这是个单纯的问题,但它就像一把匕首,捅进了他的心脏。

"我没想到会见到《神探夏洛克》里的那个女人。"

"她演谁?"

"那个……"他不确定她演的是哪个角色。她是刚开始叫一个名字现在叫另一个名字的女人之一,但他不记得究竟是哪一个了。到目前为止,他只知道这么多。

"你觉得很无聊吧?"

"没有。"

"真的?"

他回想了一下过去一个小时的体验。时间过得很快。他笑了两三次,只是为了显示参与感,当然也为了鼓励剧组。

"真的。你觉得呢?"

"非常好。我很想再说点什么,但我憋不住了。"

约瑟夫默默地感谢了露西的膀胱。她起身,从暴躁的老夫妻前面挤出去,这次他们更加暴躁了,第三次恐怕也高兴不起来。他扫视留在座位上的那些人。他们有的在读节目单,有的在轻声交谈。他从没坐在这样的人群之中。

他前面是个四十来岁的男人,穿一身正装,忽然转过来,对他说了句什么。

"抱歉?"约瑟夫说。

"我的眼镜。好像不小心掉到你脚边了。"

约瑟夫低头去找,看见了他的眼镜。他捡起来递给男人。

"谢谢。"男人说。然后:"真是又臭又长,对吧? 三个词我顶多只听懂了一个。"

"但你总来看?"

"她总来看。"他朝酒吧或卫生间或她去的天晓得什么地方摆摆头。

约瑟夫不禁微笑。他有点想问男人要个电话号码,难兄难弟应该保持联系。

卫生间排队的人群里，露西看着前面的女人。她觉得尽管买票的是约瑟夫，但她以某种方式告诉了约瑟夫，这就是她的群体，而现在她开始怀疑她和她们当中的任何人究竟有没有共同之处了。她觉得至少有一个共同之处，那就是莎士比亚，然而她们当中有多少人热爱莎士比亚呢？或者话剧？她们当中有多少人来剧院是因为她们认为她们应该来，还是因为她们所受的教育要她们来？队伍里没有年轻人，但也许是因为年轻人不急着撒尿，然而另一方面，到处都看不到黑人。她打量她们的面容，想要分辨她们有没有人投票支持脱欧，结论是她看不出来。全国超过一半人把票投给了脱欧，其中肯定有一些人在这儿。莎士比亚会投给哪一方呢？她觉得这取决于全民公投的时候他多少岁。假如他是他的真实年龄，四百五十几岁，那他多半会投给脱欧。你年纪越大，就越缺乏容忍力，因此他很可能非常不宽容。然而，《罗密欧与朱丽叶》和《维洛那二绅士》的作者对外国人也许会更有耐心。但他会怎么看待滥用他名字的人呢？对部分英国人来说，莎士比亚是一个不需要和全世界其他人打交道的正当理由。他证明了这个国家的优越性。他恐怕不怎么会喜欢这些人之中的大多数。但另一方面，她猜这种神化的诱惑也是难以抗拒的。假如她和保罗一起来（可能性微乎其微，她不记得她和保罗去过剧院），就肯定不会琢磨这些事了。她会心想：我就是我，我和这些人都毫无关系。或者，她什么都不会琢磨，只会想里面的女人在干什么？谁会在场间休息的时候跑出来拉屎？

"也许这就是最后一次了吧。"暴躁男人说，拿着他的大衣，一脸厌倦地起身。

"希望如此。"露西说，感激地对他笑笑。她回到座位上的时候，约瑟夫正在和前面的男人聊阿森纳的主教练温格该不该下课。两个人意见一致：他的时间到了。

走出剧场，他们先讨论要不要找个地方喝一杯（不，他们想回家）和最近的公共汽车站在哪儿（沿着这条路往北走几步就到）。但等他们上了公共汽车，他畏惧的谈话就再也不可避免了。

"演得好吗?"他问她。

她大笑。"你先说。"

"不。"他答得太快了。

"你有资格发表意见的。"

"我知道。但我有资格说不等于值得你花时间听。"

"制作得很好，"她说，"在我看来。很犀利，也很优雅。朱利安妮·劳伦斯演得好极了。"

"她演的是谁?"

"罗瑟琳。"

他忍住了没有重复他的问题。罗瑟琳肯定就是女主角。

"嗯。对。她是很好。"

"我在想奥兰多会不会太阴郁了一点，但我对他有共情。他是个慢热的角色——比较好的那种慢热。"

"对。"

他希望听她说出心中的话。出于某些原因，他觉得这挺性感的。也许是因为他从没遇到过会形容一名演员"太阴郁"的人。这让他想到这是一种截然不同的全新体验。她就坐在他身旁，思考着各种各样的念头，做出形形色色的判断，她能产生这些念头和运用这些判断，这提醒了他记住她既是独立的个体，也是他的一部分。他想去她家。

"还想再看其他的吗?"她问他。

"另一部莎士比亚？或者其他剧？我喜欢和你去各种地方，所以，当然。"

她想好好地亲吻他，就在这辆公共汽车上，但她抵抗住了诱惑。

"你和那个男人聊足球……"

"啊哈，那哥们他每一分钟都在受煎熬。订票的是他妻子。"

"你觉得他会不会在琢磨咱俩？我回来的时候？"

"不会。"

"真的不会？"

"真的不会。要我说，是你在琢磨他会琢磨什么。所以人们会继续猜忌下去。"

也许真的是这样，露西心想。也许存在的只有人们在琢磨其他人如何琢磨他自己，不得不说，这是个对自我意识的绝妙定义。

14

"哎,我没法唱了。"洁丝说。

约瑟夫在内心叹了口气,很可能嘴里也叹了口气。他把歌词、原曲和他的试唱录音发给她,这样等他们去录音室,她就知道该怎么唱了;她在任何一个阶段都没说过她对任何事情不满意。

"怎么着?"洁丝凶巴巴地说,她的反应也许来伴随着内心叹息的表情,而不是说明那声叹息不小心从他嘴里漏了出来。当然了,在此之前的一切也都不是一帆风顺。他们到录音室之后,她先说房间太冷,于是他们不得不等待暖风吹起来,然后才能开始。然后她的喉咙又太干了,但她从不喝白水、茶或咖啡,而录音室只有这三个选择,因此她必须去最近的商店买零度可乐——用的是约瑟夫的一张五镑,因为假如要她自掏腰包,那今天就到此为止了。她带着可乐和一堆甜食回来,有些用来补充能量,而有些卡在了她的牙缝里,她必须用指甲一点一点抠出来。录音师是个名叫科林的老嬉皮,他不想看她抠牙缝,于是去小厨房里坐着看报纸了。

257

现在歌词又不够好了。但歌词根本就不需要有多好。他又不想写《正在发生什么》或者流畅得像肯德里克的歌。他只是需要往他的曲子里加个人声音轨,因此歌词里有很多"宝贝儿"和"耶"。他知道歌词是写给洁丝唱的之后,试过为她量身定做。他用汽车的比喻描写女性赋权:"要驾驶/要坐在方向盘后/要驾驶/要确定生活是否真实"。他很高兴他避开了"感觉"。另外还有两段歌词,但都只在同一主题下做了微小的调整。

"有什么不好的?"

他后悔提了这个问题,因为他知道答案有可能五花八门,而且大多数都谈不上友善,然而洁丝的反对是字面意义的。

"我不会开车。"

"好的。但你不能假装会吗?"

"等我上几节课就会了。"

"所以我要先掏钱请你学车,然后你才能唱歌。"

"我没那么说。我只是在说,假如你要我唱开车,恐怕引不出我最好的状态来。"

"唱的不是开车。"

"那唱的是什么?"

"是你作为一个强大的女性。"

"在开车。"

"隐喻性地。"

"我能隐喻性地做点别的什么吗?"

"那你想唱什么?"

"取决于你想走哪个方向了。我在考虑脱欧或口交。被口,不是给人口。"

"这两个的区别也太大了。"

"对男人来说是的。一个让他们恶心,另一个是天生权利。"

"我说的是这两个方向。"

"哦。对。一个更加,怎么说呢,政治。时事政治。另一个和性的关系更大。看你喜欢哪个了。"

"我看得出来。"

他以为走进录音室——哪怕是这么初级的一间录音室——会让他觉得离职业音乐人更近了一步,但洁丝似乎在推着他往回走,一直来到了最遥远的边缘。从他此刻所在之处,他几乎能摸到他的母亲,而她对职业音乐人根本不感兴趣。

"但我这会儿没有这两个主题的歌词,而咱们正在录音。"

"嗯,那咱们就卡住了。"

"用'飞行'代替'驾驶'如何?"

"但飞行就没有方向盘了,对吧?"

"咱们可以想个其他东西。"

"这样如何?'想要你在那儿/我能摸到的地方/想要你去品尝/我的爱情是真的'。"

"我是基督徒。"约瑟夫说。学校组织去剧院那次他搪塞过去了。

"我也是。"

"嗯,那就表现得像个基督徒吧。"

录音师科林把脑袋伸进房间。

"有进展没?"

"你觉得我该唱什么?"洁丝说,"开车、脱欧还是口交?"

"开车。"科林说。

"真的?"

"有很多关于车的好歌，"科林说，"没人唱脱欧。也许有唱口交的歌，但上不了电台。除非你想唱棒棒糖和啥啥啥。"

"我要唱反过来的口。"洁丝说。

"啊哈，"科林说，"那好吧。"

他没其他意见可以提供了。

"我没考虑过电台，"洁丝说，"不如咱们再试试开车吧。"

她说得就好像那是她的主意。

"还有一点，"洁丝说，"也许你可以考虑做得稍微非洲浩室一点？"

"唔，"约瑟夫说，"我会考虑的。"他必须去问问£人她到底在说什么。他去夜店的次数不够多。

"准备好开始了？"

录音师试了几个电平。

洁丝开始唱歌，有时候声音太响，有时候太靠近麦克风，设置的电平爆了，他惊叹道："哇噢。"

"我的嗓子非常有力，"她说，"我自己也控制不了。"

但她唱得真的很好。她找到了旋律，然后在下一段歌词做了点变调，为淡出搞出各种各样的酷名堂，她的歌声与节拍若即若离，就像一个经验丰富的歌手。录完后回放的时候，约瑟夫兴奋得微微颤抖，他看得出她也一样。

"很好。"科林说，就好像这只是录音室里普普通通的一天。

他们一起走向地铁。

"你嗑上灰玩意儿了？"洁丝说，"我听说的。"

她在说露西，他有一瞬间以为她在说露西的年龄，尽管他知道"灰"这个词指的是肤色。好嘛，他心想。现在我知道我最偏执的是什么了。

他从没想到过洁丝会知道露西的事情。

"我没嗑任何东西。"

"所以我听错了。"

"我都没法想象谁会费神传我的闲话。"

"一个黑人勾搭上了一个四十岁的白人老师,人人都会传闲话的。"

"哪怕世界上正在发生那么多事情?"

真是可悲,就好像他老妈叫他好好吃饭,因为世上还有孩子在挨饿。

"尤其是世界上正在发生那么多事情,"洁丝说,"谁想谈那些东西? 总之。我们有什么不好的? 因为你知道我试过,但没结果。"

"夏天我和一个黑人姑娘在一起。"

"对。你认识她的时候我也在。但她对你来说也不够好?"

"这和够不够好没有关系。"

"那和什么有关系?"

"人。"

"这话什么意思?"

意思很简单,他想和一些人睡觉,不想和另一些人睡觉,就这么简单。但洁丝属于他不想和她们睡觉的那些人,因此他最好别把话题往这个方向引。

"有些人是我在正确的时候遇到的,还有一些人是我在错误的时候遇到的。"

"所以是时机,而不是人。"

"对。这么说更准确。时机。"

"就像火车? 一旦错过就不会有机会了? 还是还可以等下

261

一班?"

约瑟夫没法从这个比喻里绕出来。在他看来,无论前者还是后者都像火车。

"我说不准。"

"唔,咱们会知道的,对吧?"

他对她笑了笑,尽管他看不见自己的脸,但他能从肌肉里感觉到这个笑容既勉强又紧张。他什么都不想知道。他对洁丝说他坐公共汽车更方便,于是转身走向了另一个方向。"嗑上了灰玩意儿。"活见鬼。

露西问她能不能听一听。

"呃,你不会想从头再听一遍的。"

"你又不是写了一本一千页的书。有多长? 五分钟?"

"没那么长。"

"那不就好了。"

"你看,上次……"

结果还会是上次那样吗? 她那种扭动身体、发自肺腑的热忱? 真的有那么糟糕吗?

"上次发生了什么? 哪个上次?"

"我给你那首曲子的时候。"

"我说了什么不该说的吗?"

"没有。"

他不想伤害她。但他有任务要完成: 这个任务就是阻止她变成他无法与之睡觉的另一个人。他没法和他母亲睡觉,或者继母,或者她上次变成的天晓得什么角色。此时此刻,他们的关系是健康的。要是她再扭屁股或跟着节拍点头,就会变得不健康了。两个人都不

262

想要这样的结果。

"你能静止不动吗?"

"什么?"

"听歌的时候。不要乱动。"

"你认真的?"

"对。"

"我动了会怎么样?"

"什么都不会发生。没什么大不了的。"

"你的曲子是让人跳舞的,对吧?"

"对,但是……"

他看明白了,没有任何客气或简单的办法能实现他的目标。要么他播放曲子,让她爱怎么扭就怎么扭,要么他告诉她,每当她尝试表达她对音乐的感受,两个人之间二十年差距的每一秒钟就都会砸在他的头上。

"这样吧,"他说,"我去楼上。"

"没必要觉得尴尬。上次没人声已经很好了。这次只会好上加好。"

"我只是还不太擅长在别人面前这么做。"

"我理解。"

他上楼去躺在床上。他隔着地板能听见音乐在播放。结尾淡出后,他重新下楼。露西面颊绯红,头发有点蓬乱。

"太棒了,"她说,"洁丝是个了不起的歌手,对吧?我好好地布吉①了一把。我忍不住。还好你没在楼下看着我。"

---

① Boogie,既是黑人的蔑称,也指扭动身体的跳舞。

"好的，"他说。"布吉"这个词险些让他咬碎牙齿。"谢谢你愿意听。"

"无论你做什么音乐，我都永远想听。"

约瑟夫有一次和一个姑娘分手，只是因为她买了一件超级难看的大衣。直到很久以后，他开始思考这段情为什么会结束，才意识到这就是他无法继续和她约会的原因，因为每当他回忆起她，她永远穿着那件大衣。他见过她什么都不穿，见过她只穿内衣，见过她穿牛仔裤和紧身套头衫，然而他怎么都忘不掉的却是那件大衣。那是一件假毛皮大衣，但只有上帝才知道它冒充的究竟是什么动物，它会吸引人们注意它本身和她还有他，他不可能原谅它。那姑娘在其他方面都很好，而且辣得非同寻常。他不希望露西的跳舞变成那件大衣；露西是个千载难逢的好女人。她刚刚说的话不可谓不体贴、支持和忠诚，也许他只是在从错误的角度看待事物。对，她比较老，而他比较年轻，但问题出在他的年轻，而不是她的年长。他太年轻了，无法不受愚蠢念头的影响。可是，你该怎么才能学会呢？

星期一上午始于一句"滚他妈蛋"和一下用力的点头，而露西只能反向解析。她当然有可能猜错了。十一年级的学生们大约每二十秒就用力点头和"滚他妈蛋"一次，因此她没有任何理由要认为莎尼卡·约翰逊和马隆·哈里斯在讨论她的感情生活。但她很容易就能给这个场景配上字幕。

莎尼卡：知道费尔法克斯小姐搞上了一个二十二岁的黑人吗？

马隆：滚他妈蛋。

莎尼卡用力点头……

另外，她一走进教室，他们就停止了交谈，以前从没有人这么做过。（他们不是坏孩子。她也不是坏老师。但上课总要过上几分钟才能开始。）

再者说，流言是不是从这儿传出去的并不重要。星期五下午，副校长本恩·戴维斯问她知不知道她成了全城的话题人物。两人在走廊里交谈，孩子们像潮水似的涌过，她觉得这会儿似乎不适合谈这些，她说不知道。

"今天下班前愿意和我谈一谈吗？"

"不怎么愿意。有什么事情吗？"

"整个学校都在谈论一名教师的私生活，这并不是什么好事。"

"我又没做错什么。"

"我没说你做错了。"

几个学生停下来听他们交谈。"大声点儿！"这一小群人的后排响起一个叫声。其他人跟着大笑。

"放学后我去找你。"她说，只是为了不再在公开场合谈下去。

她去副校长的办公室找他。他正在处理一个八年级的学生，那学生伪造了如厕许可证，只要不想听讲就可以出于健康理由逃课。露西靠在墙上听戏。

"你不在乎别人知道你永远只差一点就要把屎拉在裤裆里了吗？"本恩说。他是个老派的教师，也就是说他的主要工具是讽刺和挖苦。让露西觉得恼火的是，孩子们似乎觉得很有趣。

"不怎么在乎，先生。"男孩说。

"为什么？"

"呃，因为我不是真的，明白吗？那是个假证。"

"但你的同学会觉得你有病啊。"

"不，他们不觉得。他们都知道。"

265

"那你的老师呢?"

"我并不怎么在乎他们怎么想。"

"总而言之。我通知了所有教师,从今往后再也不允许你在上课期间去厕所,所以……"

"这不公平,先生。万一我真的需要去呢?"

"知道狼来了的故事吧? 你必须承受后果。"

"那所有人都要跟着我受苦了。"男孩说。

"嗯,船到桥头自然直,"本恩说,"你会自己清理干净的,这一点我可以肯定。你可以走了。"

男孩走了,露西坐进他的座位。

"下一个挨骂的人来了。"她说。

"不,不是的。完全不是的。我只是想知道你怎么样。"

"我挺好。"她说,但一下子警觉了起来。

"继续说下去之前,我先确认一下,是真的吗?"

"什么是真的吗?"

"你有个十七岁的男朋友?"

"上帝啊。不,当然不了。他们在传的就是这个?"

"年龄在这一周里越来越小。刚开始是二十几岁。"

"他二十二。本恩,我怎么可能……天哪。十七? 那不就是十二年级吗? 不。绝对不可能。"

"我想也不可能。"

"看来我必须离职了,"她说,"我会遭受羞辱的。"

"等你写完辞职书,他就变成十四岁了。"

"那我该怎么做?"

"我不认为你有什么可做的。但不妨先找个五十来岁的人约会,

266

下次学校园游会带他来参加。"

"下次学校园游会是明年夏天。"

"我并不完全是认真的。"本恩说。

"哦。好的。我明白了。"

"我也不可能在全校大会上替你宣布。"

"千万别,谢谢。"

"'与大家听说的恰恰相反,他二十二,不是十七。'"

本恩似乎想证明这听上去并没有好到哪儿去,但也许只是她太多疑了。

"要是有人来和我说,我会替你辟谣的。"本恩说。

"你会怎么说呢?"

"我会说,我也不确定……'你们这些白痴,真是听见什么都会相信,对吧?要是我说马克斯太太在约会贾斯汀·比伯,你们多半也会传得有模有样。'"

马克斯太太在艺术系兼职工作了几十年,因此这个笑话并不友好,尽管贾斯汀·比伯似乎不太可能和任何一名教职员工搞到一起去。但露西喜欢这个轻蔑和怀疑的语气。

"谢谢。"

"我也会这么告诉你的同事的。"

"他们全都知道,对吧?"

"嗯,对。他们和学生一样渴望刺激。事实上,甚至有过之而无不及。"

露西乐于想象她偶尔能够提供一些刺激,但仅限于非常有选择性的一小群人,组成这个人群的只有爱人和孩子(她自己的孩子,而不是她教过的任何一个孩子)。但现在的情况完全不一样:这是一系列的步骤,其中大多数是以有序和经过考虑的形式发生的,结果让她变成了一个小小的名人。她不怎么喜欢这样。她觉得自己像是一个人边走路边看手机,掉进窨井的时候刚好被拍了下来,然后小视频开始病毒式传播。

出去的时候,她碰到了艾哈迈德,他是莎尼卡的同班同学。

"你好,费尔法克斯小姐。"

"你好,艾哈迈德。被留堂了?"

"就一会儿。总之。那什么,跟你说一声……我不感兴趣。"

等她回到家里,她已经想到了三四种不同的反应,结局全都是宰了他。

"十七岁?"约瑟夫说,"怎么可能?"

他找到遥控器,重新关掉电视。他们正要再看一集《黑道家族》。

"因为孩子们喜欢造谣。"

"你觉得尴尬?"

"对。"

"我也有可能是十七岁。"

"唔,你曾经就是。"露西说。

"我说的是咱们认识的时候。"

"那我就绝对不会靠近你了。"

"你会来店里买肉。也许会请我当保姆。"

"唔,对。有道理。"

"但你不会跳到我身上来。"

"'跳到你身上'。少来了。事情不是那么发生的。而且我也不可能那么做。"

"年轻二十一岁和二十六岁能有什么区别呢？十七岁也一样是合法的。"

"咱们能不谈这些吗？我越说越不舒服了。"

"好吧。我为我的年龄向你道歉。"

"让我头疼的是他们想象中你的年龄。"

"对不起。"

"我有没有给你造成麻烦？"

"没有，"约瑟夫说，"不算有。"

"这算什么意思？"

"洁丝问我是不是嗑上灰玩意儿了。"

"这是什么意思？"

"灰就是白。不是真正的灰。"

"我们不是粉人吗？"

"不是。"

"所以我是个白色的东西。"

"对我来说不是。你是一个人。"

他说得理所当然，言下之意似乎是：我知道怎么和当代女性交谈。她大笑。

"谢谢。你确定和年龄没关系吗？"

"没。只是肤色。"

"因为我全身上下都没变成灰色。"

"我知道。"

"她那么说的时候，你是个什么感觉？"

"你知道的，'哇，她说得对。我应该停下。'你说我应该是个什么感觉？"

"我不知道。所以我才问你。"

"我认为这些事都很愚蠢。"

"我从美国订了一本书,名叫《为什么黑人男性不该约会白人女性》。"

"听上去只需要读书名就够了。"

"我想知道为什么不行。"

"你可以等你单身了再读。你甩了我以后。"约瑟夫说。

"我为什么要甩了你?"

"因为你不该和我约会。"

"是你不该和我约会,书名说的。"

"听我说,"约瑟夫说,"我对白人女性没有任何癖好。他们在说的都是这个。而你对黑人男性也没有任何癖好——据我所知。"

"没有。"

"种族主义。"

"我只是在说……"

"开玩笑的。真该死。但那些人不高兴就是因为这个。因为假如是真的,那你看见的就不是具体的人了,明白吗?我很可能不会再有一个四十岁的白人女朋友了。至少很长一段时间不会有了。直到我六十岁以后。"

"哈,哈。"

他六十岁的时候,她已经八十了,到那个时候,一切因尴尬、疑虑和欲望而起的痛苦应该都成了过眼云烟。她应该在这些东西还存在的时候尽量好好享受。

15

　　她首先邀请的是皮特和菲奥娜，因为她欠他们的。然后经过仔细斟酌，她打给妮娜，请她和男友拉夫来。露西曾经和妮娜是同事，但妮娜后来离开了教学岗位，她很喜欢妮娜，不过见面的次数不多。

　　"我太愿意来了。"妮娜说。

　　"只有皮特和菲奥娜、你和拉夫，还有……哦，对了，我交了个男朋友。约瑟夫。"

　　"在说约瑟夫之前……拉夫和我分开了。"

　　"天哪，不！"

　　"是啊。很可惜。但事实就是这样。"

　　"发生了什么？"

　　"嘻。"

　　"好的。"

　　"不过我能带上安迪吗？"

　　"当然了。"

"太好了。"

她想问安迪是不是白人，但及时阻止了自己。假如他是，她就不太可能不邀请他了。

"所以，"妮娜说，"约瑟夫。"

"对。"

"你在哪儿认识他的?"

"他在附近工作。"

"离你家很近的附近?"

"对。"

"好的。"然后："那样能行吗?"

"什么能行吗?"

"一个在附近工作的人? 你上班,他也上班……"

"哦,我明白你的意思了。"露西说,希望这样能打消妮娜的疑虑,但妮娜在等她说下去。

"他每周六上班。"

"哦。明白了。他是花匠什么的吗?"

花匠比肉铺员工更适合她吗? 隐含的意思是这个吗? 园艺比卖肉更有艺术性吗? 她回答了自己的问题。卖肉听起来确实不怎么好。

"说来话长。"

"很好。就等着下星期六听你的故事和见到他了。"

约瑟夫从没参加过晚餐派对。他和一家人吃过饭,有时候是一大家子人,每个人都在想方设法活跃气氛和找话题聊天。但他从没和一群朋友一起坐在家里,吃他们中的某个人做的饭菜,而没有任何一个长辈在场。晚餐派对就是这个意思对吧? 他不像某些人,会从原则上反对这样的活动。比方说洁丝,她肯定会揪住他和白人女友去参加晚餐派对不放,使劲取笑他。"你们会喝着白葡萄酒讨论脱欧? 滚他妈蛋吧。"更何况他甚至不是要去参加,而是要举办——晚餐派对也是讲举办的,对吧? 他是主人。

他最近算是和露西还有孩子们住在一起了。刚开始,他每周在露西家住四五个晚上,但最近一段时间,他已经不回家过夜了,而他母亲也接受了他的离开,现在家里只剩下她一个人了。不过她依然没有见过露西,而她越是抱怨,他就越是不想回去面对她。他没多少钱,这是他几个月以来认清的事实。他想象中的财产其实只是他再也不会穿的衣服、再也不会玩的游戏和再也不会重读的童书。他的大多数行头最终一件一件来到了露西家。既然和露西住在一起了,那他就要花时间做她做的事情,其中就包括和他不认识的人吃饭。

显而易见,他害怕的不是吃饭,而是正式场合。他已经知道他不怎么喜欢葡萄酒了,另外,尽管他也可以喝两瓶啤酒,但为了保持头脑的敏锐,肯定不会超过这个量。然而即便是酒精,对交谈也不会有任何帮助。

"你们会谈什么呢?"摆桌子的时候他问露西。孩子们在保罗和黛西那儿,他很想念他们。他不介意在其他人聊天的时候看孩子。他可以从桌边溜走,飞快地打一局 FIFA,赶他们上楼,半个人陪他们,半个人留在餐桌前。但露西今晚不希望他一心二用。就是这样,要么整个人,要么不露面,但不露面会让她尴尬。

"我们不可能事先决定。"露西说。

"上次你见到他们的时候,你们都在谈什么? 书?"

"你担心的是这个?"

"有点儿吧。电影。我是说,你们看的那种电影。"

"咱们还没一起看过电影呢。我没什么可谈的。"

"你读了很多书。"

"我也许会推荐一本书。"

"所以你做这些事的时候,我该做什么呢?"

"要我说,你也可以推荐一本你喜欢的书,找个人聊聊,或者闭嘴听别人说话。用不了太久的。"

"聊到政治怎么办?我没什么可说的。"

"你比我认识的其他任何人都迫使我更认真地思考全民公投。他们会感兴趣的。"

"我无法为任何人代言。"

"没人会要你那么做。"

"该死。"

"怎么了?"

"就是……一般性的恐慌。"

"你聊聊你的朋友如何?"

"我不确定。我都忘了。各种事情冒出来。Instagram 上。然后你给另一个人看。"

"唔,今晚肯定会有事情冒出来的。"

"该死。"他又说。

"你是个既聪明又有趣的小伙子,"露西说,"和你聊天我从没觉得无聊过。他们也一样不会的。"

假如你在和这个人睡觉,谈话当然容易得多,约瑟夫心想。做爱前和做爱后,你都必须找点话题聊一聊,否则整件事就行不通了。性爱会迫使你进入交谈。但晚餐派对的整个目的就是交谈,等到交谈结束,客人就会告辞回家。没有性爱,没有手机——除了你脑袋里的

274

东西,什么都没有。

"他们都知道你叫约瑟夫,"露西说,"所以等他们来了,你负责开门和自我介绍如何? 然后这一节就可以直接跳过去了。"

但他忘记了。更准确地说,他开门时说:"你好,请进。"等他们进屋后,他正想说"顺便说一句,我是约瑟夫",但已经来不及了。菲奥娜立刻说,我猜你不是约瑟夫,然后哈哈大笑,而约瑟夫说不,我就是约瑟夫,而菲奥娜一下子慌了,说哦哦,对,你当然是,一边和他握手,一边目不转睛地盯着他。皮特做了个开枪自杀的手势,翻个白眼说,你好啊,哥们。第二次他记住了,这次来的是妮娜和安迪。妮娜在杂志社工作,相当富有魅力,他说:"我是约瑟夫。"她说,哦,哇噢,然后激动得叫了起来,说,算露西运气好,然后,当然,也算你运气好。她的朋友一脸尴尬。约瑟夫有点希望他也用手指朝脑袋开一枪,这样晚上的节目还没开始,就已经倒下了两个。

客厅里开了一瓶普西哥起泡酒等着他们,他们在沙发、扶手椅和为了聚会拖过来的两把餐椅上坐成一圈。桌上还有一瓶给约瑟夫准备的啤酒,但皮特拿起来就往肚子里灌。约瑟夫松了一口气。他以为所有人都只喝葡萄酒,而他立刻就会被打上异类的标签。他去冰箱也给自己拿了一瓶。

"你是在拿啤酒对吧?"安迪说。

"要一瓶吗?"

"好的,谢谢。"

"你只是担心小伙子们不带你玩。"妮娜说。

"这也是选择喝什么的好办法。"安迪说。

等他们重新落座,众人互相敬酒,然后陷入了尴尬的沉默。约瑟夫心想,要是他不在这儿,他们会不会立刻就聊上了。他的手机在口

275

袋里都快烧出一个洞了。他从没想到过自己竟然如此上瘾,但他想到了他父亲是如何形容烟瘾的:"我低头一看,发现手里有根烟,我都不知道它是怎么跑到那儿去的。"这只是约瑟夫和其他所有人觉得不自在的时候都会做的事情而已。也许他该开始抽烟。假如他抽烟,他可以直接起身去后花园。或者找一份会在星期六晚上接到老板电话说伊斯坦布尔分部出事了的工作。肉铺里发生过一次这样的事情。一个客人的手机忽然响了,他说:"你好,斯蒂夫。非常不好意思,我正在肉铺买东西呢。"然后他说,"伊斯坦布尔? 什么时候发生的?"后来他还见过这个男人,他一直想问他伊斯坦布尔究竟发生了什么。

"所以你们是怎么认识的?"露西问妮娜。这不是一个符合逻辑和经过考虑的问题,因为妮娜反过来肯定会问露西相同的问题,然后她就必须提到肉铺了,而其他这些人的工作多半不但挣钱多,而且很有意思。

"安迪是摄影师。有次我要写一个厨房,他负责拍照。"

听上去似乎没什么意思,但约瑟夫猜挣钱肯定很多。

"我知道,我知道,"妮娜说,"现如今几乎没有自由职业的工作了。我现在拿到的钱和九十年代末我刚放弃教职的时候一样多。我还不如回去教书算了。"

"我的天。真是太糟糕了。"

"而我都不可能拿到教师证。"安迪说。

"摄影师的日子也不好过吗?"约瑟夫说。听见自己的声音,他也吃了一惊,但话已出口,而且似乎问得很切题,安迪也回答得相当认真,约瑟夫又问了一个问题,他和在座的其他人似乎都觉得这是个好问题,于是今晚第一幕的气氛终于活跃起来了。等他们说到露西和约瑟夫是怎么认识的,他觉得似乎一切尽在掌握。

　　他开始理解这事情是如何运转的了:谈话不像考试,是从上而下布置的任务。谈话更像沙发,会随着你的屁股改变形状,做出相应的调整,区别只在于晚餐派对会跟着你的头脑改变形状。他们也谈到了书籍,但时间不久,而且只发生在菲奥娜和露西之间,更何况其中一部分还是关于迈克尔的,就是他们在夏天住了几天的别墅的主人,因此这更像是传八卦,而不是讨论文化。而与此同时,皮特在和妮娜谈孩子,然后约瑟夫发现坐在旁边的安迪有东方队的季票,于是约瑟夫向他打听一个刚进入一队的孩子,那是约瑟夫在中学里认识的一个朋友的弟弟。

　　他们也谈到了脱欧。约瑟夫猜测在尘埃落定前,人们聊天永远会谈到脱欧。他们普遍同意这是个烂摊子和灾难,英国会在接下来的许多年里为错误付出代价;没什么约瑟夫没听过的话。但随后菲奥娜问约瑟夫投给了哪一方。

　　"哇,"皮特说,"你不能问人这个。"

　　"他知道我们都投了什么,"菲奥娜说,"再说要是他说他不想告诉我们,那这个话题就到此为止了。"

　　"而我们都会知道是为什么。"妮娜说。

　　整个晚上第一次,他感觉到了与他们的格格不入。在场的有他们五个人,然后还有他一个人,预设的前提是他很可能和他们不是一伙的,他很可能把票投给了另一方,仅仅这一点就足以把他和他们分开了。

　　约瑟夫望向露西,她的表情让他忍不住笑了。她正在思考这个问题里有没有冒犯性的因素。

　　"没关系。"约瑟夫对她说。

277

"你确定？"

"嗯。是的，我面对一个难题。我父亲投给脱欧。他甚至在宣传脱欧。"

"为什么？"

"因为他认为离开了欧洲，他的日子会更好过。"

"他是干什么的？"

"爬脚手架。"

"好的。"

"然后是我母亲——她也投给脱欧，因为她在公立医疗系统工作，她相信公共汽车和其他等等。"

桌边众人纷纷厌烦地叹息。

"但露西是个热烈的留欧派。"

"我很热烈吗？"她问约瑟夫。

众人大笑。

"对，告诉我们，约瑟夫。她有多热烈？"

"我说的是热烈的留欧派。"露西说。

众人再次大笑，因为用意的昭然若揭和回答的软弱无力。

"所以……怎么说呢，我做了个符合逻辑的决定。"

"是？"

约瑟夫耸耸肩。"我把票投给了双方。"

"怎么投？"露西说。

"哦，我没有作弊。我只是在两个方格里都打了叉。"

妮娜和安迪大笑鼓掌。菲奥娜、皮特和露西尽量不露出惊骇的表情。

"我不知道你是那么投的。"露西说。

278

"我没告诉你。"

"这么做有点傻。"菲奥娜说。

约瑟夫感到了一丝刺痛。他看得出露西也感觉到了,或者至少意识到了危险。

"要是他懒得去投呢?"露西说,"有什么区别?"

皮特耸耸肩。

"没有区别。"他说。

"不,"菲奥娜说,"但那是他的选择。但这是淡漠,或者我也不知道该叫它什么。毫无意义的青少年反叛行为。"

"你说得对,"约瑟夫说,"我应该投给脱欧的。我大概有百分之五十一赞成脱欧,百分之四十九赞成留欧。"

"唉,好吧,这就更糟糕了。"菲奥娜说。

"所以他只能选择投给留欧。"露西说。

"在我看来。"菲奥娜说。她似乎没在开玩笑。

"问题在于,这是我的选票。"约瑟夫说。

"而你真真正正地浪费了它。"菲奥娜说。

"现在你对它是个什么感觉呢?"皮特问。

"唔,已经结束了,对吧？咱们都必须适应这个结果。"

这句话似乎给对话暂时画上了句号,约瑟夫能感觉到众人都松了一口气。

"换了我是你,会更当心的。"妮娜说,她正在和菲奥娜交谈。

"为什么?"

"你一开始说你想听他的看法,然后你又说你对他的任何意见都不感兴趣。"

"我什么时候这么说了?"

"你刚刚说他做了错误的选择。然后又说他在另一件事上也做错了。"

"我该怎么说？我就是觉得他什么都不对。"

"'**中产阶级北伦敦佬听别人说话,然后觉得他们什么都不对。**'这就是你的前进方向。"

"说得好像你不是中产阶级北伦敦佬似的。"

"所以我连做梦都不会对约瑟夫说他做错了。"

"万一他投票赞成绞刑呢?"

"我没有,"约瑟夫说,"而且我也不会。这是两件事。"

他得到了一轮笑声,然后这次众人把情绪改变当作了信号,转而谈起了其他话题——美食、学校,然后又是足球。

"你对今晚讨厌到什么程度?"露西说,客人已经离开,他们正在把餐具放进洗碗机。

"大体而言挺好玩的。连气氛紧张的那一会儿也很有意思。"约瑟夫说。

"真的?是有意思?而不是觉得受到侮辱和他妈的气人?"

"哦,我不介意的。你比我更在乎那些话。但我比你们年轻得多。我对这些破事儿能知道些什么呢?这些人当然想要压我一头了。"

"但我们又知道什么呢?"

"但你看,我从没和我的朋友们争论过政治。我都没法想象我会和别人讨论政治。"

"真的?"

"对,工党,保守党,脱欧……我认识的人都对这些玩意儿毫无兴

280

趣。似乎没什么有可能改变。"

"但你父亲不这么认为。"

"哦。他啊。他不是我的朋友。他属于你们那一代。总之,我也不会和他争论。我只会好好好,你说的都对。我看不出有什么意义。"

"你看不出这个国家的未来有什么意义?"

"不怎么看得出。我们难道不都是这样吗?"

"为什么?"

"海平面会不会升高一英尺,然后把我们全都淹在水底下? 我关心这个。"

"也许你该把票投给会在这方面做些事情的人。"

"谁,绿党吗? 现在想到他们是不是晚了点?"

"你很聪明。你没完没了地提问,但不说出你的看法。"

"这不是聪明,而是因为我没有确定的主意。我希望有人能告诉我答案。我是说,对,那个叫菲奥娜的女人很难让人喜欢。但她似乎什么都知道。她非常自信。"

"是啊。这就是大学教育的好处。"

"什么,大学里什么都教吗?"

"不。只会让你充满自信。"

"但你为什么不那么自信呢?"

"我也不确定。我年纪越大,就越是认识到我对一切都知道得不多。"

他们上床以后,约瑟夫没几分钟就睡着了。露西躺在黑暗中,仍旧对菲奥娜气不打一处来,等脱欧和约瑟夫成为过去时,不知道她有多少个朋友她会不再喜欢,而又有多少个会依然喜欢。

约瑟夫今年的生日是一个星期天,这意味着他母亲希望他回家和他姐姐一起吃饭。他母亲和姐姐都还没见过露西和孩子们。两边都提出过要求,但他还没有采取过任何行动,而他的借口和搪塞连他自己都觉得毫无说服力,现在招来的是愉快的揶揄(露西)和直接的敌意(他母亲)。

"你觉得我们会给你丢脸?"露西问,对他的自豪和爱深信不疑。

"你觉得我们会给你丢脸?"他母亲问,自从约瑟夫离家后,她就生活在持续的恐惧之中,她担心他会因为她而感到羞耻,或者他们家的屋子,或者附近的环境,或者她无法改变的其他什么东西。

"对。"他对露西说。"当然不了。"他对母亲说。

"星期六晚上咱们带两个小子出去吃一顿,"露西说,"这样星期天你就可以回家和你母亲吃饭了。"

"她会想知道你为什么不来的。"

"我要带孩子。"

"然后她会想知道孩子们为什么不来。"

"第二天要上学。"

"她会六点钟开饭的。"

"所以我们就去呗。"

"天哪,不。"约瑟夫说。

"为什么不行?"

为什么不行?两个人都能想到足够多的理由。露西不想面对一个同龄女人的嫌恶,出于某些理由,她担心她的孩子也会被品头论足。他们有可能要求太多,太爱说话,使用的语言会让约瑟夫的母亲惊骇,那可是一位每个星期天都去教堂的女士。(露西不知道去不去教堂有什么区别,也不知道常去教堂会不会让一个人更容易产生厌恶感。两种结果理论上都有可能,但就她认识的常去教堂的人而言——他们以他父母的朋友为主——信仰似乎并不会影响他们的思维方式。)约瑟夫担心他母亲见到露西会产生威胁感——因为露西的自信、衣着、身材和好奇。(约瑟夫想知道露西的好奇是不是因为她的自信。她似乎不在乎她在往哪儿看,想知道什么就问什么。他希望他母亲在工作中是另一个样子。他希望她能感觉她知道自己在干什么,而她的能干可以赋予她露西那样的眼睛、耳朵和声音。)

"所以我什么时候能见到你母亲?"

"不知道。"

"我会见到她吗?"

"应该吧。"

"但不会是在家庭聚会的场合。"

"等我姐姐结婚,你就会见到所有人了。"

"有消息了吗?"

"没有。"

"要是我约她找个地方喝杯茶呢?"

"什么?"

他是真的没有听懂,露西大笑。

"喝杯茶,"她说,"我和你母亲。"

"呃……为什么呢? 你们能谈什么?"

"我什么都不会和她谈。只是闲聊。"

"什么样的闲聊。"

"之后你会比之前更了解一个人的那种闲聊。"

"我的天。但我不在场?"

"对。不过要是你想来,也非常欢迎。"

"为什么不能让我直接带个口信呢?"

"我没什么口信需要你带,"露西说,"我只是想更深入地了解你。"

"不行,"约瑟夫说,"对不起。"

"你是认真的?"

"对。我宁可分手。"

"但问题在于,"露西说,"她想认识我,对吧?"

"对。"

"而我也想认识她。"

"你是这么说的。"

"很久以前你帮我带孩子的时候,给过我你家里的号码。"

"这样不行。不是你的问题,是我的。咱们还是做朋友吧。我在外面有人了。"

"到底怎么了? 说真的,你在害怕什么?"

"没什么特殊的。人们都不想让别人见到他们的母亲。"

"胡扯。"

"你什么意思? 你这么做就等于在对我说,我永远也不能去你父母家。"

"我在保护你。"

"对哦,我在保护你。"

"为了什么?"

他在保护所有人——露西、他母亲、他自己。他怎么都琢磨不透他到底为什么这么不自在。他只知道上帝在他以前的家和现在的家之间安排了那么多个公共汽车站,肯定是有个什么理由的。然而他的感觉并不重要,因为露西最终还是一个电话打给了她。

16

"是坎贝尔夫人吗?"

"就是我。"

"我是露西·费尔法克斯。我是约瑟夫的……"

打电话前为什么没想好一个合适的称呼呢？她花了太多时间思考见面地点、理由、时间和日期,但天晓得为什么,她跳过了交谈中最艰难的那部分。

"我知道你是谁。"坎贝尔夫人说。

她这句话说得不咸不淡,不冷不热,然而露西听到的却只有热情的欠缺,然后很快就变成了冷淡的存在。

"我只是在想……呃,既然约瑟夫的生日快到了,然后又是圣诞节和那什么……"

"对。"

但这个"对"不是在鼓励她有话直说,而仅仅是在请露西继续白费唇舌。

"呃,我在想你愿不愿意见个面。"

"哦,我明白了。"

"不带约瑟夫。"

"我也不希望他坐在旁边,告诉我我能说什么,不能说什么。"

"但要是你不愿意……"

"不,不。我认为这是应该的。他什么都没说就搬了出去。我猜他和你住在一起。"

"他每周总要回去过一个晚上的。"

"上周就没有。"

"上周,对。但是……"

"你想在哪儿见面? 要不要来我家?"

"或者在中间找个地方? 比方说咖啡馆什么的?"

"哦。"

"不过我很愿意来你家,只要你不反对。"

"当然不反对了。"

两人定下日期和时间,挂断电话的时候,露西都有点出汗了。这些年来,她见过无数的学生父母,但没有一个像坎贝尔夫人这么让她心烦意乱。作为教师,她已经不介意受到评判了,之所以不介意,是因为这是她擅长的工作。然而现在她要作为女人和伴侣受到评判,不但评判她的将是一个同龄人,而且没有任何东西能够保护她。

坎贝尔夫人的家是一座公转私的排屋,露西估计它大概修建于一九六〇年代。保罗最终意识到他不会搬回他们婚后住的老房子之后,觉得他该换地方买个三卧室带后花园的新家,他曾经发给她一个链接,里面的屋子和这座差不多,离这儿也不远,标价为四十万英镑。

想在他以前住处附近买这么一座屋子，至少也要一百五十万。对，露西的新家多出一层楼，但百万英镑的价格差不在于这儿。区别在于其他的各种因素——交通，校区，是否接近自从一九八〇年代就变得恶名昭彰的某些大型地产。

她沿着马路来回走了一趟，掐准时间在约定时间过后四十五秒抵达目的地，然后按响门铃。她努力回想上次她在参与社交场合之前这么紧张是什么时候。当时的情形肯定牵涉到一个十几岁的男朋友，但那个男朋友应该在门的另一侧，而不是两英里外的休闲中心。要是这杯茶喝得足够高兴，她也许可以就少年时的男朋友和约瑟夫开个复杂的玩笑，说她其实一直没什么长进，而约瑟夫的母亲会跟着骇然怪笑。

坎贝尔夫人先是直勾勾地盯着她，然后才开口说话。显然不会有什么骇然怪笑了。她让露西进门。露西觉得她对被让进门没什么可做的，于是微笑着承受住对方的视线。她对着一个面无微笑的大块头女人微笑，露西猜她在未来的几年里都不会对她热络起来。过去这几年，露西做了不少令人惊惧的成年人的决定，其中有的牵涉到保罗，有的牵涉到学校。她接受过法庭讯问，帮丈夫换过尿湿的裤子，和警方打过几次交道。但那些事情都不是她的错。坎贝尔夫人明显的嫌恶却是她的错。

"请进。"坎贝尔夫人说，然后押着她走进客厅。茶已经煮好了，扶手椅旁的咖啡桌上有个空茶杯在等她，露西被引向那把扶手椅。托盘上热气腾腾的茶壶说明约瑟夫的母亲同样精神紧张，一直在想办法消耗最后这三四分钟。

"您的屋子很漂亮。"露西衷心地说。

"我父母传给我的，"坎贝尔夫人说，"他们刚来的时候，和其他

287

人一起住在兰仆林。但后面他们得到了机会申请公屋,最后分到了这儿。后来撒切尔夫人允许他们以低价买下来。我不赞成她做的所有事情,但那是一件大好事。"

露西对公屋私有化持有激烈的看法,而且表达过许多次。但是,她从没向撒切尔夫人的慷慨的受益者表达过她的观点,而且她意识到她以后也永远不会说了。她要把她尖刻的反对意见留给有六七位数房贷的人。

房间整洁得一尘不染。有相配的三件套家具,书架上、壁炉架上和墙上到处都是孩子们的照片。要是她能决定,她会在房间里走一圈,在每一个地方搜寻约瑟夫的踪迹;从她所坐的位置望去,她能看见壁炉架上有一张他穿中学制服的照片——可爱得不得了,看上去十四五岁。

露西微笑着朝那张照片点点头。

"老天保佑他,"她说,"那是什么时候拍的?"

"十年级,"坎贝尔夫人说,"所以是哪年……二○○八? 二○○八年你在干什么?"

"差不多和现在一样。哦,我在生孩子。"

露西觉得,这是想用约瑟夫的年轻和她的年长震惊得她目瞪口呆。但事实上,二○○八年和生孩子感觉起来都是几十年前的往事了。

"所以比你现在更像结了婚的。"

"那要像得多。"露西说。这么回答是正确还是错误的? 多半是错误的。

"现在你的婚姻是个什么情况?"

"假如你是想问个百分比……"

"不。"没有一丝笑容。

"唔。我不完全算已婚的,但也没有离婚。我前夫有了个新伴侣。我们正在离婚的过程中。"

"然后呢?"

年轻时的男朋友不会给精神造成如此巨大的压力。这更像工作面试。不,这就是工作面试,你必须忘记你的真实想法,克制你真正想说的话,这样才能找到正确的答案。然而问题在于,她并不完全理解对方的问题。

"嗯。也没什么。只是……不再是已婚了呗。"

"意思是你就可以和约瑟夫结婚了。"

活见鬼。现在她该怎么回答? 她应该要和约瑟夫结婚吗? 还是说坎贝尔夫人怀疑她在搞什么精心策划的婚姻陷阱? 现在容不得她反悔了。她必须给出某种接近真相的答案。

"我并不打算和约瑟夫结婚,"露西说,"他太年轻了,有朝一日他会想要孩子。但不可能和我生。"

"那为什么要拖着他?"

"你是这么看的吗?"

"我不认为还存在其他的看法。"

"坎贝尔夫人……"

露西停下来,等坎贝尔夫人开口,说用我的名字称呼我吧。事情永远是这样的,至少在电视上如此。但几秒钟过去了,她什么都没等来,意识到只要她不开口,沉默就会持续下去。

"他首先必须找到他的方向,"露西说,"他在三十岁前没必要考虑成家。到时候假如我们还在一起,我会提前两年离开他。给他一段时间……酝酿。"

"唔，"坎贝尔夫人说，"那会是一个很艰难的决定。到时候你多大了？快五十？"

露西点点头，做了个鬼脸——救命——人们想到自己年龄的时候，总会做出这个表情。当然了，这是个玩笑。

"所以到时候你要面对的是独自度过余生，"坎贝尔夫人说，"一个人走到人生的那个阶段，就很难放弃床上的一个温暖身体了。"

露西抿紧嘴唇，点点头，表示认识到了等待她的悲惨命运，但她连一秒钟也没相信过。她的信心和乐观来自何方？她知道她的人生不会一到五十岁就画上句号。她会依然有进取心，无论是在私生活还是职业生涯方面。她也许会是单身，但依然会假定她对其他人具有吸引力，不管是肉体还是其他方面。这样的假定也许会被证明毫无理由，但它必定会存在。

"到时候我也许已经做好了准备。"露西说。

"不，没什么能让你为孤独做好准备。"

"总之，"露西愉快地说，"约瑟夫的生日有什么想法吗？愿意和女儿过来吃顿饭吗？"

"唔。"坎贝尔夫人说。她似乎在从所有角度研究这个邀请，寻找陷阱、尖刺、绊网、炭疽病毒的粉末。但最终她什么都没找到，于是就接受了。然后话题终于转向了照片。

约瑟夫在休闲中心的几个朋友周六晚上想带他去达尔斯顿的一家夜店。露西知道达尔斯顿有很好的夜店。她在《卫报》上读过介绍。

"想一起去吗？"约瑟夫问。

露西大笑。

"笑什么?"

"我不认为我属于达尔斯顿的夜店。你也不这么认为,否则你问我的时候就会看着我的眼睛了。"

"你不介意?"

"我介意你看不看着我的眼睛。"

"对不起。我是想看着你的,但……"

"但你的热忱背叛了你。"

他没有纠正她。她不想去让他松了一口气。他不知道她会穿什么,更担心她会不会下场跳舞。他知道他不该以她在厨房里的扭屁股舞来评判她,但他没有其他的依据,假如那就代表着她在这个晚上的行为方式,他可就不能冒这个风险了。

"你这是要上刑场吗?"

"怎么了?"

"只是好奇嘛。从没见过你更害怕的样子。"

"我不怎么喜欢泡夜店。我只会喝两瓶啤酒和很多零度可乐。"

"毒品呢?"

"免了。我十几岁的时候还会哈两口草。那些浪子勾当现在只会让我神经过敏。"

约瑟夫十五岁的时候当过十天左右的浪子,不过他已经不记得那时候是不是叫这个名字了。反正事情总还是那些:大麻,帽衫,摩托车。他和他不怎么喜欢的一伙人搞在一起,犯傻做各种蠢事。最后的结局是他在警察局里待了三个小时。他没做任何坏事,但他旁边一辆摩托车上的人抢了一个孩子的手机,因此他也不觉得他有资格抱怨警察骚扰、种族画像和其他等等。他母亲来接走了他,见到她的担忧和愤怒,他当即决定和犯罪分子切断来往。他母亲还去探望了被抢孩子的一家，因此就算约瑟夫想出去玩，他也不能那么做，因为他害怕也许会造成的后果。要是约瑟夫没记错，艾哈迈兹正在蹲监狱。或者就算出来了，也迟早会回去。

"所以你进了夜店会跳舞吗？"

"那要看我喜不喜欢音乐了。还有我喝的是不是比两瓶啤酒多。"

"所以你不会喝得太多，也许会跳舞。"

约瑟夫耸耸肩。

"那你为什么不想带我去？莫非和什么女人有关系？"

"不！"

她看得出来，他的震惊发自肺腑。

"就算是也没关系。"

她是认真的吗？她当然这么说过，但她不太确定是为什么，而且这也不怎么符合她近期的行为。前一天她去找约瑟夫的母亲，想让他母亲知道她的真诚和坚定，而约瑟夫已经融入了她的生活；后一天她似乎又在怂恿约瑟夫效仿一九七〇年代的北欧男女关系。

"你为什么要这么说？"

"因为你是个年轻男人，而且……"

"而且什么？"

"我不知道。"

但现在她已经知道了。她只是不知道该怎么表述。邀请菲奥娜等人来的那次晚餐派对之前，她曾经忧心忡忡。她费了很大的精力安抚他，担心他会不自在、沉默、疏离；她担心她的朋友们会认为他智力低下、性情阴沉、配不上她。事情并没有那么发生，但她确实感到过不安。对他来说，去达尔斯顿玩就相当于晚餐派对，而他对尴尬的

292

恐惧似乎胜过了让她融入他的社交生活的愿望。

"一起去吧。"他说。

"你不是认真的。"

他确实想表达什么，但他也不确定那是什么。他想表达他爱她，不想伤害她，还想表达无论在东伦敦一家黑洞洞的夜店里引来多少异样的目光，她在他心中都更加重要。

　

她看上去美极了，他心想。她的妆比平时画得略浓一点，但没到会让人觉得用力过度的地步。贴身牛仔裤，她穿贴身牛仔裤永远很好看。上衣稍微有点亮片。他们在夜店对面的六钟酒吧碰面：外号白凯文的凯文·B、凯万·G 和女朋友萝丝、经理助理简和男朋友阿扎德、游泳教师苏西和贝卡（可能是一对儿，也可能不是，取决于你听谁说）还有米基·韦斯特。人手不足意味着他们不得不在休闲中心的门上挂出牌子**"私人活动，暂停营业"**，这多多少少也是真的。他们不知道他们会惹上什么麻烦，甚至不知道会不会被理事会发现。

他们到的时候，其他人已经到齐了。他们占据了酒吧最里面的一张大桌子，见到两人就欢呼起来。

他仔细考虑过他该怎么说和该在什么时候说，此刻他一鼓作气说了出来。

"各位，这是我女朋友露西。"

"你女朋友？"白凯文说。抢先开口的肯定是他。约瑟夫和露西以各自不同的方式做好准备。"你从没说过你有女朋友。"

"不，我说过。"约瑟夫说，但此刻他意识到，他确实从没说过。

苏西和贝卡在长凳上为露西腾出空位，约瑟夫在她们斜对面的阿扎德和萝丝之间坐下。露西立刻开始和贝卡交谈，萝丝随机加入，气氛就此打开。没人在意。阿扎德去酒吧买酒,约瑟夫看着露西的表演:真可谓赏心悦目。别人说话的时候,她用微笑鼓励,他们开玩笑的时候,她适时大笑,她有话要说的时候,女孩们听得非常专注。没人会问他怎么会和她搞在一起。但他看得出来,他们也许会思考她为什么会和他搞在一起。

夜店门口在排队,约瑟夫顺着队伍扫了一眼,发现露西无论如何都不是年纪最大的。更重要的是,年龄也许和她差不多的人看上去都老得多,其中一些——其中的男人,肤色有黑有白,都带着比他们年轻的女人。他看见了用剃光来应对脱发和用帽子来遮掩脱发的脑袋,看见了花白的胡须。他逐渐意识到,他的恐慌更多是因为他自己,而不是露西或伦敦。他集中精神去听露西的声音,发觉她在和贝卡谈论性爱。

"润滑油呢?"露西说。

"也许吧。"贝卡说。

"润滑油的问题,"露西说,"在于你不能买带味道的。"

"有带味道的?"贝卡说。

"有人开玩笑送过我一个棉花糖味道的,但我当时的床伴完全没法接受。"

谁是她当时的床伴呢?还有,话题是怎么转到这上头去的?他和阿扎德基本上一直在聊英式橄榄球出了什么问题,偶尔听见露西说话的时候,话题似乎都是工作和她的孩子。但不知道是怎么回事,在第二杯酒或者甚至过马路的时候,话题转向了女性啥啥啥——不是卫生,而是相关的什么东西。也许是女性机能。

"所以你们怎么做?"贝卡说,"假如你,那什么……"

"唔。"

294

约瑟夫掏出手机,尽量沉浸在 Instagram 的数据流之中。露西压低了声音。

"其实我发现这是床伴为人的问题,而不是生理问题。"

约瑟夫思考他前面的人——他们不属于他的这个小群体——会不会介意他插队。

"哦。"贝卡说,然后陷入了沉默。

"喂,"露西轻声说,"喂。"

约瑟夫没有回头,但要他猜的话,他会说贝卡在哭。苏西在他前面和凯文·G还有萝丝笑得正开心,但由于没人知道贝卡究竟是直是弯或她和苏西到底是不是一对儿,他不认为他有资格去提醒苏西注意贝卡的心情低落。

"我认为可能还有我的问题。"贝卡说。

"对不起,"露西说,"我没想……我不知道……要不要回酒吧去坐一会儿?"

"你介意吗?"

露西拍拍约瑟夫的肩膀。

"我们去酒吧坐一会儿。"露西说。

"没问题。"约瑟夫说。他没问为什么,随即意识到这证明了他一直在听她们说的每一句话。

"很快就回来。"

考虑到她必须要处理的情感和肉体的双重难题,约瑟夫觉得这是一种奢望,但他没有提出质疑。

夜店似乎是由不可穿透的坚实表面构成的:滴汗的混凝土,犹如隔墙的热浪,仿佛金属板的噪声,挥动的骨头和肌肉。约瑟夫和朋友们挤过人群,来到一个远离吧台、DJ 和舞池的角落,这儿像是荒僻的乡间,对任何人都毫无用处,但至少提供了庇护和空气。他们把外套和夹克衫堆在地上,因为衣帽间的队伍长得不可思议。然后忽然间,约瑟夫成了注意力的焦点。

"我操,约瑟夫。"凯万·G 说。

"怎么了?"约瑟夫说。

"对,"简说,"活见鬼了。"

"怎么了?"约瑟夫说。

"那真的是你女朋友?"

"哦。"

在他理解他们为什么不敢相信和说脏话之前,他是一个字也不会多说的,不过他并不认为事情和她的年龄有关系。没错,她比他们老,但他觉得还没老到会引起震惊和气恼的地步。

"她太可爱了,"简说,"而且还漂亮。"

"而且还辣。"白凯文说。

"我就是这个意思,"简说,"只是我的说法不那么下三路。"

"我不明白为什么辣是下三路而漂亮不是,"白凯文说,"男人和女人都可以辣。但只有女人可以漂亮。"

"你这话就性别歧视了。"

"唉,我他妈认输。"白凯文说。

"很好。"简说。

"咦,她去哪儿了?"苏西说。

"她和贝卡回酒吧了。"约瑟夫说。

"为什么?"

"不知道。好像是什么事情惹得贝卡心情不好。"

"什么?"

"我不知道。"

他都不知道该从何说起。要是苏西冲向酒吧,因为担心、生气或想揍露西一顿,那么至少他们就会知道苏西和贝卡到底是不是一对了。但苏西没有做出任何表示,站在原处一动不动。

"总之,"简说,"我知道你的黑历史。要是你背着她乱搞,或者对她没了兴趣,就等着我们找你算账吧。"

"别算上我,"阿扎德说,"我不在乎。不过她看上去不错。"

他又喝了两瓶啤酒,正在跳舞的时候,看见露西走下楼梯。她单独一个人。他挤过人群迎接她,领着她走向放衣服的角落。

"贝卡呢?"

"她回家了。对不起。"

"你有什么好对不起的?"

"要是我没开始说什么润滑油,她就不会难过了。"

"你不可能知道。你和其他人聊润滑油的时候肯定风平浪静。"

"是她问我的。我从没和人聊过润滑油。"

"我从头到尾都听见了。是你先说的。"

"但她先问我……算了。她去和她的女朋友分手了。"

"她的女朋友?"

"对。"露西坚定地说,像是在给争吵收尾——事实上她确实这么做了,尽管她对争吵的双方都一无所知。

"不是苏西?"

"不是。她们几个月前分手了。但她很后悔。"

他们这些人每天都和贝卡一起工作,但露西十分钟内发现的事情就比他们中的任何一个人都多了。

297

"她特别想和别人谈谈这些。"露西说。

"她可以和我们中的任何一个人谈的。"

"对。但她没有。愿意和我跳支舞吗?"露西说。

"你不想喝一杯?"

"不想。我在酒吧已经喝了两杯。我离尿出来只差一半了。"

"那不如去填满另一半?"

她只是微笑,拉着约瑟夫的手走到舞池中央。DJ 在放《体落》的混音版,这首曲子基本上是一个鼓点音轨、一个合成器旋律和一个人声说唱,但用这个音量放出来感觉很好,充满了鬼魅感和未来感。人们在蹦跳,手臂举在半空中,主要是因为缺少腾挪的空间。露西在半空中用手指比划,对约瑟夫做可笑的表情。他把全部精神集中在脚趾上,免得它们开始抠地板。

他们这伙人有几个已经在跳舞了,其他人看见露西就也下了舞池。他们开始学习她的手部动作。没人嘲笑他们。露西似乎让他们的这个晚上玩得更开心了。

露西为约瑟夫的生日晚餐烤了一只鸡,她做饭的时候,约瑟夫在训导两个孩子,为他母亲的到访做好准备。

"她不喜欢脏话。"

"你指的是什么?"迪伦说,"F 和 C 开头的?"

"与性和厕所有关的所有东西。"约瑟夫说。

"厕纸呢?"艾尔说。

"你知道我说的不是这个。"

"马桶刷?"迪伦说。

"马桶?"

"女厕所？"

"男厕所？"

"给我闭嘴吧你们。"约瑟夫说。

他命令孩子们闭嘴的时候，他们总是很听话。露西觉得这既有用又让人沮丧。能够安慰她的只有一个事实，那就是事情与他是男人毫无关系，因为保罗的命令比她的更加没用。

"屎尿屁，奶子屌，鸡巴小鸟，这些词一概不许说。"

孩子们知道现在不能笑，他们此刻的严肃让她更加沮丧了。

"所以该用哪些词来替代呢？"

"反正别说这些词就对了。这是吃饭。没人想在饭桌上听你的阴茎如何如何。"

露西想重复"阴茎"这个词，看她能不能在过程中加入一点轻佻，但这么做无论从哪个方面说都太幼稚了。

"还有吗？"

"哦，对了，不许说上帝和耶稣。"

"老天呢？"

"非说不可就说吧。你们很聪明。我希望她能意识到。"

"哎，"艾尔说，"可以让迪伦问我世界各国的首都。我基本上都知道。"

"不是那种聪明。"约瑟夫说。

"那我现在就不知道该说什么了。"艾尔说。

结果，两个小子在第一个小时里都没怎么开口，因为他们全都疯狂地爱上了格蕾丝。他们不可能承认甚至未必知道发生了什么，但迹象过于明显：两个人时不时脸红，只要格蕾丝开口，他们就瞪大眼睛盯着她。后来，可笑的帮助意愿、夸张的礼貌和偶尔拼出对话中出现的多音节单词代替了敬畏和沉默。露西再也不需要担心语言不当的问题了,除非你把他们尝试用来表现他们对英语的掌握程度的难词算在内。"我能给你一些帮助吗,妈妈?"迪伦说。"A-S-S-I-S-T-A-N-C-E,帮助。"艾尔说。等等等等。约瑟夫不时翻白眼。格蕾丝觉得很好玩。

与此同时,露西和坎贝尔夫人深情地注视着这一幕。说到底,她们处于奇异的相似情况之中:她们的儿子们都在求爱,取得了不同程度的成功。有朝一日,艾尔和迪伦也会坐在其他人的厨房里,试图决定该把哪一个版本的自我呈现给有可能喜欢也有可能不喜欢他们的人。也许她应该陪着他们。她感觉到了期待和恐慌带来的一丝刺痛。并非出自本人选择的重要关系会强加在她身上。她很感激格蕾丝和她的母亲,至少她们表面上愿意暂时搁置怀疑。也许她的年龄反而让她们更容易接受现状;她们很可能在对自己说,五年以后她们就不需要坐在这儿了。

"我们一直在跳障碍物。"那天晚上约瑟夫说。他在手机上读什么东西。露西手里一本她不太喜欢的书已经翻完一半。

"什么意思?"

"这个周末是我的朋友和我家里人。可真是累人。我也见过了你的一些朋友和家人,然后……总而言之。"

"没其他人了。"露西说。

"哦,还有我老爸。但你不可能和他合得来,因为他这个人很难相处,不过反正也不重要。"

"你也还没见过我父母,不过道理相同。"

"所以就这样了。差不多吧。"

"我和一个二十三岁的男人躺在床上,他在刷手机,我在看一本布克奖提名的乏味小说。你说会出什么问题呢?"

"不好看就别读下去了。"

"读书我从来不会半途而废。"露西说。

"为什么?"

"因为……我也不确定。我担心我只要一开始就再也不会停下了。"

"那你读的书总是很无聊吗?"

她大笑。

"我努力不。"

"看来你努力得还不够。"

现在他们住在一起了,上床并不总是意味着要做爱(尽管频率比露西以前高得多),约瑟夫知道露西很快就会进入忘我的状态,往往不得不从她胸口拿走她正在读的书,然后替她关掉身旁的床头灯。而露西现在知道了,即便约瑟夫穿着短裤和 T 恤躺在被窝里,手机瘾也不会因此中止。

他继续读手机上的文章,彻底沉浸了进去。

她重读小说里她刚看完的一段,然后又读了一遍。这本书的男主角是一位园丁,他负责照看万能布朗①设计的一座园林,女主角则是园林主人家族的女儿,故事讲述两人之间的关系,而且甚至不是那种关系。女主角帮助园丁理解他有可能爱上男人,"就像希腊人爱男人那样"。他到现在似乎还没有开窍。布朗的设计哲学倒是讲了一页又一页。她翻过这一页,见到又一个没句号的超长段落,把景观比

---

① 英国园丁和景观设计师兰斯洛特·布朗的绰号,他至今仍是英国园林风格历史上最重要的人物之一。

作标点符号,她不禁叹了口气。

"要是他赢了,咱们就死定了。"

"谁?"

"该死的特朗普。"

"你在看什么?"

"乌木网的一篇文章。"

"谁死定了?"

"我们所有人。不过我猜尤其是美国的黑人。"

"还有女人。"

"还有墨西哥人。"

"还有穆斯林。你对美国政治感兴趣?"

"应该吧。反正比对英国政治感兴趣。自从我小时候,我听到的一切都以这样那样的方式带我重新投向民权运动。从嘻哈到詹姆斯·布朗到阿瑞莎到马丁·路德·金。或者从人民公敌到马尔科姆·X。这儿不一样。无聊。反正没什么特别让人激动的。脱欧,还有……天晓得……杰里米·科尔宾。我根本不在乎。"

脱欧之后她就刻意不去关注新闻了。现在她的注意力都放在了万能布朗上。也许他说得对:没有更多的障碍物了。然后会怎么样呢?

17

他不知道该不该叫醒她,但他很生气,而且他不想一个人生气。

"露西。"

她看着他,然后在床上坐了起来。

"不。"

"是的。"

"我的天。我真抱歉。"露西说。

"你为什么要为我感到抱歉,而不是为你自己?对所有人来说都是灾难,"约瑟夫说,"对整个该死的世界都是灾难。对女人来说是灾难。他可以继续捏女人的下面了。"

"我知道。但我猜就像脱欧。投票给他的人会非常高兴。"

"和脱欧完全不一样。脱欧到最后也许会是好事。这个狗娘养的,居然转发白人至上主义者的推文。"

"种族主义者也投票给脱欧。"

"我老爸这样的种族主义者?不是一码事。"

"我知道。"她说。

"你刚说过是一样的。特朗普转发了一个带'白人正被种族灭绝'标签的推文。三 K 党支持他。你不明白。真的不明白。"

他很生气,他想和他见到的第一个人吵架。今天早上和最近的每一个早上一样,这个人就是露西。这件事像是个人恩怨,他一生中没有任何一个政治事件让他产生过这样的感觉。假如特朗普当上总统,那他就会来英国,和首相握手,而她应该在代表他。不是吗?后来,他希望他们没吵过架。他希望他没找到过一个借口。

成功,当它降临的时候,和他想象中完全不一样。成功来得很快,而且在他看来,几乎没有任何意义。£人为他和洁丝做的曲子混音,然后放在 Spotify 上,由于£人已经成名,J 与 J(他们没有多想,立刻给自己起了这个艺名)的播放量在几天内就超过了九万次。有人请£人给当红艺人混了两首歌,约瑟夫被卷进了尾流。一家牛仔裤公司请他为一个广告做点东西。人们没有多想,立刻给这首曲子起名叫《我要驾驶》,冲洗 FM① 放了它几次。然后,就在他叫醒露西告诉她特朗普当选的那天,约瑟夫和洁丝去里兹的一家大型夜店做节目。

这里面没有任何地方牵涉到钱,不过假如牛仔裤公司用了他的曲子,肯定会支付报酬;里兹的夜店最终也许会出钱请他做一次 DJ;要是这首歌继续走红,签了£人的唱片公司说不定会和约瑟夫签个类似的合同。有人在某个环节上挣到了钱,只可惜不是 J 与 J。现如今世界就是这么运转的。不过洁丝很高兴。

---

① Rinse F. M.

304

两人在火车上找到座位坐好,洁丝说:"从没想到过我能接到别人掏钱请你住宾馆的工作。"

"对,但我还不确定能不能接到活儿呢。"约瑟夫说。结果他们住的是一家城区外的破烂廉价连锁旅店,因此实在感觉不到成名的魔力。

"虽然但是,"洁丝说,"还是挺带劲的。你穿什么?"

"什么意思?"

"我问你穿什么?"她重复她的问题,加上了更多的不敢相信。

"你看得见我穿什么。"

"我说今晚。"

"哦。呃。你看得见我穿什么。"

"你没带别的衣服?"

"明天的 T 恤和内衣。他们来看的不是我。"他穿耐克慢跑裤、红色阿迪达斯瞪羚跑鞋和黄色阿迪达斯复古 T 恤。

"你该试试多穿几个品牌,"洁丝说,"不如去买副彪马眼镜什么的? 镜片上有大大的 PUMA 几个字。"

她在挖苦他,他没有理会。

"你不想知道我穿什么?"

"为什么要知道? 等会儿不就看见了吗?"

"我觉得我应该给你打个预防针,免得你到时候发心脏病。贴身的黑色连体服。底下连穿内衣的空间都没有。"

约瑟夫在想他的心事,掏出了手机。

他们去旅馆放行李的时候,发现邀请方只订了一个房间,而不是两个。

"回头再来解决吧。"洁丝说。

他们来到夜店,两个人都没想到向邀请方提起这件事。然而,约瑟夫怀疑两个人都没有忘记这个问题。

现场既令人兴奋又愚蠢。他们上台的时候,观众热烈欢呼,但约瑟夫不得不坐在键盘后面假装在演奏,而洁丝不得不跟着他们的歌假唱。不过她很擅长这种事,完全不怯场,就好像她早就准备好了在夜店里当着观众的面旋转身体,而她无法理解为什么要等这首歌出现才能得到机会。黑色的贴身连体服非常引人瞩目,她的动作也很漂亮,观众爱死她了。离开舞台的时候,她陶醉得忘乎所以,两人走向恶心的小更衣室的路上,她使劲亲吻约瑟夫的嘴唇。

"太棒了。"她说。

"是啊。"

他觉得很没劲。这件事可以从正反两面看:一方面,出人头地的各路艺人都是从夜店假唱之类的场合起步的。另一方面,泯然众人的各位无名氏也是这么起步的,但也止步于此。后一个群体比前一个群体大得多。

"我饿了,"洁丝说,"我想喝个烂醉。我还想把你灌醉。"

"没这个必要。"约瑟夫说,但他也无能为力。

事后他觉得非常恶心,甚至觉得快要吐了。

"你还好吧?"洁丝说。

"嗯,挺好。"

"咱们明早还有时间再来一次。"

他什么都没说。有什么意义呢?他有可能会和洁丝再来一发,有可能不会。此时此刻,他认为他不会,因为他刚满足了性欲,负罪和难过的感觉强烈得要死。但他很确定今天早些时候他曾经认为他不会的,可你看看刚刚发生了什么。

"你去哪儿了?"洁丝说。

"我就在这儿。"他说,但他想去任何一个地方,只要不是这儿就行。

"我就知道咱们到最后肯定是这样,"洁丝说,"我就知道你会戒掉灰玩意儿的。"

洁丝睡着了,他穿上衣服,出门去找东西吃。他饿得发慌。这似乎是个隐喻:在他的脑海里,他恶心得想吐,但事实上他很饿,必须吃东西。他无法控制他的食欲。

回到伦敦,他直接去了他母亲家。她在上班。这儿已经没有他的衣服了,因此他洗掉了他身上的和前一天穿的所有衣服,穿着旧睡袍这儿坐坐那儿站站,等待衣服烘干。他不知道他什么时候才能拿到他其余的衣物了。

他打开电视,看天空体育台的体育新闻,然后看英超进球集锦,然后是茶歇时间问答节目。正在看 BBC 的《书呆子》时,他收到了露西的短信。

你还好吧? 什么时候回来?

今晚在我老妈家住。他没有忘记打撇号,就连这一点也让他感到沮丧。

为什么?

很快向你解释。

一切都还好吗?

没人生病。他不想再加一个撇号了。

但一切都还好吗?

他把手机静音,放在沙发扶手上,想过几分钟再打开,然后就睡着了。

两小时后,他母亲叫醒了他。

"你在这儿干什么?"

"我在家里过夜。"

"为什么?"

"没什么。"

"她把你赶出来了?"

"没有。"然后,由于他的自我厌恶强烈得难以自制,"但她应该的。"

"为什么? 你干了什么?"

他叹了口气。

"就那事。"

"你出轨了?"

"对。"

把丑事告诉别人并没有让心情好转,但能释放掉少许羞愧感也算一种解脱。他都开始觉得羞耻感要在胸中憋得爆炸了。

"约瑟夫。"

"我知道。"

"不,你不知道。你什么都不知道。"

约瑟夫因为特朗普对露西发火的时候也这么说过。因此他想到了她,他知道他母亲想到了她最近很可能也是最后的一段关系,对方是个背着她多次出轨的男人,而他在追求约瑟夫的母亲时也背着他的第一任妻子出轨。这个男人结束了她的婚姻,用不值得拥有的东西取代了它。

"你告诉她了吗?"他母亲说。

"还没有。"

"那你打算什么时候说?"

"没想好。也许这个周末吧。"

"你现在就给我去她家。"

"我没法去。"

"因为?"

"因为就是没法去。"

"因为你害怕。不,你不能待在我这儿。"

"好极了。谢谢。"

"等你说完了,可以回来。但必须先去告诉她。"

"我没衣服穿。"

"你的衣服呢?"

"洗衣机里。"

但他几个小时前就把衣服放进了干衣机。它们没法提供逃避的借口,除非衣服缩得太小,他真的没法穿在身上,而即便如此,他母亲多半也会逼他穿着睡袍去坐公共汽车。

一路上的每一站他都几乎下车。他坐在双层巴士的下层,靠近车门口,每次车门一打开,他就会站起来。替代性的方案在脑海里逐渐成形:去他姐姐家,然而假如她知道了他为什么来,很可能甚至不会放他进门。或者去他老爸家——他老爸不会在乎他干了什么,但这正是他无法忍耐和他待在一起的原因。或者他可以乱走一整夜。一路上他收到了洁丝的三条短信,但他一条也没有回复。她似乎想当然地认为里兹的那一夜标志着长期关系的开始。第一条短信是:

咱们明天干什么？

　　他希望他抽烟。他希望他喝酒。他希望他嗑药。就算不为别的，他也可以走进一家路口小店，或者找个街头拆家，这样就能消磨时间了。也许在他满街寻找毒品的当口，露西会早早上床睡觉。她家附近恐怕不会有多少拆家。他必须去坎顿或者其他什么地方。要是他选择当个瘾君子会怎么样？他在谷歌搜索"最佳禁药"，找到了很多不无裨益的建议。他喜欢关于氯胺酮的说法。他认识嗑这玩意儿的人，但他并不清楚那究竟是什么。根据维基百科，它会诱发某种恍惚状态，同时减轻疼痛、镇定精神和导致记忆缺失。他可以在到露西家之前吃下去，说完他想说的话，然后栽倒在地。等他醒来，他会什么都不记得。但露西会记得。他嗑药对她来说没用。

　　以上这些想法他都没有付诸行动。他没有跳下公共汽车，他也没有嗑药。然而来到她家的时候，他已经陷入了某种恍惚状态。他无法相信他做了什么和他即将要做什么。而她也没有上床睡觉。

　　他有钥匙，但他还是敲了门。她小心翼翼地打开门，看见是他，露出了充满感情的灿烂笑容。

　　"我还以为你不回来了呢！为什么不回短信？你的钥匙丢了吗？见到你可真高兴！"

　　她上前要吻他，但他拦住了她，她的表情变得困惑，继而焦急。

　　"我必须和你谈谈。"

　　"哦。"她说，立刻改变了表情。她知道了。还可能是什么其他话题呢？

　　她领他进屋，他们还没坐下，他就一口气说完了。她走在他前面，他在她背后说，眼睛盯着她的两肩之间。不看她的眼睛，这是最后一个怯懦的机会，而他抓住了。这比他在脑海里构思过的其他场

310

景好一些。

"洁丝?"她问。

"对。"

她坐在一把椅子的扶手上,望着他的眼睛。他尽量和她对视。

"现在呢?"

他没想到她会这么问。他以为接下来的一切都会自然而然发生,但显然并不是的。

"现在怎么了?"

"你和洁丝在一起了? 你是想说这个吗?"

"不是。"

"那你想说什么?"

他显然忘记了露西喜欢问直截了当的问题。

"我说什么还有意义吗?"

"当然有了。"

"然后你会,怎么说呢,忘记发生过这件事?"

"不,"她说,"当然不可能了。但既然你想要分开了,我决定忘记也没什么意义。"

"我没想要分开。"

"好的。"

有一个幸福无比的时刻,他心想也许就是这样了——在露西的世界里,人们说声"好的",一切就会恢复原状——但他朝着另一个方向走得太远了。事情不是坏的那种简单,也不是好的那种简单。

"我认为你现在该回家了。"

他没有试图争辩,他也没什么可争辩的。

311

露西不知道她还会不会去约瑟夫的店里,但她暂时不去那儿买肉了。她开车去超市。所以这就是当地人无论怎么豪言壮语都会放弃当地小店的原因:当地人和店里的员工睡觉,等关系出问题,就会尴尬得不敢再去。她没睡过森宝利超市的员工,就目前见到的情况而言,她也不认为她会和他们睡。她请住在同一条路上的那姑娘当保姆,有一次是她去看电影的时候,还有一次是去学校不远处路口的三冠酒吧为学校同事庆祝生日。

她受到了伤害,但并不怨恨,她很难过,但并不生气。她最大的感觉是愚蠢。她和一个二十刚出头的年轻男人建立了稳定的关系。年轻男人会做什么?无非是和其他人睡觉。所以人们才不会在二十三岁的时候结婚:他们还没玩够呢。当然了,有时候人们到了三十三、四十三甚至八十三也不会玩够——哪怕是他们自以为已经玩够了,但重点是"自以为"三个字,而生活(成瘾性问题、碰到其他人,等等等等)总会横插一杠子。她应该知道她和约瑟夫长不了,因为他还没玩够。所以既然她知道,为什么又要对他寄予期望呢?他就像摇摇欲坠的桌子,就像比一层冰还薄的玻璃天窗。但人们喜欢薄冰!他们喜欢盯着薄冰看,喜欢朝冰面扔石子看它弹跳,或者干脆砸个窟窿!他们只是会尽量不在上面走,前提是他们知道冰很薄(而露西当然知道)。因此打个比方,你也可以朝约瑟夫扔石子,然后看着它从他身上弹过去,对吧?或者用石块在他身上砸个窟窿,只是为了取乐,反正也不会造成伤害?尽管她有这个念头,但她不知道该怎么做。

大多数日子,他会发短信给她,而她也会回复,不过对话总是很简明扼要、有礼有节。然后他打来电话,请她出去吃饭。

"只是为了聊聊。"他说。

"不聊还能怎样?"

"呃,对。抱歉。我说话没过脑子。"

"总之,我愿意。"

"我会订座的。"

"好。"

"我需要订座吗?"

"那要看你打算带我去哪儿了,常春藤要订座,但披萨特快就不要了。"

"常春藤非常贵吗? 在哪儿?"

"我不想去常春藤。"

她没去过常春藤,但听说过。两者有什么区别呢? 她和约瑟夫都吃不起,也不可能订到桌子,但她知道这家餐厅的名声,也知道订座位的难度。然而这似乎没什么价值。

"总之,我不想要你出钱。"

"是我请你的。"

"对,但这就够了。"

他们去了离她住处不远的一家意大利餐馆,她和保罗带着孩子们去过那儿。她到的时候,约瑟夫已经坐在里面等着了,他穿正装和白T恤。见到这显而易见的努力,她的喉咙有点哽住了。

"我都不知道你还有正装。"她说。

"当然。婚礼和葬礼,你明白的。我们家族都有很多。"

"嗯,你看上去很不错。"

"谢谢。你也是。"

她穿牛仔裤和套头衫,没化妆。她考虑过她想说什么,结果她想说的是她不希望他认为那一夜有什么大不了的。现在她觉得自己有点傻,还有点残忍,而且不是她想要的那种残忍。

"这并不是我真正的感受。"她说。

他困惑地看着她。

"没什么,"她说,"当我没说。"

他们点了酒,然后各自研究菜单。

"想点什么尽管点。"约瑟夫说。

"我说过了,咱们 AA。"

但她记得她还是个小教师的时候和挣钱更多的朋友共进晚餐是个什么感受——他们考虑要不要开胃菜时她的焦虑,酒消失得越来越快时她的恐慌。她有点心疼约瑟夫,怀疑他内心恐怕也少不了同样的煎熬。

"音乐怎么样?"

"我没再和洁丝好过,你想问的是这个吧?"

她大笑。

"不。我真的想知道你的音乐事业怎么样了。"

他说他快做完另一首曲子了,但£人听完目前的半成品后觉得不太喜欢,他失去了信心,而且不知道该找谁代替洁丝。然后他们聊了聊她的工作和孩子们。他们对彼此都很了解,因此有很多问题想问。

"希望最近能见一见孩子,"约瑟夫说,"我很想他们。"

"他们也想你。"

但她已经决定,约瑟夫将是他们所知道的她最后一个前任。假如以后再有其他人,这个人要么是永久伴侣,要么就是秘密情人。她不能一个接一个介绍孩子认识他们喜欢的人,然后突然把人撤走。她不敢想象找一连串喜欢在 Xbox 上打 FIFA 的年轻人,但在一定的阶段,也许该有人来提供睿智的建议或辅导数学家庭作业。另一方面,他们也不太可能对一个精通分数的男人产生深厚的情感依恋。(假如那是他的首要兴趣或爱好,她大概也不会去用牙齿撕开他的内裤。)总之,这个问题令人困惑,需要投入她迄今为止最仔细的斟酌。

"你是怎么对他们说的?"

"我只是说我们暂时不是一对了,你回你母亲家住了。"

"他们理解吗?"

"他们理解人们会分开。"

"但你没有告诉他们为什么。"

"没有。我只说咱们合不来。他们说那不是真的。我说有很多事情是他们没看见的。他们说这也不是真的。前一点我承认他们说得对。"

"咱们合得来。"约瑟夫说。

露西没有回答。

"难道不是吗?"

"你要我说什么呢? 对,咱们合得来。除了因为特朗普小小地吵过一架。"

"那本来应该会过去的。"

"要不是?"

"什么意思?"

"你用了第二条件句①,后面该紧跟'要不是'。"

他叹了口气。

"你说'本来'。本来应该会过去的,要不是什么?"

"唉,要不是我和其他人睡觉了。"

---

① 表示现在或将来不可能实现或实现可能性很小的一种假设。

315

"我认为你迟早会和其他人睡觉。"

"我没有。"

"当然是的。"

"对,但是……"

没有什么可但是的,因此他停下来,寻找理由。

"你有没有想过,假如我和其他人睡觉,你会是个什么反应?"她说。

"当然想过。但是……呃,后来想得比较多,之前没怎么想过。我会很生气。对不起。"

"没关系。以后还会发生的。"

"不。"

"当然会。"

他摇摇头,但他无法确定。

这是个人人发誓决不原谅别人的时代。政客的所作所为不可能得到原谅,朋友和家人的投票取向、说过的话甚至脑袋里的想法,都不可能得到原谅。大多数时候,人们只要做自己就不会得到原谅。职业生涯中每一天都在撒谎的政客,因为撒谎而不被原谅。住在城市里的人,因为是都市人而不被原谅;贫穷的人因为表达不满而不被原谅;老人因为衰老和恐惧而不被原谅。但对于他们来说,这就是一切了吗?你只能爱一个和你想法相同的人吗? 还是说你也能在更上游的地方造桥过河? 或者打隧道从整个烂摊子底下穿过去? 她一直无法原谅保罗对她和孩子们做的事情。此刻她必须选择可不可以原谅一个年轻男人,他唯一的罪过就在于他是个年轻男人,假如她选择了可以,那么她能坚持下去吗? 归根结底,决定原谅和原谅还是两码事。

"你母亲怎么样?"露西问。她想聊点别的话题。

第三部：
2019 年春

18

　　约瑟夫收到的任务是带他父亲去买正装,要是他没理解错姐姐的意思,带父亲去买正装就等于他要给克里斯买正装。脱欧在财务上没给克里斯带来好处,不是因为爬脚手架的没了工作(有很多工作),也不是因为薪水降低了(正如克里斯的预测,薪水上升了)。建筑业的所有工种都缺少熟练工,全民公投的结果更是雪上加霜。但克里斯对脱欧的迟迟不采取行动极为生气,他把工作扔到一边,努力去拨乱反正——约瑟夫不确定这是什么意思,他也没问。

　　“多谢了,儿子。”他说,他们在伍德格林的时尚男装店选了一身八十镑的深灰色正装。

　　“没事。”约瑟夫说。

　　他正确地理解了姐姐的意思。他们拿着衣服去收银台。裤子需要改裤脚,不过克里斯自己肯定能搞定。

　　“不过这身有点太便宜了,”克里斯说,“要我自己选的话,我多半会多花些钱。你不是刚升职吗?”

约瑟夫两个月前当上了休闲中心的助理经理。他已经辞掉肉铺的工作,尽管依然在折腾音乐,但不再把它视为一个专门的职业。

"对,我工作得很辛苦,好不容易才升上去。"

"一身好衣服,长远来说更便宜。"

没错,这正是父亲应该给孩子的那种忠告,但通常不是在这种情况下给的。

"嗯,不管什么,对你来说都太便宜,对吧?"

"你知道,要是我买得起,我一定会的。"

"你可以自己掏钱的。"约瑟夫说。他不该这么刻薄的,但他忍不住。

"什么意思?"

"你可以去工作的。"

"现在这个局势下,我怎么能去工作?"

"这我就不明白了,"约瑟夫说,"你投票给脱欧,因为波兰佬什么的压低了你的薪水。但现在没他们压着了。你为什么还不去挣钱呢?"

"但脱欧还没落实呢,对吧?"

"这重要吗? 你想要的那部分已经实现了。"

"当然重要,因为脱欧意味着……"

"算了,别说'斩断就是斩断'或者'脱欧就是脱欧',求你了。就让我清静一天吧,别让我听见啥啥啥就是啥啥啥,然后前后两个词完全一样。这他妈当然对了。怎么可能不对呢? 奶酪就是奶酪。圣诞就是圣诞。但有什么意义呢?"

他依然对一切都不太了解。他对关税同盟和最后担保不感兴趣,尽管他似乎每天都在听见这些大词。但脱欧似乎已经彻底脱离了它的细节,现在变得像是宗教。有些人相信脱欧,有些人不相信,而两边都有狂热信徒在游行和喊叫,你不可能证明你是正确的而其他人是错误的,因为没有任何事情以某种特定的方式发生。他开始怀疑脱欧是不是正在逼得所有人发狂,而国民正在一个接一个地失去共有理智。

"我们遭到了背叛。你,还有我。"

"我没有。"

"你活在英国吗?你难道不是一千七百四十万英国人之一吗?"

"当然,但是……"

约瑟夫从没对他说过他是一千七百四十万之一,同时也是一千六百一十万分之一。克里斯会因此感觉遭到了背叛,就像其他所有事情一样。

"所以你动摇了。"

"而你没有八十镑来买一身正装。"

"有些事比钱更重要。"

"说得好,克里斯。我这就辞职,和你并肩战斗。"

他父亲警惕地看着他。

"但我没钱买这东西送你。我需要存钱。"

"我明白你在说什么。"克里斯说。

就约瑟夫的经验而言,"我明白你在说什么"之后往往是一句反驳,但克里斯今天到这儿就停下了。约瑟夫掏出信用卡,他父亲似乎毫不在意。

这身衣服是为格蕾丝的婚礼准备的,婚礼在她母亲去的那所教堂举办。约瑟夫很久以前就不再把那儿视为他的教堂了。他几个月甚至几年没来过了。星期天上午他更愿意待在家里,他甚至开始觉得去教堂是一种古怪的行为。他说他有更好的事可做的时候,他母亲通情达理得出奇,反正他也不相信上帝。

"我本来就不喜欢带你去,"她说,"你表现得像是不想待在教堂里。"

"确实不想。"

"他知道的。"

"谁?"

"你以为是谁?"

"不是上帝。"

"对,就是上帝。"

"上帝知道我表现得像是不想待在教堂里?"

"不。他对你的表现不感兴趣,"她轻蔑地说,"他知道你不想去。他看透了你的心。"

但他不介意去教堂参加婚礼。出席的不会是平时害得他心情压抑的那些活死人。他以前的一些朋友会去,他母亲教友的子女会去,他和格蕾丝与这些人一起长大。另外,约瑟夫喜欢斯科特的朋友和家人。他去布拉迪斯拉瓦参加了斯科特的周末单身派对,他和斯科特的兄弟还有死党喝醉了,穷极无聊之下在靶场用 AK47 扫射。

另外,想到要和露西还有孩子们一起去,他就有点兴奋,很可能是因为露西对一切都很兴奋——婚礼,当然了(她爱格蕾丝和斯科特),但还有教堂。她一直想去,然而约瑟夫觉得她的动机很可疑,大概是某种浪漫情结,说不定还有点屈尊俯就。

"那儿不是那种教堂,明白吗?"她问他该穿什么衣服的时候,他说,"没人说方言①,或者忽然满地打滚。"

---

① 指流畅地说类似话语般的声音,但发出的声音一般无法被人们理解,受到基督教的重视。

"请你给我一点信心好吗?"她说。

"没人跳舞。大多数人甚至不会唱歌。他们太老了。他们声音发颤,嗓音嘶哑。要是你运气好,他们也许会摇一摇身子。再说通常总是空着一半座位。总之,斯科特的妹妹要唱艾德·希兰的《完美》,他母亲钢琴伴奏。"

"太好了。"露西说,但约瑟夫看得出她有点失望。

但是在带着孩子们去教堂的公共汽车上,她忍不住想到,参加婚礼大概算是某种成就。首先,约瑟夫和洁丝睡觉已经是两年多以前了,据她所知,后来他没再做过不检点的事情。他们住在一起,一起庆祝家里人的纪念日,从不讨论明年如何如何,只会讨论下周,要是夏天快到了,那就顺便聊聊暑假。她没有向他施加压力,也许人活着就不该承受压力,结果是每一天他们都能享受陪伴和为人父母的乐趣,每一周都能提供性爱的愉悦——有时候不止一次。

格蕾丝的婚礼是某种里程碑。不会有没完没了的介绍,也不会有随之而来的紧张和忸怩。她会是露西,约瑟夫的女朋友(他喜欢的用词,不是她的),没人会多想什么。

他们到教堂的时候,约瑟夫和克里斯正聊得起劲。

"嗨。"露西高兴地说。

约瑟夫亲她。克里斯和孩子们碰拳。

"给我们几分钟可以吗?"克里斯说,"我们在商量家务事。"

"没有。"约瑟夫说。

"我们的意见非常不一致,"克里斯说,"我们有血缘关系。因此当然是家务事。"

"克里斯想挽着格蕾丝,上台把她交给斯科特,"约瑟夫说,"他站在这儿等她。"

"哦。"露西说。

格蕾丝请约瑟夫扮演这个角色,因为她非常厌恶她的父亲。

"我说咱们可以一起,"克里斯说,"但他连这个都不肯答应。"

"重点在于她不希望你接近她,"约瑟夫说,"能说服她让你来已经很费劲了。"

"我们为我感到羞耻。"克里斯对露西说。

露西做了个同情的表情。

"别给他那个表情。"约瑟夫说。

"不如进去和我们一起坐着吧?"露西说。

"这是个好主意。"约瑟夫说。

"不了,谢谢,"克里斯说,"我要和家里人坐在一起。"

"她就是家里人。"

露西很欣赏这份感情,但还是希望约瑟夫没有这么说。

"她不是我所谓的家里人。"

他倒是直言不讳。

"你先进去好了。"约瑟夫对露西说。

她不愿意扔下他,但他们是最后几个还站在外面的人了,她不希望因为迟到而给她和孩子们引来关注。他们在后面找到一张半空的长凳坐下,过了一两分钟,克里斯在他们旁边坐下——在此之前先扫了一眼,寻找其他的空位,随便哪儿都行。

"他威胁我。"他对露西说,他知道他说话的音量会让人们扭头张望。等他得到了足够多的听众,他又说:"我的亲生儿子。"

"他很强壮,"艾尔说,"一拳能打翻我们两个。"

"对,"迪伦说,"我可不敢和他打架。"

"他去健身房,"艾尔说,"他在那儿工作,所以他几乎每天都锻炼。"

"不该弄成这样的,"克里斯说,"和谁都不应该的。"

"换成希特勒呢?"迪伦说,他已经上中学了。

"哦,我们必须阻止他,"克里斯说,"但那是他先挑事的。"

"约瑟夫也会先挑事的。"艾尔指出。

"你说得对,孩子,"克里斯说,"我应该坚守立场的。就像我们在一九四〇年那样。"

"但他会打翻你,"迪伦说,"他很强壮。"

听着他们这么绕来绕去,露西不禁想到了过去这两年她听到的大部分对话。还好钢琴师开始演奏《婚礼进行曲》,约瑟夫挽着格蕾丝走进教堂。露西望着这一幕,听着音乐,想到了很多。她想到她自己的婚礼,还有一开始让她快乐后来非常不快乐的婚姻,她忽然觉得很荒唐,她竟然和一个害得她如此不幸的男人待了好几年,仅仅因为她在另一个时间与一个完全不同的人立下的誓言。不知道为什么,这使得她想到了克里斯和约瑟夫的母亲,还有克里斯对脱欧的奇异痴迷,随后又想到了她不快乐的国家。一切似乎都与婚姻和离婚有关,直到斯科特的妹妹开始演唱艾德·希兰的歌曲,尴尬和少许的气恼淹没了她,所有的思考随之中断。

婚礼结束,露西和孩子们望着众人为拍照排列组合:新娘,新娘与新郎,新郎,新娘的朋友,新郎的朋友。

摄影师招呼新娘一家人。没人阻止克里斯加入队伍。

约瑟夫转向她和孩子们。

"他要一对一对的。"

露西愣住了。

"快来吧。"他说。

"去吧,老妈。"艾尔说。

"你确定?"露西说,"万一咱们……"

约瑟夫从其他人身旁走过来。

"唉,万一这个万一那个。"他揶揄道。

"我不希望以后有一天,大家心想,咦,让她站进来真是太奇怪了。"

"你现在就是我的生活,"约瑟夫说,"这就足够了。"

于是露西和约瑟夫一起站在台阶上,还有约瑟夫的母亲、克里斯、两个孩子和格蕾丝,她努力活在这一刻,与这些人一起活在这个地方。约瑟夫说得对。没有更多的障碍了。现在他们要做的只有继续走,然后看他们究竟能走多远。

致谢

感谢玛丽·蒙特、乔治娅·加勒特、阿曼达·波西、洛厄尔·霍恩比、维尼夏·巴特菲尔德、乔安娜·普赖尔、玛丽·张伯伦、法尔哈纳·布拉、桑德拉·沃比基内、蔡恩·罗奇、巴尼·萨金特、萨拉·麦格拉思、杰夫·克洛斯克和弗朗西丝卡·西格尔。

Nick Hornby

JUST LIKE YOU

Copyright ⓒ Nick Hornby 2020

The edition arranged with ROGER, COLERIDGE & WHITE LTD(RCW)

Through Big Apple Agency, Inc., Labuan, Malaysia.

Simplified Chinese edition Copyright ⓒ 2021

SHANGHAI TRANSLATION PUBLISHING HOUSE(STPH)

All rights reserved.

图字：09－2021－158 号

图书在版编目(CIP)数据

偏偏喜欢你/(英)尼克·霍恩比(Nick Hornby)
著；姚向辉译. 一上海：上海译文出版社,2023.3
(尼克·霍恩比作品)
书名原文：Just Like You
ISBN 978－7－5327－9161－3

Ⅰ.①偏… Ⅱ.①尼… ②姚… Ⅲ.①长篇小说—英
国—现代 Ⅳ.①I561.45

中国国家版本馆 CIP 数据核字(2023)第 030598 号

偏偏喜欢你

[英]尼克·霍恩比 著 姚向辉 译
责任编辑/吴洁静 装帧设计/人马艺术设计·储平

上海译文出版社有限公司出版、发行
网址：www.yiwen.com.cn
201101 上海市闵行区号景路 159 弄 B 座
上海市崇明县裕安印刷厂印刷

开本 890×1240 1/32 印张 10.5 插页 2 字数 151,000
2023 年 4 月第 1 版 2023 年 4 月第 1 次印刷
印数：0,001—4,000 册

ISBN 978－7－5327－9161－3/I·5695
定价：68.00 元